U0588557

电光火石
⋮

谢客展印
⋮

草木虫鸟
⋮

七十闪回
⋮

清泉一缕

潘玉光 著

QING QUAN YI LV

PANYUGUANG ZHU

中国出版集团
现代出版社

图书在版编目（CIP）数据

清泉一缕 / 潘玉光著. -- 北京 : 现代出版社，
2016.3

ISBN 978-7-5143-4678-7

Ⅰ. ①清… Ⅱ. ①潘… Ⅲ. ①散文集－中国－当代
Ⅳ. ①I267

中国版本图书馆CIP数据核字(2016)第038315号

清泉一缕

作　　者	潘玉光	
责任编辑	李　鹏　陈世忠	
出版发行	现代出版社	
地　　址	北京市安定门外安华里504号	
邮政编码	100011	
电　　话	010-64267325　010-64245264（兼传真）	
网　　址	www.1980xd.com	
电子邮箱	xiandai@vip.sina.com	
印　　刷	北京一鑫印务有限责任公司	
开　　本	787×1092　1/16	
印　　张	16	
版　　次	2016年3月第1版　2022年7月第2次印刷	
书　　号	ISBN 978-7-5143-4678-7	
定　　价	49.80元	

目　录
CONTENTS

 电光火石

❀ 谢客屐印 ❀

草木虫鸟

❀ 七十闪回 ❀

电光火石

文眼佳句常忽来，

却因笔懒未全留，

如捉迷藏偶有得。

正理悖论且莫问，

妙辞敝帚亦休言，

只当茶余摆龙门。

国家是树民为根

"华",是中国的简称。甲骨文的华字像棵树,中有杆,下有根,侧长枝花,是株繁花盛之木,象征华夏兴旺发达、繁盛富丽。

中华之树,花繁果硕。国人值得自豪,友人为之羡慕。

喏,那是勤劳之果!中国是世界上唯一从育粟开始的农业国,是全球公认的最早栽培大豆的国家,是稻、高粱、麦、枣、柑橘、萝卜等作物的起源中心,并产生最早的农书《齐民要术》。听友人把李称为中国李,把中国西南地区取绰号为茶叶之乡,胸中欢跳着荣耀。

噢,那里有勇敢之果!澳门圣保禄炮台的怒吼,吓得荷兰战舰如缩头乌龟;台湾赤嵌蹦跳着"台湾归还原主"的礼炮;平湖沈庄抗倭的捷报;虎门、台湾大安港、定海、吴淞口、大沽口组成坚不可摧的海防,撒出钢铁般的罗网擒鲨捉鳖;马尾港的掀天巨浪淹埋法军的坚炮利舰;平型关的凯歌,南京受降楼和台北中山堂激荡着正义的力量。华夏的山山岭岭,天塌下来不低头。

看看那一枝上的友谊之果!一支支东行西去船队的片片云帆,过高昌西进的丝绸之路上的阵阵驼铃,经大理南下的蜀身毒(今印度)道的队队马帮,西安大雁塔的经书、波斯寺《译几何原本》《红星照耀中国》;日本徐福村和唐招提寺、美国唐人街、肯尼亚拉穆岛、新加坡的黄埔路、越南的圆觉寺和藏阳桥、柏林的孔子雕像;五台山的模范医院、美国援华飞行队、弯弯曲曲滇缅公路。这些立体的史书铭刻着华夏民族协和万邦的精诚。

再欣赏那些智慧之果!博物馆里的石器,是一二百万年的华人改造自然的宣言。钻木取火是北京周口店山顶洞人发现机械运动转为热能的萌芽,浙江湘湖取火的弓钻证明比古埃及早两百多年。华人先祖在商周前就会制瓷,欧洲则在十五世纪开始生产。春秋时熟练的冶炼技术比欧洲早二千年。活字印刷、火药、指南针、机械钟、造纸、纸币等都是古代中国人的伟大发明。在天文学上。战国时已有观测天象的浑仪;《甘石星经》是全球最早的天文著作,地动仪、小孔成像原理的发现、定性照度定律产生是世界首创。在数学领域，纪元前有《周髀算经》，秦汉《九章算术》中关于一元二次方程、联立二次方程的解法，三国时的割圆术和南北朝求出 π 的值领先世界上千年。医学上有国内最早的医学文献《黄帝内经》，第一部系统的药物著作《神农本草经》，还有世界上最早的药典唐《新修本草》。在人文科学上，有比佛经、圣经还早的《论语》。再看看工程技术：使用船坞造船和水密隔轮法比欧洲早 500 年。战国时的都江堰、秦长城，汉武帝时的龙首渠、清朝的大运河，还有登封市嵩岳寺砖石塔、应县木塔、新疆坎儿井、甘肃敦煌壁画、西安灞桥、赵州桥、卢沟桥、唐代长安城、明清故宫等建筑惊艳全球。

明代以前，中国在自然科学的竞技场上领跑，惜内战和科举阻碍着龙马奔腾，民主与科学使华夏一跃万里。兄弟国家有原子弹，在农业国土地上也冲天而起蘑菇云，发达国家能登月，中国的神舟也上天探秘。在信息、生命科学、环境、新材料、新能源、生物技术的各项竞赛中，中国都冲刺着去夺标折桂。

花团簇簇、果实累累，全仗根系多、扎得深、伸得广。

中华之树有五十六支民族的根。这根扎在时间的土壤里上下六千年，从盘古开天经三皇五帝、商周秦汉到唐宋元明清至今朝。这根扎在华夏五色土中纵横三万里，从巍巍世界屋脊、莽莽雪山到淼淼东海、莹莹日月潭，从茫茫草原、苍苍戈壁到郁郁五指山、滔滔北仑河口。这根扎在世世代代华夏儿女的心田，从巫山龙骨坡猿人到蓝田、周口店的先祖，从仰韶，河姆渡的传人到运用现代科技的华人。

中华之树根固杆坚花盛果丰，更因有千秋万代的华夏儿女用汗水滋润，用心血培育，最后用身躯作根上的一缕细须，一丝纤维。去数数千古风流人物：从女娲、西王母、轩辕、神农等部落首领到嬴政、刘邦、成吉思汗、朱元璋、努尔哈赤、玄烨等帝士，到现代孙中山、毛泽东等政治家、思想家，都想方设法维护统一，号召万众一心，和衷共济，不让华树折一枝一叶；从岳飞、余玠、戚继光、郑成功、葛云飞、张之洞、罗大春、林则徐、吉鸿昌、杨靖宇等将领到黎民百姓自发组成的黑水党、平英团、义和拳、红灯照、台湾泰雅雾社、同民支队、台湾抗日义勇军等，他们舍生忘死，前仆后继，激励同胞不畏强暴、奋臂拒敌，寸土不让，才使中华之树有三山五岳般不屈的脊梁，有长江黄河百折不挠的力量，在雷击风摧中傲然挺立；从仓颉、蔡伦到毕昇、祖冲之、赵友钦，到陈景润、从李春、李冰到徐寿、华蘅芳，到詹天佑、茅以升、从王莽、张衡到万户、冯如、到当代灿若群星的科学家、发明家，他们问天叩地，上下求索，使中华之树参天柱

地，披锦绣、散芬芳；从徐芾、玄奘到张骞、郑和、到现代外交家，越山渡洋，友邻睦邦，使中华之树汲取外国的先进科技营养，让中华辉煌的文明光芒四射，光耀乾坤。

国家是树民为根，有五十六个民族作强劲的根，有忠、勇、智的炎黄子孙为苗壮的根，中华之树一定能秀立于世界民族之林，固若金汤，永远昌盛。

放歌中华

　　借日月作镜，看泱泱中华：莽莽苍苍的森林，浩浩瀚瀚的海洋，坦坦荡荡的戈壁，起起伏伏的草原，长城东西六千里，运河一线穿南北，辽阔的河山是华夏博大的胸怀。摩天昆仑皑皑的雪作盔甲，凌云的长白山彩云披肩，峻拔的天山州星星装饰冠顶，巍峨的黄茅尖撕云系腰间，高耸的五岳手攀天，雄伟的崇山峻岭是华夏冲天的豪气。

　　用书籍为马，奔跑在历史走廊：女娲炼石补天，后羿射日，炎帝之女化作精卫鸟石填海，夸父逐日，愚公移山……焕发中华民族坚忍不拔的意志。黄帝著内经，神农尝百草，弓钻取火，砾石为器，大禹治水，磁罗盘上的针尖，蔡伦的白纸，毕昇的明胶泥活字印刷术，张衡的地动仪，轻柔的丝绸、彩绘的釉陶，编钟的余音，石窟的刻刀……激荡着中华民族的聪明才智。

　　世界各国建设的竞争，犹如一场场跨栏比赛，中国巨人的步伐经常领先，怎奈枪尖挑玉玺的夺权方式，野蛮、残暴，改朝换代的凯旋门是百姓累累白骨筑成。怎奈禅让传位的保权制度，欺压、内讧，怀保境安民的雄才大略者，只能俯首听命，烽火台变成权力更替的火把，宫廷战争、政变成为朝廷的主题，入仕成为荣华富贵的康庄大道，创造公平竞争的科举制度却把书籍当作铺砌宫道的砖石，科技被打入冷宫，吟风月，画丹青，只能补壁、屏风的东西反成学人蜂趋的大事。

　　启首先发动十年内战，夺取父亲大禹禅让的权力，建立夏国，黄帝战胜蚩尤而称霸；共工与瑞顼争帝怒触不周山，尧舜禹扩大势力范阳，讨伐长江中下游的三苗部落，七国称雄、八王之乱、元清易主，何处没有刀光剑影，血雨腥风，多少舍生取义的英雄好汉竟战同室操戈的屈鬼。试问历史名城的一颗颗石子一捧捧泥土，揩过多少同胞相残的鲜血，请看一个个战堡，一条条楚河汉界，哪一个不是华夏的绊脚障碍？小桥流水，日日夜夜流淌着悲伤，晚归渔舟，时时刻刻载不动怨仇。

中国，曾是一马当先的科技，像九曲黄河左摇右摆，像绵延山径坎坎坷坷。丁强的华人渐渐有了东亚病夫的绰号，穿着燕尾服的刽子手，戴着十字架的侵略者，圆明园的废墟，南京屠杀的灾难，成为华人耻辱的烙印。

日中则昃，物极必反。圆明园高挺的石柱成为激励民众向敌人的炮火冲锋的鼓角，在侵略者屠刀下的热血化作复仇的熊熊烈火。

雷声隆隆，那是精忠报国壮士们奋进的步伐，烛光冲天，那是南国七星旗和北方红灯照得光辉。

三山五岳，紧挽臂膀，铸成铁壁铜墙，挡住豺狼的利爪坚齿。五湖四海，洪波澎湃，结成坚韧绞索，勒紧豺狼咽喉。农民的镰刀，割断蹂躏华夏国土的铁蹄。工人的铁锤，砸碎殖民主义的枷锁。

1949年10月1日，二十八响炮声开天辟地的轰鸣，震撼宇宙。新中国的朝阳喷薄东方，燃红天际，华夏民族穿越封闭几千年的幽暗隧道，冲越水与火的时空旷野，劈尽一路荆棘，填平一路丘壑，开路架桥。民主突破独裁的重重防线，科学登上文化殿堂的正席。

于是，五色土的中华高歌猛进在五彩路，红土的华南，钢水与红旗共舞，白色的云贵，丝绸和云山齐飞，黑土地的东北，钻井摩天，石油翻滚，黄色的中原，金谷为山，青色的华东，云绿水芳。

于是，敦煌的飞灭，嫦娥奔月，千里眼、顺风耳、筋斗云、缩地术、金钥匙，先祖的神思妙想，打破农耕生活的坚冰寒雪，使蛰伏的龙腾云驾雾，追风逐电。酒泉神舟代表华夏的雄壮步伐。真是，华夏前进驾飞龙，蹄声为雷鞭是风。跃过昆仑扶摇上，争先折桂广寒宫。

幸福呵，我是祖国的宠儿！像一株鲜嫩的小苗，生活在五色土上，像一滴活泼的水珠流淌在江河中，永远安详躺在母亲的怀抱中。

自豪啊，我是祖国的骄子！有江河东进的不屈精神，有山岳雄挺的坚强骨骼，敢于上下求索，九死不悔。

光荣啊，我是祖国的孝子！爱她像小溪对大海的永恒，像草木对山野的赤诚，为她更加壮丽辉煌添光加彩。

长江·黄河

　　"长江！长江！我是黄河，我是黄河！请回答。"有部战争片中报务员喊话。那时，我刚不穿开裆裤。还以为是长江与黄河两个人在打电话。根本不知道：长江从青海的可可西里山出发，跋涉5800千米落户东海。黄河从青海巴彦克拉山北启程，奔波上万里，入籍渤海。成年后，站在兰州铁桥旁，默诵着"黄河之水天上来"，站在黄鹤楼下，轻吟着"天堑变通途"。当时，好怨好悔喝得墨水太少，无能面对他们唱支赞歌。在万众齐声高歌的场景中，当不了领唱，能不跟唱？

　　长江、黄河，是祖国母亲的乳汁，哺育着子孙，浸润着家园。华北泥河湾的旧石器、重庆巫山龙骨坡的旧石器，显示史前二三百万年，大江南北古猿或人类捕猎，标志华夏有人属中最早的代表。云南元谋人是纤细类型南猿，跌跌撞撞地学习后肢行走，陕西蓝田人直起腰背，周口店的北京人能直立行动，会制造简单的劳动工具。在母亲哺育下，广东马坝、内蒙古河套、湖北长阳、山西丁村与许家窑、广西柳州都有走向新人的人群，渐渐地，他们身材长高，脑量迅增，发展成智人。山顶洞人、台湾左镇人是其中两支人马。智人们开始掌握磨制和钻孔技术，会使用弓箭，懂得耕种和饲养禽畜。山西西侯度经火烧过的动物骨、角，是现知人类最早用火的记录之一；半坡的粟、河姆渡的谷，宣告中国是全球最早栽培稻粟的国家之一。华北平原半穴式建筑、西北高原地面式住宅、百越水乡的干栏式房屋，不只见证智人的定居生活，更见证华夏儿女是在吮吸母亲乳汁中强壮成长的足音。

　　长江黄河还滋润茫茫森林、茫茫草原，喂养成群结队的动物。森林中树木繁多，光乔木就有2800多种，红松、台湾松、金钱松世间稀有。丰富的森林资源既贮存大量的建筑材料和工业用材，还护卫着种类繁多的矿产资源。青绿多汁的草原上，三河马、汗血马与野马奔跑如潮，内蒙绵羊、新疆细毛羊拥挤似云。大森林里兽腾鸟飞，大熊猫、金丝猴更是世上极品。在惊涛拍云的海洋、水平如镜

的湖泊和波浪跳跃的江河中，或鱼翔水底，或翻银跳金，扬子鳄、中华鲟驰名中外。

长江、黄河，是祖国母亲面颊上两行眼泪，为贫穷忧郁，为内战悲凄。照理，有才智的人在富饶之地，决不会住草棚咽糠菜，要是有安居乐业的环境，有公正公平的国法，恐怕是家家高楼雕梁，户户佳肴酒香。然而，苍天无情，轻者狂风掀翻茅屋，雷电折断树木，害虫与人争食。重者旱魔掳光稻菽，洪水摧毁田园，地震埋葬万民，还有兄弟斗于墙的人祸。极少一部分人住房金碧辉煌，穿锦衣，吃龙肝，饮琼浆，乘八马，仍难填欲壑，为夺得更大的权利，或篡权或叛逆，或攻城略地，引发诸侯混战，哀鸿遍野，为夺得更多的利益，恣意欺压百姓，搜刮民脂民膏，逼得穷人揭竿造反。那一部分权贵就是祸国殃民的灾星。出生在宝鸡的炎黄两帝是亲兄弟，时斗时和，在河北涿鹿联手剿灭蚩尤，蚩尤部落也是长江黄河哺育成长的异姓兄弟啊！启不服父亲禹的禅让，发动十年内战而建立世袭制王朝。数千年来，八荒九州，战火连连：汤打败夏王桀，建立商朝；牧野灭商纣王，建西周；镐京平民暴动建共和；然后是春秋无义战，争霸称雄；秦始皇横扫六合战十年；蒙恬退匈奴，秦国并百越；张楚扬帜，钜鹿拥刘，七国清君侧，卫青安北疆。接着是黄巾起义，官渡平袁，赤壁之战，三国鼎立，八王之乱，流民挥戈，华夏分成十六国，淝水划定南北朝，就连强盛的唐朝也发生安史之乱、皇子相残、黄巢起义，继而是五代十国、陈桥兵变，发达的宋朝又常和契丹族的辽、羌族的西夏、女真族的金、蒙古族的元立马横刀，相对安定的元朝也被红巾勒杀，比较清明与巩固的明朝，注意开放与工业的清朝，也是内战不休。城头变幻大王旗，乡野万里尽血泪。但愿官民平等、朝野无争、父慈子孝、堂表和睦，篱笆扎紧、疯狗难进。

长江、黄河，是祖国母亲的坚强双臂，创造令人惊叹的奇迹，驱逐入侵的虎狼强盗。随意数数科技发明吧。山东龙山、甘肃辛店拉开青铜器炼制的序幕，战国时的画像装饰、编钟令世人翘首。在古代，中国的数学如《周髀算经》《九章算术》、天文学如《甘石星经》、医学如扁鹊《内经》、建筑如鲁班造房，还有精巧别致的园林、玲珑嵯峨的宝塔、飞虹跨水的桥梁、水密隔舱的艟艨巨艘、莹润坚薄的瓷器、脱胎无骨的漆器、巧夺天工的丝织品、设备奇特的炼丹化学，样样独立于万国之表；造纸术、活字印刷、指南针、火药，使西方掀起中国热；《唐本草》政府颁药典比欧洲早800年；《金刚经》是世存最早的雕版品，李春建赵州桥是世上现存最古的石拱桥，葛洪的九还金丹是人类最早的化学反应产品，沈括的十二气历比欧洲同类历法早800年；郭守敬的《授时历》与现行公历一年的周期相同，但早 300 年；"交子"是世间最早的纸币，徐宏祖研究石灰岩地貌的成果比欧洲爱士信尔早 200 年；延长县有世上第一口石油井，南阳太守创造的水力鼓风机（水排）比欧洲早 1000 年。还有大运河、都江堰、万里长城、四大石窟都让世人叫绝。新中国又走进世界六大工业强国、前三位核大国！

华夏的财富丰足，海盗时常破门而抢。豺狼入室、懦夫奋臂！明中期，倭寇如虾兵蟹将拥上东南海岸，戚继光、俞大猷率众横扫；日寇侵朝，明政府应邀派军援朝。清初，红毛的魔爪把台湾捏在手心，郑成功率三百余战舰夺回宝岛；沙俄军如北方狼群一次次窜进外兴安岭，康熙帝下令围猎，屡屡获胜。之后，英、法、美、德、意、日、俄的轮番炮击，毁坏我国的前门后院，逼迫中国全境开放。华夏不能瓜分，护国灭洋！黄海上，邓世昌、丁汝昌指挥舰队的大炮昂起头颅；在新疆，左宗棠军队的铁骑纵横驰骋；东南海岸，陈化成率民坚守不屈；在台湾，刘铭传率军民夺回失地；中越边境，刘永福黑旗军枪挑法军出河内；广西镇南，冯子材部是摧不垮的雄关；还有民间组织广东三元里平英团、京津义和团，刀戟如林、战旗蔽日、捷报如云、凯歌震天。20 世纪中叶，人民战争的海洋埋葬入侵的马群舰队，创建空军海军，试验原子弹，筑起固若金汤的国防，疆土不再被践踏，财物不再被掠劫，百姓不再遭欺凌，民族不再有耻辱。

长江、黄河，是祖国母亲舞动的绸带，为子孙的发明创造舒袖，为主权的独立欢跃，为多民族之花盛开一园，为家兴业旺走向富强蹁跹。秦始皇使五湖四海归一源，统一度量衡，实行郡县制，迁中原人分赴塞北南天，让各民族融合。汉代，元帝嫁宗女于乌孙王，西域归汉朝，漠北匈奴、辽东涉族、云南哀牢族等愿受汉封，丝绸之路开通外贸事业，隋朝开凿大运河，加上秦朝打通的灵渠，使五岳之下多族交往密切。唐朝贞观之治、开元盛世更是百鸟朝凤，西域突厥族接受唐册封，高昌和庭州，设立都护府，东北回纥族的骨力裴罗接受唐封怀仁可汗，靺鞨族首领任黑水府都督、粟末部落首领任渤海府都督，南诏首领皮逻阁为云南王，文成、金城两公主入藏使唐蕃和同为一家，彼此患难相恤、暴掠不作。唐代外贸发展，陆路可达朝鲜、印度、波斯、阿拉伯，海路除到上列国家外，还可达日本、南洋、马来半岛等地。这些国家有商人、僧侣、学者在中国定居、任职。唐后各朝历代，不断巩固统一的多民族国家，即便是一叶孤舟似的台湾，也始终绕于母膝。三国时，卫温率军队进驻台湾，元代设澎湖巡检司，管辖澎湖、琉球。明末，郑成功收复台湾，清政府设台湾府，辖地包括台湾及其附属的钓鱼岛、赤尾岛等。假如抗战胜利，蒋介石接受毛泽东建立联合政府的建议、或在

1956 年按毛泽东一国两制的构想办，中国的民族团结盛况空前，国家实力史无前例。

　　长江黄河，波翻浪涌，脚步哗哗，一往无前。中国走出老牛破车泥泞路，登上宇宙飞船。

与政协同事在兰州

丰泽园的追思

　　敬仰之情引领我融入中南海，在肃穆的人流中瞻仰菊香书屋，庄重的脚步又走过瀛台和静谷，然后伫立丰泽园前。此时，时代列车载送毛泽东主席驶来，越近越清晰越高大，像旗帜拂去硝烟战尘，鲜艳地飘舞在高峰，昭示着方向和胜利，像骄阳穿越浓云厚雾，辉煌地照耀着宇宙，放射着光明和温暖。

　　毛泽东志坚如山岳。他能力拔山兮气掀天，尤其是在国家遭难，民族受辱，革命遇挫时，更凸显泰山压顶不弯，不到长城非好汉的骨气。

　　面对祸国殃民的政权的大水缸，他敢用小石头去击破。面对入侵飞机的压城黑云，毛泽东登高一呼，耸立起人民战争的铁墙铜壁。虽然用步枪大刀，却是气吞万里，横扫妖魔，收复失地，拯救民族，一洗百年耻辱。列强的大炮喷火烧朝鲜，吐烟呛国门，毛泽东振臂一挥，不能隔岸观火，用手榴弹打败原子弹。南方的强盗闯进西沙，北面的霸主潜入珍宝岛，毛泽东捻灭烟蒂：自卫反击，击破纸老虎，碾压中国国界的坦克、窜进西沙的战舰，统统是扑火的飞蛾，谈笑间灰飞烟灭。华夏统一，责大如天，"划江而治"的沉雷，只当作蚊蝇嗡嗡，主权尊严，柱天撑地，修正主义翻脸的寒锋，只当作春雪数片。

　　在党内，他对真理是咬定青山。逆境中威仪若祥麟丹凤，难事前气概似乔岳泰山。他能忍辱负重，绝不屈身自保，决不随波逐流。右倾主帅要屈膝交枪，毛泽东一言九鼎：武装夺取政权！左倾主帅要攻州略府，毛泽东的意见掷地有声：农村包围城市！于是，革命有摇篮和森严壁垒。反"围剿"中，毛泽东三次削职，龙困浅滩，他不上书求复职，更不打牌走棋把酒吟诗，而坚意讲是非辨鹿马，找病根寻良药，做着山中宰相，护卫星星之火。在湖南通道，戴近视眼镜的掌权者执意驻湘，毛泽东冒死挡驾，硬扛起进黔北上的绿灯，避免羊入虎口。遵义会议不久，他反对打鼓新场，被撤职还力阻，不让红军跳入陷阱，逃过石达开第二的劫难。川藏边界，又有霸王要分家南下或西进自立门户，毛泽东想方设法保同堂。洪波浊浪翻天，砥柱中流巍然。

毛泽东度量大如碧海蓝天。古人说将军额头可跑马，宰相肚里好撑船，毛泽东更是海阔天空，大度能容天下难容之事。王明的五指山压迫他多年。在延安，毛泽东建议保留王明中央委员席位。对邓小平更是宽恕。毛泽东一次次推荐他复出，力主保留他的党籍，并指定专人与部队保护邓。毛泽东拟定接班人有个重要条件，团结反对过自己并被实践证明是反对错了的人。他言传身教，独树一帜。

蒋介石挖过毛氏祖坟，还欠毛家六件命案，常人多会以牙还牙，甚至学伍子胥掘尸泄愤。毛泽东反以德报怨，西安事变时，他主张放蒋。解放军踏足奉化时，他电令粟裕："要告诫部人，不要破坏蒋介石的住宅、祠堂及其他建筑物！"1956 年春，他致信蒋介石先生提出"一国两制"的构想：外交统一，制度不变，重新合作。信尾告知："奉化之墓庐依然，溪口之花草无恙。"次年，蒋介石派宋宜山探访。1963 年 12 月初，国共要人密晤南海。1973 年 5 月，毛泽东请章士钊赴港"架桥"。1975 年春节，蒋介石命陈立夫邀请毛泽东访台。蒋介石驾西，毛泽东独自追悼，在哀乐中低吟"君且去，不须顾"，实在是为国为民不计前嫌泯冤仇。

毛泽东是科学兴华的先驱。强国富民是执政之宗。1944 年 5 月，他就指出，"如果我们不能解决经济问题，如果我们不能建立新式工业，如果我们不能发展生产力，老百姓就不一定拥护我们"。新中国成立后，他又强调："如果不在今后几十年内，争取彻底改变我国经济和技术远远落后于帝国主义国家的状态，挨打是不可避免的。"在有人力推"穷过渡"时，他反冒进泼冷水：第一阶段是不发达的社会主义，"苦战三年过渡到共产主义"是发昏说胡话。我死时也不急急忙忙过渡。马克思、列宁哪里说过共产主义还是很穷的？

他文章超群，史学拔萃，但决不学赵佶与李煜不爱江山偏爱诗画。他崇尚自然科学，认定科学技术是生产力的主将，是国兴民殷的根源。他决心打好科学技术这一仗，攻克科技堡垒，登上四个现代化高峰。打开国门迎海归，兴办院校重理工，派员出国学科技，科学种田育良种，技术革新创优高。

他制定建国策略是科学的。一是砥砺内因，坚持自力更生、奋发图强、勤俭建国的方针，也争取外援；二是工业是主导、农业为基础、国防作保障，他比喻为屁股要坐稳，两拳要有劲；三是优先发展沿海老工业城市，再援建内地。事实是最权威的公证人：粮食产量 1949 年是 2150 亿斤，1956 年 3600 亿斤，1975 年 6000 亿斤，"文革"十年中，前进步伐稍慢，工农业总产值指数仍翻将近 1 倍。人均消费粮食从 544 斤提高到 615 斤。农业净增产量年均 25%，1973 年培育出籼型杂交稻，农业水利和机械化程度、抗自然灾害能力大幅提升。工农比 1952 年约为 1:3，1975 年翻转成 3:1，工业增长 41 倍，重工业增长 90 倍，形成完备的工业体系。1973 年始引进一批大型成套设备与技术，建成 26 个冶金、化肥、纺织等大型国企，中西部一批三线城市拔地而起，沙漠变成绿洲，工业总产值约占全国的三分之一，成为预防备战的保险基金。一个落后的农业国跃进世界工业强国前六位，跃进第八位石油大国，并成为既无内债又无外债的国家。1954 年，毛泽东指示："要发展原子能，这是决定命运的。"新中国成立第 15 年两弹腾云，第 20 年卫星遨游太空。1971 年，核舰艇试航成功。1973 年能收回卫星，跃上第三个核大国。中国雄狮开始昂首腾跃，屹立于世界民族之林！华夏巨轮，乘风破浪，一日千里，何其快哉。在资源消耗和环境退化极微小的前提下、在各种力量军事包围、经济封锁中取得伟业奇迹，谈何容易！唯毛泽东大治如小烹。

因为国家安定、社会和睦、生活水平提高、医疗条件改善，人均寿命从 30 岁增加到 65 岁，出入平安、温饱无忧、健康长寿，正是幸福基本内容吧。

毛泽东是执政党政治民主的开创者。在延安，就找到跳出人亡政息周期率的光明大道，他宣布：这条新路就是民主，让人民群众来监督政府！

奠定多党合作制度。新中国成立前后，偏左者主张一党专政，毛泽东劝说，不要忘记老朋友，手心手背都是肉，还是多党合作好。要政治协商、民主监督，多听反对意见。于是第一届国家副主席和部长的席位，爱国民主人士约占一半。

试行废除世袭制。历代封建王朝，都将政权当做家庭私有财产传承，是谓龙生龙凤生凤。毛泽东反其道而行之，创建人民当家做主的民主政府。井冈山上请泥腿子当县长，保卫延安，重用从群众中走出来的领导。建立新中国，实行人民代表选举制。为彻底打碎封建世袭制，为杜绝政府蜕变为衙门化、官僚化，果断地让人民群众直接参与政府管理，力谋执政党在群众土壤深扎根的方法。制定领导干部和群众同吃同住同劳动的规矩，试行领导班子"三结合"的组建形式及开门整风。虽然探索中有极端民主化的乱象，如用大革命时方式搞"文革"，但毕竟旨在坚守人民民主的阵地，塑造良好的政府形象，维护执政党在民众中的威望，政权改革，政治民主的尝试。

倡导民主监督。毛泽东骨髓里的上帝、活菩萨、真英雄就是人民！相信群众是根本原则，服务人民是唯一宗旨。这位提倡并身体力行学北包南海，刚正不阿，敢拉皇帝下马的巨人，却甘作人民的勤务员。子孝听父训，仆诚依主言。他力主让群众讲话，听他们批评，天不会塌下来。开门整风、百家争鸣，有点

乱哄哄的瑕疵，却不损其美玉的本质。他就是诽谤不究的楷模。1945年，延安两户农家被雷电击毙人、牛，怨天为何不击死毛泽东。他对主张抓杀的同志说，不可！他们是敢讲真话的好人。无端挨骂都可谅解，还有什么相左言语听不进？林彪对平津战役方略的改动，粟裕对渡江战役的异议，耿飚对有求必允援外政策的意见，周世钊、梁漱溟、周谷城等人对反右、对浮夸风等提出悖论，李达呵斥"润芝不要头脑发热，火上加油"，毛泽东都洗耳恭听，酌情矫正。尽管，"大跃进"中的高指标，急于穷过渡、反右扩大化，是执事者的错误，也统统揽接。他说，我是主席，所有错误我都负有责任。他还写出检讨书，要求发到全党。

毛泽东是开放外交、世界维和的奠基人。他是军事奇才，没进过军校、只佩过一天枪，却敢打硬仗，能打胜仗，但他始终恪守"我们的愿望是不打仗"。一将成名万骨枯，还必殃及百姓啊。在国内，若没有"四一二"大屠杀，怎么逼他上井冈山？他深知"国共和谈谈拢的希望一丝一毫也没有"，偏赴重庆鸿门宴，直到老蒋开枪才自卫。在国际，他一直寻求和平共处，互相支援，如墨子所言的兼爱互利。对美国，1945年1月，致信魏德迈，表示愿去白宫会谈，却被赫尔利搅黄。1949年，他批准中美派人见面，商定高层晤谈，又受阻未成。1971年4月，他决定邀请美国乒乓球队访华，继而由基辛格开始中美关系破冰之旅。1972年，尼克松与毛泽东双手紧握，接着又和田中角荣商定建交。抗战时就和英国驻港总督和谈。1949年2月，毅然决定不收回香港，因为这里是通商要道，沟通中外民间的桥梁，此举博得英国政府的好感，很快承认中华人民共和国。1974年5月25日，英国前首相希思访华，毛泽东提出1997年应该"有个平稳的交接"，双方磋商一致。为维和，毛泽东十分注意防患于未然。20世纪50年代，炮击金门时，他对叶飞再三重申不要失手打到美舰。到广东视察时，人问香港与深圳行商频繁，如何处理，他说，来的不是老虎，就别学武松。我们还要和英美平等地做生意。假如处理有偏差，或许会成大战导火线。

毛泽东还在国际关系中，开辟中间地带，创立第三世界，促进欠发达国家远亲邻睦，互通有无，互相援助，和百余个国家结为桃园之义、金兰之谊，在向美国借贷的情形下，仍向弱小兄弟国家伸出援臂。仅援越，"文革"中就达200亿美元。援外既为护卫世界和平筑起坚实的防火墙，也为中国再度登上联合国的世界舞台架起钢梯。

毛泽东是谦逊廉洁的楷模。策功垂世，伟业永存，万民崇敬，合情合理，但他厌烦甚至忌恨突出个人："我毛泽东独龙能下雨吗？"

他反对为自己树碑立传。在延安，萧三奉命写《毛泽东传》，毛泽东请他：

不要写，我还活着。1950年5月，在沈阳拟铸毛泽东铜像的公函上批示："铸铜像影响不好，故不应铸，""只有讽刺意义。"上海市要命名毛泽东路，他坚决制止。"文革"中获知韶山为他铸铜像，他说不要让我站岗。第二套人民币原设计都有毛主席像，他指令"钞票上不要用我的像。"他多次提出不兼国家主席，"让别人干"，还多次在文件上删除"四个伟大"。

他严以律己，拒绝特殊。他多次告诫湖南一些领导：对我的亲戚应"完全和众人一样，不能有任何特殊"，他要求子女和工农子女画等号，"共产党决不能搞'八旗'标准！"他谢绝地方馈赠礼物。湖北云丹寄他贡米"水葡萄"50斤，浙江龙泉赠柄三尺剑等，他统统汇去购物款和劝诫信。他到各地视察，都自付伙食费、粮票与购米款。他生活用的房租、水电、地毯、液化气、茶叶、香烟及接待老友的吃住医等全从工资中开支，买乒乓球、购双响炮自掏腰包，建党初向章士钊借2000块做活动经费，从稿费中支付，就连身边工作人员外出的多吃多占，他也用稿费一一赔下去。

毛泽东功高如天。他终结黄、炎、蚩尤以后六千年同室操戈的悲剧；他统一五湖四海，使一个从七国称雄到军阀割据的华夏金瓯完整；他创立民主制，铲除自夏启以后的政权世袭制；他使各自一亩三分地的从农经济，变成集体所有制；使刀耕火种的农业国成为工业强国；他拔除朱门酒肉臭，路有冻死骨的祸根，使万民安居乐业，吃穿不愁；他缚住旱涝两条恶龙，减少天灾对百姓的危害；破旧立新的一场春雨，洗刷几千年的黄赌毒污秽……

毛泽东凭他巨大的贡献，高尚的品质，受到世界人民的盛赞。"他是人们大救星"的歌声永远萦绕在五岳四海，外国对他赞扬如潮，涛声依旧，穿云裂石。联合国肯定毛泽东是"我们时代的最英雄的人物""他改变世界历史的进程""他实现理想的勇气和决心将继续鼓励今后的世世代代"。

1985年5月在中南海丰泽园

1945年重庆谈判时，中国第一次响起"毛主席万岁"的高呼，这是蒋介石的声音，他两次连喊三遍。毛主席谈及喊他万岁时说："七十三，八十四，阎王不请自己去，不去或许活百岁，但人总是要死的。万寿无疆，天大的唯心主义。"毛主席驾鹤40年，但他的心血和功德在五星红旗上万代飘扬，他的智慧和思想如日中天光耀万年。

观 海

生命旅途中，前几十年在山路岭头奔波，有挥刀砍柴的辛劳，也有爬树捉鸟的乐趣，有坠岩蜂蜇的痛苦，也有采果摘花的愉快，自然爱山。然而，少时读到茫茫林海、苍山如海，也挺想腾云驾雾，探险好望角，问奇蓬莱岛。步入壮年后，有幸在盐官观潮、普陀枕涛，到下龙湾赏石林，渤海口望日出，渐渐由相识到相知，从知面到知心。

海有博大的胸怀。大凡来客，不问客从何来，不检查身份，也不管是远在万里，近在眼前，不论是千军万马涌来，还是单枪匹马怯生而至，统统有安身之地，统统汇聚一堂，亲密无间。在望远镜都望不到边的海浪中，有世界最高珠峰、非洲屋脊乞力马扎罗山、跨越赤道的三大山岳、北美洲冰川湾、日本白神山地、南北两极等地冰雪消融的水，有庐山、黄果树、壶口、非洲赞比西河上、北美纳议尼弗吉尼亚、南美伊瓜苏等地轰轰作响的烟雾，有长江、黄河、科罗拉多河、湄公河、红河狂傲不驯的湍流，有多瑙河、莱茵河、涅瓦河、恒河、武陵源、钱塘江的秀水，有京杭、苏伊士、巴拿马大运河的细浪，有威尼斯水域、大阪水都的涟漪，有中国黄山、美国黄石的温泉……

海有隐忍的雅量。舟山渔谚："海上风如虎，三日两头追屁股""三尺板外是阎王"，说明出海的风险性。尤其是八月，台风接二连三，暴雨如银河倾泻，狂风如虎狼成群奔突，巨浪如海倒立，涛声如雷霆万钧，台风横扫万物如卷帘。徐福的楼船有多少去不回？鉴真为什么要六次东渡？林默何以成为妈祖？海上有过多少泰坦尼克号沉海？有多少鲁滨孙漂流孤岛？举几例近的吧。1954年12月13日，温州海防大队机帆船夜航洞头，在黄大岙碰侵华日军沉船桅杆翻沉，67名军政干部罹难；1980年3月27日，永航10号拖轮，因舵工离岗玩耍倾翻；1984年4月19日，"闽海322"轮在温州荔枝山东南触礁沉没；1985年7月3日，巴拿马籍"和达"轮在乐清湾台风中心过境遇难；1986年11月2日，拉丁美洲籍"东方光荣"轮与"鲁荣渔7292"轮碰撞；1987年3月30日，台湾"嘉华"轮与"闽渔619"碰撞。案犯不是大海，却背上海难的罪名，实在是忍辱负重。

大海具有公正平等的意识。凡在海上作业的统统承载，不看轮型豪华的万吨轮，还是简陋的小舢板，不管船主是高贵的王侯还是位卑的渔翁，平等对待，船的单位是艘或只，人的单位是位或个，相同的单位是没有轻重厚薄之分的。相传，华夏的造船祖师是黄帝时代的货狄及后来的鲁班。《淮南子·齐俗训》载："见窥木浮而知为舟"，恐怕原始先民的舟就是浮木；《考工记》说："刳木为舟"，大概是将新石器时代有独木挖成的船；河姆渡发掘中有陶船。舟山将渔船统称为木龙，船头有角的，也有无角的，造型有别而名称不一。大海让渔民的大捕、鲨飞、小对、白鸭船等捕鱼捞蟹。在云南郑和故乡有份图片，可见庞大的船队途经舟山渔场，船型仿中国龙图腾，称为龙舟，每艘船头都有龙眼。我国东南沿海造船业在三国时就很发达，出海的既有官营船厂造的大型战船、漕船、粮船，也有民间生产的渔船、商船、游船，如今更是鼎盛，航母驶进海洋，潜艇漫游海底。

1985年4月在石塘镇

大海护送过法显、郑和、哥伦布、马可·波罗、麦哲伦等航海家、护送过古罗马统帅恺撒帝王、护送过"五月花"号移民船、西班牙2万人的船队，护送过百余位国家元首参加维护世界和平的会议……

大海怀有感恩的深情。人们常说情深似海，可见海不是无情的。大海心知，世界万物是兼相爱、交互利的，因而就有抚育的责任和反哺的义务，既是感恩，也是报效社会。大海哺育着水生生物，澳大利亚东北的大堡礁分布着400余种珊瑚礁，在斑斓多彩的珊瑚中，生活着1500种热带海洋生物，有海蜇、管虫、海绵、海胆、海葵、海龟、蝴蝶鱼、天使鱼、鹦鹉鱼，等等，在澳大利亚西海岸尽头的鲨鱼湾，海牛数量是世界最多的，有面积最大的海草平原，四季都能看到海龟、鲸鱼、对虾、扇贝、海蛇、鲨鱼。在舟山莲花洋，每年立夏前后，常有数千头海豚齐掠海面。为使人类有更多的景观，大海用浪作雕刀，在海岸雕就千奇百怪的石工艺，加拿大纳汉尼有水凿的洞窟和土柱仙女壁炉。在中国台北有野柳龟、女王头、梅花石、仙女鞋，在舟山群岛，有龙女更衣壁、花轿礁、飞龙听经。大海每天早晚都涌上海岸、扑上海滩、奔上海口，那是她踮脚眺望高远的源

头，是她用激昂的声音向大地问安。

面对大海连连绵绵的千重巨浪，想到逶逶迤迤的万峰突兀，耳听涛声这大海的呼吸胜千军呐喊，如闻山中飞瀑出征的宣言似万鼓齐鸣。啊，山是凝固的海，海是移动的山，山是海的生母，海是山的护卫，山连着海、海靠着山。

团团圆圆中秋月

月到中秋分外明。看，蓝湛湛的天空，一尘不染。皎皎明月，金镜饱满，明明亮亮，团团圆圆。她那柔柔光晕如水似泻，轻轻洒湿透迤山峦的青松翠柏，慢慢浸润鹅黄的金桂橙色的丹橘，让一草一木痛快地沐浴，湿漉漉水灵灵。她那朗朗清辉如银赛玉，淡淡地镀在大道小径上，铺在江河湖泊上，使一水一石抛却黑暗的包裹，亮丽丽，光闪闪，中秋月夜，淡雅空旷，朦胧静美，凉意爽人，芬馥沁心。难怪乎"今夜月明人尽望"（王建诗句），甚至像张绅一样去"湖中玩月"。像苏轼一样欢饮达旦，大醉而写水调歌头。

据传，西周京都镐京（西安附近）修月坛，中秋祭月神。更离奇的是唐明皇玄宗在中秋夜，和罗公远游览月宫，与嫦娥翩翩起舞。此事虽说假，但他做梦游仙中创作"霓裳衣曲"却是事实，晚唐始，王侯贵族的饮酒赏月之风，渐渐吹入民间。

中秋夜，不论晴雨都要焚香燃烛拜月。庭院中摆张八仙桌，点上一炉高香，供上三杯清茶，还有红柿、石榴、菱角等新鲜水果，当然少不了月饼。相传，清乾隆幸杭，恰逢中秋，吃了贡饼，欣喜地说："好月！好饼！中秋佳节也。"于是把中秋饼称为月饼，江南衢州的月饼是精制夹馅的大麻饼，径尺余。饼上画有麒麟送了、嫦娥奔月等图画，放在桌子正中。北方周口店等地Ⅲ和同题材的木刻画。有些地方的小孩把小月饼钻四个孔对天窥月，说是能看见嫦娥跳舞，吴刚伐桂，玉兔捣药，信不？试试。

文人雅士相聚赏月，更是诗兴勃发，口吐莲花，留下不少佳联奇对，李渔在扬州桃花庵赏月，住持说："天尽山头，到了山头天又远。"李渔信口作对："月浮水面，撬开水面月还深。"浅显明快，意境优美。郑板桥在瘦西湖"月观亭"赏月，挥笔题联"月来满地水，云起一天山"，充满诗情画意。

祖先拜月，中秋赏月，今人赏月，仅仅是良辰美景的诱惑？不！更因为团团圆圆的中秋月送给人间最吉祥最美好的祝福！

月亮在天体中是唯一可见圆形的星球，而月中最圆，那是圆满、团圆的象征。中秋，日与夜时间相等，月亮受太阳直射，受光最多，反射最强，这不正是阴阳结合最长久最紧密最圆满的嘛！

秋分时节，金灿灿的五谷入库，红扑扑圆溜溜的水果上市，这丰收是天地人三才合作圆满成功的捷报。

月亮绕地球运行，地球绕太阳旋转，不是永不分离的团圆吗？中秋夜，全家人围坐啖果吃饼赏月，这是人间团圆的乐事，天上月圆，人间团圆，又是天人和合的大团圆啊！

团圆！团圆！李白不必"举头望明月，低头思故乡"，杜甫无须月夜遥怜妻和儿，不再有离别之痛的怨妇，不再有思乡之愁的征人。如今，科技发展，有了手机、QQ、可视电话，可真是千里共婵娟，天涯若比邻！

中秋夜，北疆天山长白的天池，江南杭州织金的三潭、东方的日月潭瘦西湖、西边的普洱海青海湖……伴随炎黄子孙赏月吻月抱月。天上月，水中月，同一月，家人心，游子心，共一心，这月这心，没有浓云密雾能遮挡，没有重山复水可阻隔。啊，中秋月，中国心！

春驻房中

　　人人都盼四季如春，东风和煦，神清气畅，冷暖宜人。秋天虽然天高云淡，桂香菊黄，但万木萧萧，难免使人生愁。冬夏骤寒暴热，让人敬畏，俗语说："好汉不赚六月钱""冬至月头，冻死老狗"。它们照样寒来暑往，才不在乎是热脸庞还是冷板凳。既然挡不住冬夏的脚步，就得想办法防暑御寒。

　　用扇子对付骄横的夏天。明人罗欣《物源》中说，"舜始造扇"。这扇是帝后辇舆上翚，稚羽积线，用来障尘蔽日。后来绘上龙凤，演变成长柄仪仗扇。周朝规定天子八扇，诸侯六扇、大夫四扇。闺阁千金的用扇，圆框牙柄绢面，有时轻挥慢摇送凉风，有时"轻罗小扇扑流萤"（杜牧《秋夕》），有时"美人病来遮羞"（王建《调笑令》）。诸葛亮用鹅毛扇，"有祥云之素乌，体自然之至洁，飘缟羽于清风，拟妙姿于白雪"（晋·张载《羽扇赋》）。王孙公子摇的折扇，张为半月收似短剑，出入怀袖，用材有纸的，有绸的，有檀香木的。

　　山野农夫，市井草民，无享用仪仗扇的福气，英国皇室少女持用的扇，是白鹭和鸵鸟羽制成，象牙为扇骨，布衣何来铜钱购得？也不会捡到秦淮歌妓李香君的桃花扇，更不会去借铁扇公主的芭蕉扇。自然是就地取材，砍枝新蒲或芭蕉叶截成八九寸直径的圆形，外圆缝上一圈布即成葵扇。大多乡村是择细白的麦秆蒸后漂白晒干，编成八分宽的长瓣，再一圈一圈平面盘绕成扇面，然后剖开一截竹片夹往扇面便成。虽说简单，却也能握牢一片团圆月，摇出九州凉爽风。在理发店会有悬空的大扇，座椅头顶吊块布帘，由人一拉一松系帘的绳子，帘子前后摆动送下凉风，为节省人力，有的一根绳子连两个帘。后来，电扇的大队涌进生活，吊式的座式的立式的壁挂的，形体不一，但终究是扇的宗族，职责是拂暑取凉。

　　抗御严冬，最常用的方法是烤火，有的用壁炉，有的靠烘坑，吴越之地使用火炉，简易的只用几块砖围成一圈，防止炭灰乱跑，考究点的在木架上搁只锅，可这些都不能当随从哇。于是，以明手提火囱，极少用青铜制作，大多是竹篾编

成提篮状外框，内置陶泥或铁皮的小钵盛炭火，上面有铁丝盖，提手柄一头还挂个耳坠——一双链着的金属筷子，作火钳的替身。冬季的乡村，背风向阳的地方，常有三五成群的老人聚谈。火囱在他们腿上腿下变位。对孩子们来说，火囱还是烤炉，有的把黄豆玉米关进铁盒，掩藏在钵里，不久，就飘浮起缕缕诱人的香味，接着，轻微的爆裂声报告烤熟的消息。

虽说火囱有时也要作案，它会悄悄地用红唇舔焦人们的衣角，它会赖在地上打滚，弄得灰雾飞扬，让人呛咳，甚至在老人睡觉烘棉被时翻倒在床，燃烧被褥，但人们还是把当作宠物，相牵相随。

进城后，疏远扇子和火囱，另有新欢啦？有电扇和热水袋呀。如今，它们也被打入冷宫。空调的百万雄师强劲推进，阵地扩大到千家万户。空调是多么便捷，轻按遥控器，便可却暑退寒，它又是那么自由，温度湿度随意调节。

扇子与火囱，在人们新的创造面前甘拜下风，乐意退避三舍。炎热与寒冷这对老死不相往来的冤家，居然，让空调成为它们的洞房。

冬天这个冷面杀手，夏天这个凶神，只能在家家户户的门外窗下窥视，再也无力杀将进屋。房中天天温暖如春，科技唤来春同驻。

我保存着火囱、麦秆扇。他们不仅仅有恩于人类，更是有形的史记。因为人类历史是无终点的接力赛跑，前任的创造积累为后人加固提高座基，后人在这个高台上再往上一层，所以，一代代人发明的物件，在各领风骚数百年后，又慢慢远离生活：小时候听过留声机，那是老爱迪生给1942年元旦的贺礼，早已销声匿迹；橱里的傻瓜相机抱着柯达胶卷永远休假了；机械打字机、黑白电视机、传呼机、大哥大、手摇电话机，今天的青年见了，会问"客从何处来"。就连莫尔斯电报机，这位捍卫世界和平的功臣，挽救中国共产党和工农红军的英雄，为世人传递亲情与友谊的天使，也拱手拜拜退出历史舞台，走进科技博物馆长坐。铭记逝去的物件！敬仰造物的伟人！

忘记他们，就是忘记列祖列宗；

贬损他们，就是给华夏脸上抹黑；

否定他们，就是人民的叛臣逆子！

每个人都是历史接力棒的传递手，切莫责前怨后，当记荣辱与共！传好自己这一棒，光前耀后。

贺年卡

　　一张一张，很小很小，却飞遍一座座心灵的金銮殿。一张一张，很薄很薄，却占领春节前一天天的时空，片片贺年卡没有五彩缤纷的玉树琪花，却是春姑娘出闺的伴娘；句句贺词，没有神授之笔的鸿篇巨制，却字字灿烂如珠玉。

　　她是友谊的天使，携带新朋老友的深情。手捧贺卡，听觉回音壁传递着明代文徵明吟诗《拜年》："不求见面惟通谒，名纸朝来满敝声。我亦随之报数纸，世情嫌简不嫌烦。"（贺卡，古称名帖，西汉改名谒，东汉呼为名纸，北宋后又叫飞帖。）她携带师长对后生的关爱，甚至做君臣关系的纽带。唐太宗过年时，在3寸×2寸金箔中间印贺语"普天同庆"，分赐大臣。康熙用红纸制作贺卡（叫红单）。有的贺卡，还是国家与国家友好往来的象征，1943年，罗福斯用金片压制成贺卡赠丘吉尔。无论是长者的嘉勉，还是同辈的激奋，如春雨不断地充实友谊的东流江水。

　　她是怀旧的光盘，让人在记忆的荧屏上闪回一幕幕场景，同窗的琅琅读书声沙沙走笔声，操场上龙腾虎跃的身影；在山涧小溪里泼水嬉闹、捉鱼摸蟹；在练兵场摸爬打滚、擒拿格斗；在山棚里火盆上烘薯干烤苞芦馃；在厂房摆弄金花四溅的焊枪，还有在旅行中昙花一现的微笑……贺卡虽不像铜鼎金文述德、铭功、记事，但能让你俯拾飘落在时间隧道里的一片片凤毛麟角。

　　她是庆贺的礼炮。亲友用火样的热情为你事业大厦增高唱赞歌，为你财源滚滚如江潮而欢欣，为你才思勃发如春华而快乐，或许还抚慰你偶尔挫折的伤痕，告诉你失利犹如老君炉，能练就铮铮铁骨、火眼金睛。那些情真意切的贺词会化作万里长风，催动你信心的风帆，破浪驶向更辉煌的港口。

　　她是祝福的宝瓶，装着亲友诚挚的心。尽管许多词语有点似曾相识燕归来，但你仍然认定年年月月花不同，会细细咀嚼其中的滋味。"福如东海"让你置身温泉，"寿比彭祖"让你青春永驻，看一眼"一生平安"仿佛收下护生伞，读一句"万事如意"猛聚阿黑神箭的力量。重唱的老戏中有郁金的芳香、玫瑰的艳

丽、百合的亲和、橄榄的温馨。

她是悠悠警钟，要爱惜时间，要珍惜生命。时光急流电，人生如朝露。时间是生命的材料，是能力发展的地盘。过去，有的时间在嬉戏中跑冒滴漏，已不可往返，但来者犹可追，要像圣人贱尺璧，而重寸阴。发扬禹寸陶分的精神，走出成就的半山亭，朝天都峰、向光明顶奋进，坚信脚板总比山顶高，山到绝顶我为峰。同时要牢记身体是革命的本钱，是事业成功宝塔的座基，切不可无度玩耍挥霍健康，也不要在没必要捐躯时为拼搏而拼命。功成名就是日积月累的过程，贵有恒何必日日夜夜悬梁刺股。既要有大鹏展翅九万里的凌云壮志，又要有隐住深山埋名十年的耐心，勤奋与耐心是天才的两翼。

贺年卡，很小很小，很轻很轻，她却托着四海兄弟，托着千千万万个桃花潭，承担起一年年比金子昂贵的光阴，比泰山还重的情感。

日　食

天堂也有白闯，月亮竟吞太阳！名叫日食，儿时听大人说这是天狗吃日头。

谁都知道，万物生长靠太阳，可人们日出而作，日入而息，匆匆忙忙赶路，辛辛苦苦干事，实实在在无暇对日放歌，只能偶尔高唱"东方红，太阳升""太阳出来照四方"。而皓月当空时，正值休闲，或举杯邀明月，或吟唱花影中。于是，月亮成为墨客捧赏的主体，也成为民间礼拜的神灵。

看看人们对月亮的爱称："月乃太阴之象""素娥即月之号"（《幼学琼林》），王维说"桂魄初生秋露寒"，李商隐吟"扇裁月魄羞难掩"，贾岛云"玉兔潭底没""蟾蜍亏复圆"，卢仝唱"金兔正奇绝"，《古诗十九首》唱："三五明月满，四五蟾兔缺"，方干讲"三五玉蟾秋"，李俊民写"蟾宫风散桂飘香"，李群玉喻"朦胧吐玉盘"，李贺比"玉轮轧露湿团光"，刘孝绰指弯月"玉羊东北上"，苏轼疑"云峰缺处涌冰轮"，孔平仲称"团团冰镜吐清辉"。

问问神州赏月名胜：杭州西湖有三潭印月、平湖秋月，苏州有石湖串九月、三月共来亭，扬州的二十四桥，台湾的日月潭，山西的五台滚月和双塔交月，湖南永州的石洞印月，福建平和的登梯取月……

瞧瞧与月相关的民俗：七夕夜对月穿针，中秋夜祭月、赏月吃月饼，还有奇特的乡土月俗，如阿细族跳月，苗族闹月，黑龙江敬月，台湾观月，香港追月，扬州比月，常熟离月，广东乞月，浙江照月，湖南偷月，云南串月。外国也有月亮节，如美国秋月节，日本和斯里兰卡的月圆节，伊朗七月十六"麦赫尔干"节，印度尼西亚的大月节，桑给巴尔月亮节。

月亮笼罩上无数的光环，得到无上的荣耀。于是忘乎所以，目空一切，不但每月有一天早晨日出时仍霸占天空，企图冒充太阳，居然还想吞掉太阳！

月亮，别忘恩负义！是谁给你热能和光辉？是无私的太阳，是不搞个人崇拜的太阳。是谁给你高速行进的动力？是地球，是厚德载物的地球！是阳光和地球的山水草木赋予你美妙的夜晚，让你观山之宁静，听涛之雄壮，让你闻琴声之温柔，听诵诗之激扬，睹舞姿之婀娜，赏书画之缤纷。你却有贪天之功，将这些记到自己的功德簿上。你绕地球旋转时引诱着海洋，在新月和满月时，和太阳、地球保持在一条线上，使海产生朔望大潮，在众人惊奇中，你悄悄地顺手牵羊，偷走地球自转的能量，一方面逼迫地球每一百年的自转周期减慢 1.5 毫秒，另一方面用偷吃的能量每年外偏轨道 3.8 厘米，企图渐渐远离地球而自立山寨。玩弄这种小权术就不计较了，可要吞食太阳，要隔绝太阳与地球，这种恩将仇报的行为，分裂太阳系统一的阴谋，怎不为千夫所指？

月亮，你太狂妄啦，也不掂量掂量自己。太阳是自动发光的恒星，表面温度 6000 多度，你能遮掩其万丈光芒吗？近 30 年你尝试上十次，虽然挡住过阳光，却只能是短暂的快感，且最多挡住正面的小片阳光，挡不住太阳背对地球那面的无际光焰！你的直径只有 3475.8 公里，是地球的 1/4，体积是 220 亿立方公里，约为地球的 1/49。太阳有多大？它的直径有 150 万公里，它的体积相当于 130 万个地球啊！蛇能活吞大象？一叶能遮住莽莽森林？片云能封闭宇宙？一舟能盖住大海？绝对是白痴做梦。你虽然得到过偏食，偶得全食，那只是太阳与你捉迷藏，让大家哈哈一笑罢了。太阳还是那个太阳，射日的羿都死了拿下太阳的心啦！劝你还是守本分，手莫伸。

太阳赐恩典于广宇，太阳施福泽于人类，月亮小弟，你也是受益得惠者，要做君子记恩不记过。别嫉妒太阳，别抹黑太阳，没有太阳，你能是什么？又有谁认识你，夸耀你？我对你调解，是因为你毕竟不是害怕光明的老鼠，更不是忌恨太阳的鬼怪。你要识相点，地球已用引力之鞭对你鞭笞三千下，表皮鞭痕未消，倘若不思悔改，顽固不化，地球会罚你出场的。

休了论断

　　掌门县文联时，经常组织文艺赛事，却是醉翁之意，不是让作者逐鹿艺坛争杯淡酒，而是把赛事当作集结文艺新兵老将演习的场地，当作烧旺文艺创作之火的鼓风机，当作加速提高艺术水准的助跑器。我明白，美人不同体皆悦于目，春色无高下百花尽艳。文无第一，能给文艺评出个名次的人是不会出世的。出自不同作者、演艺人的作品，是没有统一的度量衡来测定几斤几尺的。有如百花齐放，国色天香属谁？白居易将山石榴"封作百花王"，有诗人说牡丹是百花王，韩琦赞月季"何似此花荣艳足"，杜牧则赞"霜叶红于二月花"，黄庭坚又称兰花为国香，即便称兰花为香祖，那么万种兰花，皇后的凤冠赐谁？就是有国际统一标准判别，通过激烈竞争产生的体坛各类冠军，也偶有并非真正世界第一的第一。

　　对古代书家，安有定论？颜体苏东坡赞"书止于颜鲁公"，李煜却嫌颜粗鲁，米芾在《书史》中说："颜柳挑踢，为后世丑怪恶札之祖，从此古法荡无遗矣。"杨慎说书法之坏始于颜。《兰亭序》唐太宗在《王羲之传论》中推崇为古今第一，推上书圣高台，李白棒喝大王"浪得虚名"，韩愈在《石鼓歌》中斥"羲之俗书趁姿媚"。张怀瓘《书议》则认为"子敬第三，逸少第八"。清代批石军更是掩埋其偶像。宋代四大书家，谁是金牌得主？苏轼说蔡襄行书是本朝第一；黄山谷认为，本朝善书自当推东坡为第一；康有为觉得宋书以山谷为最，邓散木却说米芾为宋四家之首。再说，唐人尚法，晋人尚韵，宋人尚意，法韵意三者，安能辨雌雄？

　　书法评论还常有"字如其人"一说，更把人们引入歧途。颜筋赵媚的书法评语，却源于两人的经历。

　　颜真卿是中唐的忠烈名臣。他遭杨国忠排斥离朝出任平原太守，三年里，废弊政，奖农耕，固城池，储粮草，真如岑参赠颜诗中言："易俗去猛虎，化人似驯鸥。"期间发生安史之乱，河北、山东为叛军占据，唯平原坚守。他与堂兄常山太守杲卿竭力抵抗，并联络附近十七郡20万官兵阻击叛军西攻潼关。虽然，杲卿战死，真卿弃城，但为肃宗创造在河朔重振军威以平叛的时机。代宗时，宰相元载规定百官奏事，先报宰相审批。时任礼部侍郎的颜真卿愤而上书皇帝，痛斥元氏弄权误国，劝皇帝早日觉悟，免得孤立。而后奸相卢杞把颜真卿视为眼中钉，不拔不快，便借刀杀人派七旬老人真卿去汝州劝叛将李希烈归降。李希烈攻下开封，立国号大楚，自称帝，他积薪浇油燃之，以生食颜肉威慑，后又以宰相高位做诱。真卿不惧不从："原从兄去，以身殉国。岂受鼠辈诱胁！"他自撰墓志，祭文和遗表，泰山崩于前而不改色，从容赴死。他被叛军缢死于蔡州龙兴寺后，他堂堂正正之气，威威武武的铁骨，更赢得人们敬仰，被誉为人臣楷模。盛德君子。皇帝谥曰"文忠"。所以，颜真卿生前书名不盛，却有六七十部书作广为流传。

赵孟頫是宋太祖十一世孙，他博采众长而自创赵体，年轻时闻名朝野，学他的人和冒他名的赝品都很多，直到老病交加时，仍门庭若市，求书者不绝。就连与之齐名的鲜于枢也佩服之至："子昂篆、隶、真行、颠草，俱为当代第一，小楷又为子昂诸书第一。"正因为他应召仕元，还表示"且将忠直报皇元"，又得元仁宗赏识，官位直到一品的荣禄大夫，但后人对他便失去公正的艺术评价。明代项穆说："孟頫之书，妍媚纤柔，殊乏大节不夺之气。"祝允明贬之为"奴书"，翁方纲斥之为"奸佞体"，清代傅山干脆说"薄其人遂恶其书，从熟媚绰约中看出贱态"。

纵然评论家撇开书家的政治态度、为人品行和自身好恶，也无能给各位书家之作分别安排到有尊卑主次之分的一把把交椅上去。各位书家的用笔、结体、布局都不一样，互相比较便没有前提。好比跳高、跳远、撑竿跳高、三级跳远，尽管都有助跑、起跳和跳出距离，但不能混在一起评比，按离起跳点的最远长度排名次。书法作品，都是用毫在纸上的平面运行和管在空间上下纵向运动完成的，其结果各辟一路，自成一格，可以比较产生各自特点，却不可以比较出高下。

书画是物，尚无法评论，而人不是泥塑木雕，评说者与被评人都因情因境的不同，产生你东我西的言行。处理一件事的方法没有固定模式，而对处理方式与结果的评说，至少会有三种。更何况，评说者只能看到表象的截面，摸不透内在因素，其论断多为臆想猜测推断，能一语中的者或是万里挑一。评人论事，若非站在民众利益的立场，历史发展的视角去洞察，就休得多言。须知公有公理，婆有婆理，或许各占一半理，或许双方都胡搅蛮缠，清官难断，旁观者更是昏昏难昭，还是别启齿为好。

孔子要恢复周礼，即在他之前 800 年是有道盛世，何以说"若无孔子，天永为黑夜？"董仲舒独尊儒学，袁世凯通令崇孔，有一些理，但独尊排他就显得偏颇。五四运动中的反孔，又何尝无理？但打倒孔家店就过火了。有人说 21 世纪要从孔子那里汲取智慧，这就偏爱了，孔子和耶稣、释迦牟尼都传递人类共有的道德观，利于社会和谐，而创新物质财富、提高人民生活水平，更是依靠自然科学技术的升降机。过去不知孔子的西方发达国家，政府管理较合理，人们道德也规范，科技水平很前沿，还要等孔子骑马车去说教"克己复礼"吗？再说，弘扬传统美德的主渠道是一代代公民的言传身教。

自古来把商纣列为暴君的典型，郭沫若认为，"商纣王经营东南，把东夷和中原的统一巩固起来，在历史上是有功的。"1958 年 11 月，毛泽东在一次谈话中，同意郭沫若的考证，认为纣王是个很有本事、能文能武的人。

自小就知道秦始皇是暴君，作这样论断的人更是霸道。嬴政统一全国，创立郡县制，统一文化与度量衡，开凿运河，修筑长城，铺设两旁植树的马路，给中国带来多少福祉！他同意坑儒是过错，因 460 个儒生方士顽固守旧复古、装神弄鬼、浪费财物、互相倾轧，也是迫不得已。然而，他不但令查实再杀，还留任许多执意复古的儒生继续搞他们的研究。应当说基本上是合法通情达理的。

曹操，有伙人说他是篡汉之逆臣、乱世之奸雄，另一伙人却将他是治国之能臣，乱世之英雄；刘邦反秦登基成正统，王莽称王便成篡权，凭什么下此结论？天下非一私姓。

李林甫是背负口蜜腹剑之名的，然而，宰相宋璟是他好友的父亲，违法事发，李氏硬是请皇上将宋流放岭南，玄宗要提升亲臣女婿，李氏坚决抵制：必须考取。不惧皇威，照章办事，了不得。他还创立全国统一刑罚的标准。唐人《封氏见闻录》载李林甫"在官有异政""吏人立碑颂德"。截然相反的论断，听谁？王安石变法，苏轼们的反对，孰是孰非？胡宗宪是抗倭名将，但敌手是皖南老乡汪直。汪却是投资日本平户（今福江）的巨商，日本人称他是"大明国的儒生"，怎与评说？

国人还算郑重，评人宜盖棺论断。但这种钉铆又有多少钉得准铆到位？对岳飞、余玠、胡宗宪的论断，都是骨寒后改判的。竞技场上裁决规则公开明朗，又是众目睽睽，居然还发生暗哨，评人说事，更容易产生嘴抽疯，或是贴金美化，或是舌剑破脸。人的一生要通过多少他人评判的关卡哨所？这些评判的卷子绝无满分，有的八分正确二分歪，有的七分胡话三分理，有的是毁誉参半。有的美言化作邪恶势力的护身符，有的赞誉成为贪官污吏高升的青云，有的贬责是打击正

义力量的狼牙棒，有的毁词变成镇压"孙悟空"的五指山。丑化对手，攻击前朝，实是美化自己的不善，抬高自己的地位，是卑鄙小人的恶行，而贤德伟人总以利国说事，康熙嘉奖反清的守台英雄，毛泽东肯定重金收买自己人头的蒋介石是爱国的。憾这种评说只有凤毛麟角。

写出休书给论断，给所有生前死后的论断来个彻底了断！

罢黜天赋砺壮志

七岁，耳边常有天赋好的声音，不知何意，看看说话人的表情，想想是夸奖。七十岁，或许是真正成熟、或许是更年期的怪癖，忽从口吐莲花中嚼出些莲心的苦味。查查他的档案！天赋，又名天资、天禀、天分，属自然赋予、生来就具备的。嗬，来头不小，不只是名门望族，竟与天子同族。天子的神殿已为民主选举击倒，民众深知，富贵靠手脑，将相本无种，可天赋这一支派仍在延续，尚未检测其毒素与危害。愚认为，炫耀天赋，是给勤奋拼搏的麻醉剂，是为懒惰构筑的掩蔽体。故呈一本：罢免天赋砺壮志！

勤奋是成功金字塔的钢铁座基。勤是年长月久的持续着做，几十年如一日地耐心去做。奋，本是飞鸟加力振翼往高空冲，是怀着高远的志向，饱满的勇气、高涨的热情、激昂的情绪、振作的精神、快捷的速度去做。人们常说一万小时定律，是指勤劳勤快天天干，功到自然成，而勤奋是指想方设法让一万小时爆发出几十倍几百倍的效能，是持久力和想象力合作的成果，当然还需要点运气，用时下的语言是成功少不得智商与情商。这些都依靠后天教育、自身思考与践行。只要勤动手勤动脑，不论是顺境中创造创业，还是逆境中愈挫愈奋地拼搏，不论是黑发出道，还是没齿入行，不论是职业就是理想，还是业余选攻的目标，必定能用丰盈的收获为国争光，为民送福。

司马迁开创纪传体史书的范例，旧时教育重文重史给他写作基本技能，但要不是跋山涉水，奔波在黄河流域与长江南北，探访古迹，采集传说，考察风土人情，同时博览群书，从多方面积累史料，能用18年出《史记》？李时珍的《本草纲目》，难道说投胎之前，文曲星还交给他版本？他走南闯北进行考察、实验，还研读历代医药及相关书籍800多种，知行合一，化毕生的辛劳才产生190万字的巨著。祖冲之能比西方早千余年推算出圆周率的值，谁知道他做过多少折叠画图，进行多少次运算？竺可桢为气象学、地理学奠基，总不会是风雨神和土地公公到他娘肚子里去传经送宝吧。他若不踏遍千山万水科考，不写几十年日记

积累 800 万字讲学资料,用什么作基石?

英国博物学家、进化论的创始人达尔文,也许他受的胎教是教堂音乐,是上帝的福音,那算他的天赋吧。然而他却离经叛道,确立物种逐渐变化的思路,不知他出生前是否参加过猿人和美人鱼培训班,获得另一个天赋。无论如何,他的《物种起源》源于长期环球旅行,历尽千辛万苦,成年累月地考察地质、采集动植物标本与综合研究,呕心沥血 28 年!

清代学者顾炎武,11 岁跟祖父读《资治通鉴》,到 45 岁,读完各州、府、县的地方志、廿一史、各朝实录及大臣奏疏文集,还有天文地理与诗词等书,总有好几万卷。此后,骑马旅行考察印证书上的知识,途中用四匹骡驮书箱,随时阅读背诵。最后才留下《天下群国利病书》《日知录》《音乐五书》等许多学术的著作。

还有许多功成名就的大器是发奋立志。有的是交往中感到才学低于他人,决心奋起急追直到后来居上,有的是社交中受到他人讥讽嘲弄的刺激,在遭到棒喝后暗自争气,让别人佩服。知耻者勇,穷而后工。

辜鸿铭精通西欧几种语言,手不释卷,才多识广又能说会道。28 岁做两广总督张之洞的幕僚。一日,他滔滔不绝地谈天说地,如入无人之境。他问身旁的沈增植有何感受,想不到沈先生泼下一盆冷水:"后生所言,老朽尽知。倘若听懂我说的,你得读 20 年中国书。"辜鸿铭自知在国外长大,国学根基浅薄,便三十而立,穷四书五经之奥,兼涉群籍,潜水艇似的潜在古籍之海底十余年,终于一朝成名天下知。

朱凤起,21 岁在浙江安澜书院教书。虽没有读尽天下之书,总也在寒窗下度过青灯如豆书叠山的辰光。然而能背之书,未必字字解释中的。一日阅课卷,将"首施两端"批为"首鼠",结果让学生戳脊梁骨,连《汉书》上"首施"与"首鼠"通假都不知道,还当什么先生。朱凤起羞愧难当,从此趴在训诂学里钻来钻去,年过半百时写出《辞通》。

最值得赞叹的是钱伟长。如果真有天赋,当在文史,清华第一。当年学文科,势必学贯古今,才高五岳,著作高叠,名满四海,誉驰五洲。但他的物理只考 5 分,谁能从他身上找到几个天赋的数理学细胞?然而,他立志造出新式武器,粉碎侵略者的坦克、飞机,不容强盗的铁蹄在华夏领土上逞凶作恶!正是这民族英雄的豪气使他的智慧井喷。他与同宗钱学森、钱三强捍卫国门的功德,比秦尉两门神更神更奇更绝。

或云切莫忘记百分之一的灵感,那往往是成功的关键。这不正是神助、是天赋吗？不！凡事都是长期积累，偶尔得之，即便在勤奋求索征途上的突破，机遇是为长期准备着的人设立的。它不是蓦然一现的昙花，不是横空飞来的陨石，而是春笋经历一冬力量积蓄的破土，是不知疲劳的吐丝结茧之后的蝶变，是胸中原有知识、设想与生活现象撞击发生的火花，是通过长长隧道后忽见洞口的光明。瓦特对利用蒸汽发明咬定青山不放松，才从烧开水中获得启迪，研究 21 年才宣告敲开新的工业时代的大门；莫尔斯是试验电磁转换传递信息过程中，看见电火花一闪而开窍，又用 12 年的努力制成电报机；法恩斯沃恩 15 岁设想将移动的画面与声音一起传递，21 岁始有眉目，又过几年，才捧出电视。灵感是创造的萌芽，是百折不挠探求催爆的，是谓天道酬勤。

幼教是飞往成功的发射塔。人之初，在母体没有受到损伤的任何婴儿，大脑结构是一样的，营养成分是相同的，就是说，人在第一声啼哭前，苍天没有给谁贴过上智下愚、性善根恶的分类标签，大家站在同一起跑线开始人生之旅。在婴幼时期，由于监护人对潜质的培育，开发的形式、内容、耗时千差万别，就产生智力聪慧与愚钝的程度上分层。大人们切不可用天赋做挡箭牌，推卸自己教育的责任。监护人是孩子首位启蒙老师，是在孩子心目中最有权威最久长的老师。

说及古今神童，无不冠以天赋。大谬也。其实是他们有很优越的生存人文环境，即家庭早教。我一直力挺早教，使青年在 20 岁左右就跑入各自选择的研究之路。倘若幼儿园学会乘法口诀，小学只读三四年，这是给人才猛虎添翼，国之大幸民之福！

曹植七步成诗得益于父亲的对酒当歌，王勃少时即下笔千言，立等可取，是祖父王通这位隋代著名学者的言传身教，李白似乎是天生奇才，斗酒诗百篇，要不模仿《文选》中的作品，一篇篇地拟作，而且通本拟作三次又烧去重拟，谅不能出口成章，一挥而就。王献之书法离不开为父亲研磨铺纸，白居易七岁写出野火春风的绝唱，根在乳母抱弄于书屏。欧阳修成为唐宋八大家，其母以荻画地教字是为云梯。

或曰兴趣是师，固然。但兴趣并非天赋，兴趣形成，一是环境感染，二是环境强迫。技术技艺类更为普遍。

西方近代音乐之父巴赫，父亲、哥哥是德国有名的作曲家，他的 3 个儿子也继承这个荣光；歌曲之王舒伯特从小跟父兄学小提琴；法国比捷，父亲是职业歌手，母亲钢琴弹得很好；美国获诺贝尔文学奖的奥尼尔为什么创作 30 多部剧本，他父亲是著名戏剧演员。

"逼"上梁山的指个人主观意识上不懂得主动模仿，不能自觉地耳濡目染，潜移默化，是在外部力量作用下，逐渐养成习惯，并成为特殊才干。没有双手的用脚弹琴、雕刻，腿不能行走的学成画家、作家，由于各种原因致使智障的人，长辈有意识地强化训练，成指挥家、演说家、歌唱家，还有口吃的成为演说家，耳聋的成为音乐家，1829 年，法国 15 岁的文盲盲童布雷尔发明 63 个盲文符号。《最强大脑》的奇才，《挑战不可能》的勇士，《一站到底》的高手，难道出世前得到玉帝赐予的锦囊？那些创造发明家、状元，莫非都有朱衣人点额？

　　求知与创造的春华秋实，是用自己的汗水和心血浇灌的，没有旅途中捡到宝物的机运，没有面对魔杖说变就变的幻术。让孔子愿拜为师的项橐、让王安石拍案惊奇的仲永，他们的早慧，肯定为时人羡慕的天赋极高，可老天护佑不住他们，生存环境没收了他们的才智。即便有些事业的成功需要先天条件，但登上峰巅的人并不依靠那天赋的阶梯。田径赛场，女飞人身材并不高，男飞人个高腿长是天生我才，而他强调："成功的秘诀是训练。"

　　你追求超群拔萃吗？那就罢黜天赋对大脑的控制权，迸放潜能，日复一日地训练记性、悟性、韧性，砥砺勇气、灵气、志气，锻打智力、毅力、想象力。忽然扑来少时背诵的民谣："天上没有玉皇，地上没有龙王。我就是玉皇，我就是龙王。喝令三山五岭开道，我来啦！"真是壮志凌云。

养点狂气

狂，自古名声不好，狂癫、狂妄、狂人、狂犬、狂野，总带几分地痞、土匪的样子，蛮横无理，或者是无知者无畏的傻痴，不知天高地厚，上唇顶天下唇着地，牛皮吹翻天。故一直遭白眼、受歧视。狂者真是可恶可憎的狂徒？并不尽然。历代雄才大略，艺高八斗之人，不乏狂士。

孔子是儒家宗师，又力主中庸之道，岂会狂肆不羁，锋芒毕露。但他确实放纵过狂傲。他翘拇指炫耀："天将降大任于斯人，舍我其谁也？"他拍着胸脯夸下海口，"苟有用我者，期月而已可也，三年有成。"他还沾着霸气说，"唯一快乐的是我说话没人敢违抗。"54 岁时，鲁君接受齐国女乐，三日不理朝政，孔子擅离大司寇的座椅，狠狠地狂野一回。贤相管仲更狂放，不仅直面皇帝要权要钱，还敢和皇帝比待遇，诸侯国君门外竖照壁，他也造一垛，国君用土垒反坫供国宴后放空酒杯，管仲也在家中筑反坫。

秦王嬴政很狂傲，他就不信周礼是真理，弃儒家立法家，不踏别人的脚印行，披荆斩棘开新路。他从三皇五帝中择取皇帝做尊号，不正是宣扬自己功盖千秋吗？见到秦始皇巡视大江南北的威仪，刘邦赞叹："大丈夫当如是也！"于是立志横绝四海、威加海内。

农民起义领袖，哪个缺乏狂劲？黄巢高喊：我花开后白花杀，满城尽带黄金甲；张角仰天长呼："黄天当立！"水泊梁山傲视古今，替天行道，真有救世主的雄姿；方腊虽不太贪心，却也要南北分治，拿下半壁江山，与王朝分庭抗礼。

严光甘愿与鸟兽同群，隐居富春江畔，耕种垂钓，是为傲君。他与刘秀是同窗好友。刘秀当皇帝，他改名变姓藏身山林。刘秀设法找到他并接进京城，授以谏议大夫。结果严光还是请刘秀别逼他做官，离京南下。

李白的狂痛快淋漓，令人拍案叫绝。"仰天大笑出门去，我辈岂是蓬蒿人""天子呼来不上船，自称臣是酒中仙"。他还敢在宫廷上要杨国忠给自己磨墨、高力士为他脱靴。苏东坡学养深厚，也会口出狂言。他在《题王逸少帖》时斥"颠张醉素称书工，妄自粉饰欺盲聋"。他敢对王安石表示轻视，王作字注"坡，土之皮"，苏讥讽说"滑，水之骨"，王注"驷则四马"，苏反驳："鸠则九鸟。毛诗云'鸣鸠在桑，其子七兮，加爷娘共九个'。"在书法上狂来轻世界的人历朝皆有：东汉张芝自称其书远在同辈罗叔景、赵元嗣之上；两晋的索靖自夸书法笔势有"银钩趸尾"的超世之绝；王羲之《自论书》开头便说，吾书与钟繇、张芝不相上下，如果自己像张芝学书使池水尽墨，必高其一等；王献之对谢安说，书胜其父；唐李阳冰《论篆》言诚愿作篆刻石，是为立百代不刊之典；宋米芾在《海岳名言》里呵斥颜、柳之书是"丑怪恶之祖"，欧、虞之书"古法亡"，张旭是"变乱古法"，自夸实得筋骨神气，"善书者有一笔，我独有四面"；明代徐渭《题自书〈一枝堂帖〉》说，自己的"高书难与俗人言"；董其昌《酣古斋帖跋》中说"书法至余亦复一变"，这位置多高？清代王铎《草书杜诗卷自跋》中言，吾书非旭素之野道，必有深爱者；傅山《论书》狂言，吾之《急就》章草和儿子的小篆，皆成绝品。

这些狂人陪伴一代代后生走来，还会路漫漫无终期。看来，国人还是能宽恕狂气的，就连孔子也说："狂者进取，狷者有所不为也。"狂一点并非就是坏事，如海掀狂浪，似虎之猛啸，何其壮哉！

养点狂气，张扬正气。狂士心直口快，不加掩饰地爆想法，直言不讳地亮观点，不装聋作哑，态度暧昧，伺机倒打一耙，得志更猖狂。直言之人还有个优点，倘若发现举动失常、言辞不实，或许被对方理正词严地说服，就会掉头拐弯，不固执己见。其诤言出乎坚持真理，其退让表明修正错误。

养点狂气，历练胆气。胆气是办事的始发动力，只要大胆前行，总让山巅伏脚下，畏虎怕狼，一事难成。有点狂的人，敢想敢闯，陈规旧习胆敢破，第一只螃蟹他敢吃。自信天生我才必有用，勇于挑战不可能，对那些上跳一下、坚持一下就能办到的事，更不在话下。许多情势下，会毛遂自荐，绝不推诿。

在黄山天都峰顶

养点狂气，锤炼志气。志气是坚持不懈，不屈不挠的毅力。狂一点的人，这股气较充盈，遇到点小挫折不会泄气，而是不信自己这么没用，这点小玩意都驯服不了。同时还有体面观念驱使着，说出的话泼出的水，收不回来，只有硬撑着办成才能兑现诺言，免得他人当笑话。

养点狂气，激发灵气。灵气是众里寻他千百度的突然发现，是踏破铁鞋后的收获。有点狂的人，不但只让心性张扬，自信豪放，还喜欢让才思浪漫出行，多向思考、逆向探索，就算难求别出心裁，也能找到一个突破口。这种人往往性急，总盼早些办好，就想偷懒的办法。抄近路，千思万虑，必有一得，巧办法就会不期而至。

不过，世间万物都讲究度。水在零度结冰，升到百度沸滚，时间短不开，时间长会干。狂也有弹性限度，狂的角度歪了会变成野心，狂的力度超标会转化为霸道，狂的速度失控就是冒险。狂得适度，处处不误伤旁人，事事办得又好又快，这样恰到好处的狂气，会让人们感到可爱、可敬。

人生三度

打乒乓球的要领，我归纳为三度：角度、速度、力度。落点是角度，远攻近吊，打直线，逼中路，左右开弓；缓急是速度，快攻慢削，推挡平搓，提拉高抛；强弱是力度，重推轻挡，轻扣猛攻。运用中，三度不会泾渭分明，往往融和贯通。一日，忽然脑门洞开，人生忙忙碌碌，千头万绪，归根结底正是对这三度的掌控。

角度。立志创造、决意创业的人，在成年甚至更早就会设计前进方向与奋斗目标，雄气勃勃者不仅确定主攻的高地，还考虑在行进途中突破几个侧翼的堡垒。例如，发明地动仪的张衡，是自然科学与人文科学双水并流，文学、史学、哲学、天文、力算、地理等领域都涉足探究，产生著作 20 种；歌德在本职工作外，研究色彩学、创作诗歌。牛顿是四面出击，物理、天文、数学、光学都去碰撞一番；达·芬奇的智慧之光更是 360°地放射。有志者当一专多能，就铺设多条成功之路，如俗语所说"条条大路通罗马"，只认一条路走，不是不行，如维萨留斯反盖仓教材，坚持人体结构解剖，陈景润钻进哥德巴赫猜想，也获得成功，诺贝尔子承父志专门研究炸药，但万一闯进百年不开的死胡同或悬岩，再回头另辟蹊径，虽说有志不在年高，但毕竟枉费半生，是谓变则通畅，变则久远。执着必须有，偏执不可取。专一诚可贵，多能技更高。在求知路上，中国在清以前过于单一，强调术业有专攻，而且在儒学与科考的指挥棒下几乎倾倒在文才的独木桥；西方则注重博学，在知识的竞技场上进行五项或十项全能的训练与角逐，因而会产生客串，记者发明坦克，画家制成电报机，数学家出版让英国女王着迷的小说。正是这种专一与广博的求学方针，导致中国老成之士踽踽蹒跚，任西方后起之秀阔步超越。这种惨重教训，让从五四运动走过来的哲人学者仰天长呼：科学救国！学人要力求文理两栖，中外互通！

确定几个进攻的角度，要分析孵蛋成鸡的多种因素。就自身主观讲，或是有欲望有兴趣，如一些体育、文艺界人士，由好玩有味滋生兴趣，而后成为志向。

瓦特当机械修理学徒，后到大学任教具制造员，从赚饭吃到萌发创造新器物的欲望。或是敢担当、要争气，如钱伟长为雪耻从零开始学物理，戴维在药店做学徒受欺侮而发奋十年，开创电化学。就外部客观条件讲，或是岗位与进攻目标是相同的，或是能得到自己夺取成功的充足条件，或是会有较富足的自由支配时间，否则就有盲冲蛮干，华罗庚为什么选择数学？只要一纸一笔的条件，完全不必寄人篱下。瓦特研发旋转式万能发动机，开始有罗巴克投资，可要他2/3的利作偿还，后来无利可图又撤资，瓦特又被蒸汽冲伤要烧毁图纸，幸好他妻子夺图鼓励，又得到博尔顿无偿资助20年，终于事遂人愿。罗杰·培根是神学博士，却叛逆到牛津大学讲科学，先被法兰西教会监禁，后来，他的朋友任罗马教皇，释放他让他写科学著作，谁知写成送出去，朋友谢世，他的学术被当作邪说，再次监禁至死。据说钱学森之问的问号没变成感叹号。其实书面正确作答不难，一是所学专业与就业岗位职责的一致。民国上大学，选择专业的自主权极高，有考生会收到几所大学不同专业的录取通知，进校后还可换专业，如钱伟长改学物理。而新中国初建期，百废待兴，人才需求量大，易找专业对口单位，又加上是计划经济，依专业安排就业，这就能学以致用，充分发挥专长。二是时间、精力的投向与专业一致。那时，官兵一致，当官没有什么特权享受，不同岗位不同单位，待遇基本相同，家属生活包括医疗、子女教育都有保障，从业人员不图升迁，不思跳槽，一心扑在事业上。倘若现在对各类专业的博士硕士，实行有计划的对口安排就业，并满足专业研究条件，一定会有大量创造人才如雨后春笋破土而出。

追求的角度也会因职责、情感、兴趣的变化而转移。徐元森院士先是研究冶炼技术，后调整到集成电路，最后转向微电子与生物学交叉学科。鲁迅学医改从文，艾青学画改写诗，鲁光和叶永烈化学专业改走文学路。

速度。到达目的地的早与迟，关键是速度，速度又由路面状态、距离长短来决定，近的平坦的可快，远的坎坷的宜慢，这是常识。即便是中长跑运动员，竞赛中也会有加速与放松的变化。在单一方向奔跑要有缓行、减速与冲刺的分段实施，多角度并进更要妥善处理时段性的速度。每个人事业成功的时间有岗位与业余两个阵地，岗位上的追求是长期的，是细水长流地前进，用马拉松的速度。业余的追求有难度大的就慢跑，有见效快的就用短跑的速度，还要根据主业与业余的时间许可，所从作之事对国家对集体的轻重缓急，完成目标的难易程度，作周密的阶段性安排，使事情穿插交替进行，让精力有放有收，让时间有松有紧，让脑力有张有弛，拼搏而不拼命！这样，健康不会因过度紧张而溃垮，事业不会像猴子掰玉米，掰一个留一个。富兰克林不可能在放飞风筝引电发明避雷针时，起草领导美洲反英独立战斗的檄文，阿基米德研究太阳与地球关系时，同时思考固定的质量比，从洗澡溢出水联想到用水的体积测量不规则物体的体积，瓦特研发万能发电机的 20 年间，中间会做些短期完成的发明。一手难抓两条鱼，但两手抓三条鱼也有人能做到，这就要求时间要恰当，方法要合理。

凡战应有作战方案，有主方案，还有备用方案，至少会有实施主方案中应对意外措施。有识人士在实现志愿的长征中，有长远的终极目标，有中期的任务，有近期的打算，使每一项追求、每一件事情，都有时间的终点线和质量的要求，而且会留出时间的预备队，用于援济突发情势。有时不速之客的灵感使创造日程表上增开临时特快，牛顿因苹果砸身而临时立项，思考月亮怎么不掉落，就有了万有引力；1764 年，失地的珍妮夫妇流入城镇，用凯伊飞梭摇纺机赚饭吃，突遇英政府禁止从中印进棉纺，使夫妇生意兴隆得苦于完不成订单，烦躁地踢翻纺车，蓦然发现纱绽直立能快速织布，于是改装纺机，耸立起英国产业革命飞来峰。有时抗灾自救的决心会使创造之车加油提速，老爱因斯坦面对焚毁厂房的余烟，用三周发明出唱机，这是急救，非神速不可。

力度，是指所花时间、精力。对各方位的目标，对各行进阶段，是不必平均用力的。对主攻角度的高低，要拼尽全力攻五关斩六将，对次要目标，或只想打几次小胜仗就行，对本专业老本行的事，会有以四两拨千斤的诀窍，对另行开辟的奋斗方向，自然要鼎力而扛，必须短期的事定集中时间打闪电战，不紧急能分散做的事当然要松懈些，在岗位上日积月累完成的事或许轻轻一抓就起来，靠业余时间做的事恐怕要用起重机。例如，富兰克林决定学会七种语言，伏特为驳倒动物电而研究发现电压，戴维扔掉钓竿弹弓钻进药店搞电解，画家莫尔斯从电火花一闪开始研究电码，这都要另起炉灶，万事开头难啊，不下大气力就无法突破。查尔斯·道尔森的主攻是数学，投入力度肯定要大，而写小说纯属休闲，是一次陪女孩儿游玩时编讲的故事，得来全不费功夫。在确定在什么角度上、在哪个速度阶段上多下点功夫，在何处何时少花点气力，似乎还应结合自身的年龄期、健康状况与家境，年轻力壮似虎牛，年迈力衰如秋草，家徒四壁的贫汉，腰缠万贯的富翁，挽妻携子的年代，四世同堂的岁月，对同一志向所给的力度进取的速度必然差别较大。插几句自身感受。我在羽毛未丰时就设定业余时间驾诗文与书法两马，但之后 40 年就业中，外部交付责任的货运量本来不轻，而自己更用创造性工作，做工作的模范为引擎，也就超载运输，在履职上是出彩的，在同期同行中，不仅是工作成果的暴发户，而且有些事进入一甲。有最早之列的如征集党史、编修志书、教材、教学方法，减负担提质量。有数量最多之列的如责编书刊的字数，组织本职活动的次数，通联的信件数。有为数极少的如"文革"中不搞批斗，当领导多职且兼责任编辑进行组、编、校。因此将书法与诗文两马系槽伏枥，意欲到告老居家时放纵扬蹄，也想了些书名：《识字快车道》《作文审题》《草字写法》《方志布阵》《家教略述》《友谊胜金》《长寿之路》等。1990年，我出示几个档案袋资料对学弟方庚初、师友余祝文说过这个退休后15年计划。步入古稀，羞言志当高远，精力不济，又诸病齐攻，甚至产生恐稿症惧笔病。过去分外之事少推辞，现在一月内竟三次婉谢朋友之托。曾书"别懒"贴墙上自警，但就犟不起来，还是让舍弃占上风，家教人人会，何必好为人师。长寿只需记住：睡足、吃杂、心宽、身动是四大金刚，熬夜、夜宵、孤独、懒动是四大快捕，何须写书？读初二的外孙女梁骁省下生活费买耐克给我，要我健身、切莫叹息，又画马鼓励奔跑驰骋，能充电加油，可终究岁月不饶人，毕竟是疲马病牛、明日黄花，岂敢再提少年心事可拿云，少年不知累滋味，还当要如武则天所言，"花须连夜发，莫待晓风吹"。

　　力度还包括在细微处的严格，文气点说细节决定成败，俗点说是一粒老鼠屎坏一锅粥。有个很震撼的例子，摩尔多瓦的汽车大王格尔德购买美国汽车巨头克莱斯勒的汽车技术时，为省钱不买螺丝技术，却用本土小厂的产品。美国汽车巨头要求M6螺杆误差不得超过0.004毫米，本地的误差较大，起初是拧合了，很快就松动，结果故障频出，销量骤降，才经营16年就破产。一颗松动的螺丝，不是松垮一辆汽车，而是松塌格尔德半生的事业。力度小一点，角度偏一点，谬以千里。

　　民以食为天，足食方能生存方能劳动。但切不可在"吃饭—赚钱—吃饭"的老牛踏场来来回回。历史要发展，时代要进步，人应有勃勃雄心。要抒"王侯将相，宁有种乎"的豪气，翘登庙堂之高匡扶社稷，要讲"不为良相，便为良医"的志向，用科学技术造福社会，要谈"君子爱财，取之有道"的愿望，艰苦创业，助推公益事业。这就有必要规划人生之旅线，找准角度，设计速度，估量力度，既要缜密，力求三度之间严丝合缝，又要灵活，识时适当调度。人生从幼稚过渡到成熟，从赚饭吃过渡到创业，从索取过渡到奉献，这三度是桥和船。

家教短语

家教不是讲教孩子，而是教家长长辈怎么教育后代。

美国总统林肯说："当总统是暂时的，而家庭是永久的。"家庭是每个人的城堡，更是社会的细胞，民族的苗圃，国家的墙基。所以，结婚不单是个人的终身大事，婚育不只是传宗防老。独生恶于虎，不要简单用个人生活方式来搪塞，而要强调社会担当、历史责任、家庭义务，社会要建设，历史要发展，家人要照顾。切记：孝为仁本；孝子出忠臣。

家教是为人父母者的终身职责，子不教，父之过。神童与成功人士的经验之一就是自幼受到良好的家庭教育，而问题青少年除社会因素外，主要是家教不当。

家教属非正规教育，其特点有：形式上的散漫性、长期性、包抄性，凡属长辈都当教师，群体围绕下一代指教，而且是终身制，只要能动能言必行教，还随时随地进行，有目的和无意识教育并行；教育内容上的广博性、混杂性。因为社会生活中没有观众，故而社会上用得着的都要教，教育者没有明确的科目分工，每个人都要教科学、史地、社会；教育方针上的泛导性、约束性，尽管，教育者意图树人生路标，但又无固定目标，更没有某一个阶段某一次开导的教学要求，教育的主动权握在自己手中，按成人的要求去训导，这实际上是给孩子戴紧箍儿。

中国家教，普遍重管轻教，当然教育类型倒不是一个模式。理智型，教育者决不任性，就事论事，启发鼓励为主，宽严适度，受教育者会通情达理；独裁型，棍棒底下出孝子，结果有三个趋向，一种是争气成器，一种是自卑、胆怯，一种是叛逆、反抗，实则传承任性；娇宠型，就是溺爱，对孩子百依百顺，事事包办，凡错庇护，后果是骄横无理，或依赖性很强；放纵型，认为跌大的有命，每人都有一爿天，听凭孩子自然成长，会养成我行我素、无拘无束的习性；说教型，唠唠叨叨讲大话，喋喋不休指责多，孩子反感厌烦，充耳不闻，或是学样，光动嘴皮不实干。这里讲得因果关系并不是必然，家教之外，还有生存的生态环境影响，学校教育，社会的他律，自我的学习，能对家教结果扬利避弊。

尽管，家教型制不一，但家教的内容和目标是具有共性的。主要聚焦在：强健的体魄，丰富的知识，优良的品德。三点确定平面，三足撑立铜鼎，三角形是最稳固的，有此三项，人则挺立矣，缺其一二必倾倒。体魄是骨骼，知识是脏腑气血，品德是皮肉。健如虎牛，没生存技能，不行，有健康，有本领，品德差，又有哪个东家买你的本领？有人说"教育的最高目的是品德教育"，此人恐怕是太白金星或王母娘娘，但他们不吃金丹与蟠桃这知识之果，岂成寿星？不求名利是美德，但严光这类隐士于国家何益？多少人十年寒窗为博取功名，当他们为民请命，惠政利民，又有什么不好？尽忠是美德，可岳飞忠魂归风波亭，秦桧缺德，却创宋体利印刷。就内容说，体是人体科学，主要是运动强身、医卫保健、科学养生，用战胜衰老的艺术享受人生；智是思维科学，含有记忆力、观察力、想象力、注意力、创造力、质疑能力、应变能力、管理能力、对自然现象的理解能力、对客观事物的审美能力，读古今之书，穷万物之理，学无止境，终身求索。每一种能力的形式，都有一个过程。如记忆力，要培养耳闻目睹必记于脑的习惯，还要掌握多种记忆的窍门，物象特征是记忆之根，兴趣是记忆的钥匙，理解是记忆的捷径，联想是记忆的秘诀，但有些特点不明显，一时难以搞明白或难以引发联想的，甚至本无好奇的事理，又必须记住，这就要运用其他方法，如首次印象法、歌谣法、列表法、辩论法、改错法、对比法、归类法、反复法、形象法。德属人文科学，有人说"好脾气是笔财富""心理比环境更重要"，实则在品德门下，有人说"德是好习惯的结果"，不对，是德可以哺育出好习惯，而有的好习惯又是才智宗祠的，还有遵纪守法应在德之中，只是道德重讲情，是自律而利他，法规重讲理，是他律而克己。优秀传统、价值观、荣辱观、成败观、人生观等等，也都在品德的阵营里，其功效是正确处理人事关系，对人和为贵，对事敢进取。简言之，做人，不损人，愿利国利众，谋事，有技艺，想立功立言。

家教要讲究教育方法，斩手指惩小偷小摸行为，是大爱，却造成终身创伤，应围绕引导、鼓励的原则中轴设置方法。

榜样示范法。小孩是最能模仿，又最信服其亲，故长辈要以身作则，俗言有其父必有其子。施教者一定要矫正自身不良习惯，终日棋牌的洗手，一字不识的经常倒拿书本也是正身，目不离电视、手机与iPad的改为有选择地看少许，同时，经常介绍神童成栋梁、愚钝成大器的人物，树立标杆。记住近墨者黑，近朱者赤。

环境营造法。俗话时势造英雄，一方水土养育一方人，高山有好水，平地有好花，都说明环境对人的影响。四壁悬挂乐器的家庭肯定会产生演奏家、作曲家、歌唱家，满屋堆着零食的家庭，小孩大概成吃货，家具、书籍井井有条，小孩或会使物件各在其位。家庭摆设、布置也要考虑益心身。

兴趣扩张法。兴趣是凿岩机，任何人对兴致极浓的事势必会攻关夺隘去掏狼得虎。孩子说要当数学家、科学家，长辈们切切不可投否决票，说那有什么好，当医生赚钱多，当作家画家演员播音容易出名，无意中堵住孩子的追求，掐断一株科学大树的幼苗。当然，长辈可以向小孩灌输自己的爱好，使他们多产生几种兴趣，也就多开辟几条择业成才的道路。大人们决莫当孩子兴趣的填埋工，而要作开路工。

快乐输入法。向孩子施教，尽量别强制执行，也不要喂饭式，要设法让他们在快乐的状态中吸收所教内容，输入的管道可以是讲故事、做游戏，或你一言我一语的对话式、接龙式、猜谜式。例如教孩子认字就有多种方法。除通常运用的看图睹物识字法外，还可以运用：

扩展法。笔画、字数从简单逐步增加难度，脚踏楼梯步步高，如八、刀、分；小、土、尘、禾、火、秋；人、从、众；口、吕、品；鹤，仙鹤，丹顶鹤。联想法。利用一些事物的特征为中介，转为视觉形象，经过联想进行间接识记。大像人展开手脚，目如窗门框。比较法。经过比较，使各自的特点更加突显，易于区别，加深印象，如：田、由、甲、申；叶、兄、古、吾、只、吴、叭、吞。同音法。把读音相同的字放一起认识，学生少了读音的负担，集中注意力在识形上。如第、帝、地；八、巴、把；丹、单、旦。捉迷藏法。在童谣、报纸、标题或一段文字中找出认识的字，旨在巩固。同旁法。把相同偏旁（在右居多）且读音相同或相近的字集中认识，重在辨形，如马、妈、骂；大、汰、达、奄、靼。把相同偏旁（在左居多）而读音不同的字集中认识，主要辨形识音，是可纠正认字认半边，不怕它逃上天的极端。如：中、忠、种；冲、忡；驮、骆、驼；饮、次、炊、吹。通常，右边同旁读形旁音，偏旁在下面，上部无单独读音的字读形旁音。同旁异音，上部有单字，读上面的字音，敬、驾；偏旁在左边的字，有的读右边字音，驹、驱、驻、骐、骑、驶；有的借形近的同旁音，驰—池、驯—训、驿—译。

当学生认识一定字数后，可以用学词语方法继续认字，其中要有几个熟悉的字。组词法。龙王、大元帅、大步流星、大兴土木、出山虎、七上八下。反义词法：远近高低、喜怒哀乐。找朋友法：找同义词。找形近或音近的字。如小孩与儿童、小池与方塘、骑与倚，名与各。猜字谜法。如桃李梅杏大家有，是四字都有的木字，自大一点、人人讨厌，即臭。如商界的货真价实四字的谜面：七人八只目，十个八只目，西边人八只目，阿宝他娘八只目。很有趣，只是对幼儿难度太高。猜谜为巩固识字，简单点好。歌谣法。把要学的字编成顺口溜，绕口令，或诗词歌谣填入歌曲。如倒反歌，"河里石头跳上坡，公鸡生下小天鹅，月亮晒焦大毛竹、稻草敲破大铜锣"。再如把寇准诗"只有在天上，更无山与齐。举头红日近，回首白云低"，套上儿童乐曲。

因势利导法。这种量身定制的个性化教法，在家教中极易实行，根据孩子的特长、性格、接受能力的状态，顺其自然地推进。如有人为爱唱歌，爱打乒乓的孩子延师，喜动的学武术，理解能力强的阅读难度较高的书，听说一小学生能读初高等数学。或是在某个场景中，及时传播吻合的精神。子滔五龄时，突然腿不能立，住进儿科病房。打针时，护士按先来后到的秩序，第一个针头刺进时号啕大哭，第二个，当母亲拉下裤子时，紧紧抱住母亲脖子，哭闹着，第三个一边哭一边死抓住裤子，还使劲踢护士。轮到犬子，他照样哇哇大哭。第二天，我请护士让犬子第一个扎针，跟他说关公下棋刮骨疗毒，看《闪闪红星》里红军战士咬牙取子弹的连环画，避雷针安装好，自然不怕雷击，犬子开了个好头，护士很快顺顺当当地收兵，他说第一次没在这里听到哭声。

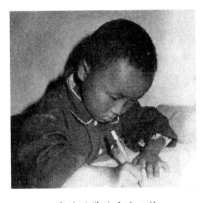

6岁潘滔学编乘法口诀

反常合道法。小孩想法单一，施教时提出相反的看法，利于培养逆向与多向思维的习惯，提高全面分析问题的能力，偶尔有意讲错，培养善于发现问题的能力，还要跨越常规教学的障碍，例如，我教子滔算术，主要采取三种反常规教法：

顺水推舟。滔刚会读写百以内数，就花半小时教5的乘法口诀编写方法，其他口诀让他照葫芦画瓢，继而紧锣密鼓教除法，二位数乘除法只教两道题，三位数乘法只讲"百位乘得积对百位"，三位数除法只讲用被除数前两位和除数最高位试商，及如何确定商的位置。

难易并进。每次学习前20分钟最收效，先讲小孩容易做错的难点，能发生先入为主的效应，整数四则运算，一开始就学多位数，第一道题就注意零的教学，特别是连续退位减法，商和乘数中间有零的类型，闯大海的人不怕溪。

　　各个击破。先掌握多位数四则混合运算的试题，然后专学应用题，把重心培养理解题意、正确列式的能力上，应用题又分类集中教学，这样用拳头出击比五指分开的力度大得多，实在是事半功倍。我是三周教滔半小时，一年里就达到四年级数学水平，用大圆减小圆求环形面积的方法是他自己想到的。

　　欲说还休法。对小孩的任何要求，都要折半，拒绝或每次百分百地满足，会损伤其心智。在求知上是不当替身演员，应当用商讨式、启发式、暗示式、提问式、留一半让小孩思考，教者给钥匙，让小孩自己开门。

　　另外，还可以用目标管理法使小孩养成做事的计划性和按时完成任务的习惯，用激励创新法促使小孩放飞奇思怪想，培养敢为天下先的精神。

　　树高靠根深，楼牢固靠基固。少年儿童是祖国的花朵，更是民族之根，国家之基。家教则是最早的又是最久的培土夯基的事业。愿大人们都使自己成为称职的家教工作者，对孩子们进行全面的良好的教育，振家业、兴中华。优秀的家教是终身祛病的防疫剂，是终身保质的营养素。

留影的背景

　　旅经一地，选个优雅的或壮丽的或引人联想的背景拍照，实属人之常情。可他太强求背景，简直不可思议，但回想想，似乎不无道理，国人造房什么的看风水嘛。

　　在江南绿水青山间，满目茂林修竹，朝气蓬勃，留个影，他淡淡一笑："美哉，憾翠竹难挑重担，且常年无花无果，一旦开花则末日不远矣。再说，有些命运悲怆的高才，往往将遗嘱隐藏在画竹中。哪里有竹叶报三多的事？"到铁杆铜枝的松柏前总该来一张吧，松柏长青松鹤延年啊。他摇摇头："松长不高，永难成材，多为灶前挨劈的料，柏树是山中直树，常常先被利斧斩断腰腿。"仲秋一日，先过十里荷塘，有人要下车拍照，荷盖已尽，杆仍挺立，也有风骨，柳叶虽稀，迎风犹舞，算葆青春。他反对说："残荷败柳，与秋后蚱蚂何异？"车前暮然耸立一片红枫，他一拍大腿："好背景。"拍摄后仍津津乐道，乡村水口多植香樟和红枫，任其参天也不伐，只在选作祠堂等公共建筑的主梁时才取用。千年水底松，梁上万年枫。人说可惜此树不长青。他辩解道，三月桃树总青翠吧，但风吹雨打一场空。罗甘少年拜相却英年早逝，谈什么少年心事可拏云？而霜叶红于二月花，再度辉煌。渭水姜尚、韩城张昇，都是权位在一人之下，寿年在万人之上，那才叫老当益壮，不坠青云之志，是生命之树常青。

　　到冰天雪地的北疆，同行都感到欲与天公试比高的胆气、红装素裹分外妖娆的风光，美不胜收。他说，冰雪貌似强大，实则不堪一击，多一点阳光，高一点温度，就悄然溜走，就连冰山也流鼻涕挂眼泪，纵然能顽强地坚持千年不倒翁，也永远不会再升高，除非世上天天是雪飞如棉。请问，你愿意一生停留在一个高度吗？

　　到大草原，那才是接天绿草无穷碧，让人心旷神驰。拍个照，谦虚者说我是一棵小草，志高者说我胜千里马，或会说我是啃草的马，也是套马的高手。他却反向，风吹草低见何物？我辈岂能作任人宰割烤烹的牛羊！况且，一碧万里也似昙花一现，八月胡风吹来，哪一丛草不缩头缩脑趴在地上？

面对一望无垠，浪拍云天的大海，谁不想留下大气磅礴的背景，往海边一站，就会激情飞扬，雄心勃勃。他摆摆手说，什么大海托起朝阳，什么海市蜃楼，统统是假象，一苇渡海只是传奇传说，海中蛟龙海底龙宫全是怪诞的虚物。切莫忘，海神妈祖也葬身在惊涛骇浪中。谁敢说履海如履平地？谁能够劈波击浪三千里？水能载舟也能覆舟，我不想做任凭风浪摆布的一叶小舟，时刻提心吊胆。

宝塔夕照，多美，金箭一簇，霞光万里。他却哼哼几下再开口，夕阳无限好，只是近黄昏，前途暗淡；塔如镀金，毕竟是回光返照，须臾即逝；晚霞如锦，终究是残阳如血，令人战栗。

他做人倒随和的，可对背景有严密的思考，要严格的筛选，家中摆设的照片真有诗的意境，去看看。

鸡鸣晨光。金鸡报晓，曙光初照鸡鸣塔，万物苏醒，前程蒸蒸日上。此地又是因吕公闻鸡鸣而拾金而名的，祥瑞的很。

金谷峰前。谷宽长且纵深，容量极大，日进斗金也可天天笑纳。不过，他要是知道西晋石崇建金谷示豪富，结果引来杀身之祸，肯定拒拍。

神女相伴。在轮船甲板上仰拍的，真似与神女并肩信步。每个成功的男人背后，必有好女人支撑，别说桓公、诸葛亮的结发妻子，就连西施、貂蝉这贿品，也助主人如愿以偿，更何况她是仙女，是楚王的情人，好借光的。

高架立交上的拍照，寓意平步青云？四通八达，纵横千里，势必左右逢源，财气与官运亨通。对了，那地名就是高升哇。

飞上泰山，不在曲折回旋的古道上，人生短促如草木一秋，经不起折腾的。坐空中缆车，背后"东岳泰山"赫然醒目，一切稳如泰山，凭空上升，直到一览众山小的顶峰，岂不快哉。

最大那幅是什么照？拜谒太祖。他的太祖少年得志为将军，策马海岸驱倭，横刀北疆御俄，花甲登相位，寿高94岁。因腿挂彩成疾，皇帝免其跪拜。为什么拍背影？哦，前面步步高，走上太祖的位置，拍正面就是走下坡路呀。有太祖荫庇，会五福齐全的。

怎么这样考究？哎，完全必要。办任何事，都需要优良的背景，安稳的靠山。

皇帝的雅量

说到皇帝，多以独裁残暴斥之。史上固有，履癸（桀）造宫殿，白玉雕床，象牙嵌走廊，辟七里酒池，正义大夫关龙逢呈大禹治水图劝阻："如若不悟，天殃必将，头悬危石，脚履薄冰，国将亡。"桀用炮烙之死刑。叔父常常指责纣。纣竟剜心解恨。不过，襟怀如海阔天高的皇帝不乏其人。这宽宏的气度主要表现在三个方面。

一是放下冤仇。成大器者往往摒弃报仇雪恨的本能，不管是六月寒的恶语，或是刀枪之痛，或是上辈积债，或是叛逆之举，统统闭目不视，充耳不闻，大人不记小人过。

无知杀堂兄弟齐襄公称帝，次年被贵族联手了断。贵族们请流亡的襄公的异母亲弟纠和姜小白回家，确定先到者继位。纠命神箭手管仲伏击。管仲一箭射中小白心窝，纠卸下心头巨石，便无忧无虑地游览式行军。姜小白早有防虎之心，以金属腰带扣做护心镜，中箭时假装倒下毙命，却急驱车进宫坐上龙椅，号齐桓公。鲁国军队护送外甥纠，但攻不下关隘，就杀纠囚管换取停战。齐桓公每每请鲍叔牙受相位，鲍则屡屡荐管仲。管仲就职连连提要求，说"贱不能临贵"，皇乃封为上卿，说"贫不能使富"，皇就赋予掌握税务的权力，说"疏不能制亲"，齐桓公便称其仲父。

缭与始皇是至交，同餐共衾。缭居然用相术谤之，说嬴政身高脸凶如虎，不可久处，悄然逃出宫。始皇一笑了之，快马追回，封官为尉。郑国是间谍，本为"疲秦"，始皇因他开掘郑国渠利国利民，不究其罪。

尉迟恭本是降将，众人主张杀头。李世民反与尉氏对酒谈心：部属囚禁你，我来赔礼，特赠银两。你愿留下可做散钱，你想归故就做盘缠。我们都是君子，只成人之美，不强人所难。尉迟恭乐意投诚，鸟择良木，士随明主。后在玄武门中立大功，还成为护门神。再如魏徵，是太子建成的高参，力主诛世民免后患。世民夺位，竟以魏徵为人镜。

二是勇于揽过认错。好大喜功是人的劣性，魏徵晚年也写功德簿，记述对皇帝的诤言妙策。厚德之人，上善若水，利万物而不争，闻过则改，推功揽过。秦穆公，他派遣三主将伐郑，在崤山之役被晋军伏击，全军覆没。主张出兵的由余请治罪，秦穆公说："罪止寡人一身，与爱卿何干？"他穿上素服哀悼阵亡将士，并亲自迎接被遣回的三主将，痛哭道："使众将军身受奇耻大辱，实寡人之罪也。"

秦始皇伐楚，不准王翦要60万兵马，派他人率20万去攻打，结果未成。始皇马上赴频阳向王翦认错，敬请披甲挂帅。王翦不辱使命，三年平楚。秦始皇担忧他国人在秦多了，会聚众闹事，挖墙脚，便下《驱客令》。李斯是楚人，也得拎包离秦。他留信陈述逐客之弊，为渊驱鱼，为林驱鸟，岂不真成孤家寡人？秦始皇立即收回成命。

一次，汉文帝过桥，有人从桥下走出来，惊了御马，文帝要求对其处以极刑，而廷尉张释之则认为"法者，天下所与天下公共也"，即法律面前人人平等，不应因人而异，所以按照法律只能对此人处以罚金。这种无视皇帝尊贵的谏言，最终被皇帝点头称是。

赵匡胤常常在后花园用弹弓弹麻雀。一天，他玩得正起劲，有大臣声称有急事求见，立刻接见，听过汇报，觉得只是寻常小事，便责问他为什么要撒谎。大臣说："我没有撒谎，因为再小的公务也比弹麻雀紧急。"见对方还顶嘴，赵匡胤更是怒不可遏，随手抄起一把斧子，用斧柄打落大臣两颗牙齿。大臣没叫痛没哭泣，只是俯下身，默默地捡起牙齿放到怀里。赵匡胤说："你收起牙齿，难道要告我？"大臣说："在下虽无处告陛下，但会有史官把今天的实情记载。"赵匡胤听后，气忽然间消了，还赏赐他许多金帛。

三是常怀纳谏，容忍诽谤。舌蕾喜甜忌苦，人的劣性之一是爱听诺诺，厌烦谔谔。古人云兼听则明，为明镜高悬，首先要乐听众言，海纳百川。一些朝代规定不杀谏官，隋文帝更是"诽谤不奏"。骂皇帝都不闻不问，谁还不敢快话直言？

汉文帝在匈奴入侵时叹无廉颇悍将。谋士冯唐说，朝中有也不会被你器重。文帝问此话怎讲？冯唐道出缘由，云中太守魏尚公正无私，抵抗有方，匈奴闻名却步。但只因多报几个首级领功，竟遭撤职查办。文帝当即诏魏复职。再如围猎时问奇珍异兽名称，主管者"吃螺丝"，饲虎员能一一明答。文帝打算让他二人换岗。廷尉张释进言："绛侯周勃、东阳侯张相如都木讷，非为过也。主管员业务生疏要诫罚，但提拔饲虎员会让其他大臣产生错觉，会以要嘴皮子为能事。秦朝很注重嘴上功夫，官员只说不干，文过饰非，导致丧权。"文帝采纳。

赵匡胤陈桥兵变不久，见宫女怀抱周世宗柴荣儿子，问左右如何处理。赵普多人决议杀掉。唯潘美折中："请杀会愧对世宗，劝不杀会疑我不忠，不如由他人领养。"赵皇帝择善而定，让潘美当侄子抚育。宋太庙寝殿有密室立誓碑，新皇帝就职必读，赵匡胤要世代传位者铭记：善待周世宗柴氏家族，不得杀士大夫和上书言事者。这誓碑真成镇国之宝，时人程颐总结"本朝超越古今者五事"：一是"百年无内乱"；二是"四圣百年"——开国之后的四位皇帝都比较开明；三是"受命之日，市不易肆"——改朝换代的时候兵不血刃，没有惊扰民间；四是"百年未尝诛杀大臣"——100多年里没有诛杀过一位大臣；五是"至诚以待夷狄"——对周边蛮族采取怀柔政策。故而，宋代工商贸易繁荣，科学水平走在各国之前列，透出中国的近代曙光。

宇宙浩瀚，容纳千千万万颗大大小小的星球，有光焰无际的，有借光闪耀的，有匹马独行者，有联合运行者，有庞大的，有体小的，有远不着边际的，有肉眼能观望的，还让云雾雨雪、飞鸟尘埃逍遥自在。倘若世间人人都有这等包容雅量，那么对"君叫臣死，父叫子亡"贴上封条，把"人为财死，鸟为食亡"打入冷宫，对夺位篡权、争名夺利、阳奉阴违、同室操戈等词语，不再说"请上座"，而是说"送客，请"。那才是太平世界，环球同此凉热。君臣父子官民之间，上上下下，和和睦睦，堂亲表戚，邻舍之间，前前后后，亲亲密密。

我合十祈祷，翘首以待！

直谏者忠

　　谁都知道，祸从口出，直谏会触犯龙须，直谏是以下抗上，使对方如坠冰窖，似针扎心，会引火烧身的。开明之君的典范李世民怒摧魏徵墓碑，是区区小事。宋朝开国皇帝赵匡胤有雅量，把"不得杀士大夫及上书言事人"立为家法，但宋高宗赵构却倒行逆施，杀掉聚众请愿亲征北伐的太学生领袖陈东。明朝朱元璋铁腕反腐镇贪，乐纳谏，还在城乡设民众直言的明申亭，可他的不肖儿孙武宗听凭太监弄朝，排挤刘健、谢迁出朝，蒋钦等22位言官被杖死阙下，受罚轻的下狱、贬谪。世宗想为未当过皇帝的父亲封皇，220位朝官跪谏，结果大多廷杖，一半戴枷；万历帝要另立太子，数千文臣抗辩30年，皇帝虽然采纳，但撤职降职的大臣百余人。死且不惧，岂有他求。

　　直谏会丢小命，丢乌纱，还不使一些家室为上，以利行事的人望而后退？于是有当面唱赞歌，背后捅刀子的毒枭，有隐忍不语，伺机出头的政坛黄雀，有看风使舵的政治渔翁，有阿谀奉迎的马屁虫。心存忠良又胆小怕事者，走为上策，例如龙游籍中书侍郎徐安贞，惧怕宰相李林甫的明枪暗箭，装哑巴到衡山岳麓寺"打工"。

　　然而，毕竟正直之士如林，忠勇之臣似林，他们敢于挡驾的刚烈、敢于挺胸迎剑的正气，推动政权朝众望所归的方向前进，给国家与政权带来生机与清晖。

　　直谏为保障国家安全。边境遭到暴力骚扰或城池沦陷时，不战不和的平衡状态倾斜，朝中就产生主战与求和的对峙，主战者寸土不让，以保疆土完整，政权巩固。求和者往往以割地进贡为前提，势必国破物丧。战则懦夫奋臂，或能拒虎门外，和则壮士屈身，定会引狼入室。显然，主战是忠于国。秦桧专权主和，众臣愤叹吞声。汪应辰凛然上疏：苟和未必无虞，戒备方可防患。汴京垂危，钦宗学父乘舆出逃，已黜相位的李纲挺身挡驾，说服死守。20万宋将士岂能败给6万金兵？！金人立宋相张邦昌为楚帝，吕好问劝张不改年号，请元祐太后垂帘，保护宋朝统一。在襄樊咽喉之地危急时，左丞相江万里屡请益师往救，最后力请提兵驰援，每每遭贾似道阻挠，便辞官退居上饶。蒋云中解元时，奏本声讨贾相误国之罪，要求惩治。因直谏如泥牛入海，愤而拒绝殿试，归隐开化山林。再如，明成祖朱棣连续数次北征，户部尚书夏元吉一再劝阻：频年用兵，戎马资储丧失不少，内外俱疲，不宜兴师。成祖将元吉打入狱。第五次征归到榆木川，临终时说："元吉爱吾。"

直谏为朝政肃风整纪。家风不正家门必倾，官清自然国正民安。官府玩权渎职，欺压百姓，必生官逼民反，官员拉帮结党，倾轧争权，朝纲紊乱，政权岂不五马分尸？直谏防偏救弊，是对国家政权之忠。

驿站的重要任务是接待过往官员。这本无可非议，谁还背锅出门？憾许多官员不严守规矩，而是只恨没有龙肝凤髓，只恨没有王母献蟠桃，嫦娥斟美酒，吃香喝辣尚不足，再带些奇珍土特。这些本是民众血肉造啊！朱皇帝决意切除驿站里的毒瘤，先命令"非军国重事不许给驿"，且明文规定"不得擅自乘传船马，违者罪之"，后又"请邮传以疏民困，"然而遵旨之声萦绕宫墙，照章行事者如晓星无几。因而有忠直之士谏言。宋嘉祐间，皇宫内差常入蜀替宫妃织造新花样蜀锦，或为宫廷版刻新的图书等，从京都一站站吃喝玩乐，本来八百里快骑十天半月抵达，可他们竟要两月。时任四川转益使的赵抃急疏两道：一是禁绝官员宴请馈赠，减少国库开支；二是请皇上少派员入蜀，非得入蜀巡视办事，只准住10天，州县不准互赠互请。蔡京为徽宗造延福宫、万岁山，凿池为海，疏泉为湖，还筑嘉花奇木怪石珍物的公园，挥金如土，御史毛注16次奏本遂蔡慰民，终使去职。武宗好游名山大川，正德十四年（1519）二月，几次要以太师镇国名义南巡，被言官否决后称病不上朝，有上书者无端坐牢。方豪认为，皇帝南巡前呼后拥上百人，仅吃喝要日挥千贯，或许还要造行宫、筑马路、架桥亭，点点滴滴皆是民脂民膏！于是挺身谏阻，受罚跪午门五天，廷杖四十并下野。武宗淫乐无度，舍弃豹房，勤于政务。给事中徐文溥进谏。嘉靖时，皇太后仙逝归葬江南，宫中确定灵枢旅经衢州。知府李遂举笔设卡，他抗旨道：经衢州非捷径，实为绕道，不妥。再说，衢州恰遇灾年，民困饥荒中，怎能耗资出粮来接待护枢一批人马？皇上只得收回成命。

官场荐举不避内近，甚至任人唯亲，这不仅会封杀一批德才兼优的人物破茧，更易滋生贿官卖官，官宦庇护，一家鸡犬升天等病毒。赵抃任右谏司时，宋朝皇帝命文彦博、程戡为正副宰相，文与程是儿女亲家，赵抃连奏3本"避亲"获准；枢密使王德用给马长庆安排肥缺，是因其子收下长庆赠马，赵抃连奏5本"请降"三人。宋仁宗授宠妃的伯父张尧为三司使，包公弹劾之，仁宗改尧四职，包公越阶怒斥："此举是失道败德"，仁宗先免尧两职又复位，包公面谏皇帝"偏执"，力主谪守河阳，真是逼皇帝纠错。宋代很重视科考选才，但蔡京想封一些习乐舞有成的太学生官职，尚书左承刘正夫则力谏不可授官，那会毁坏太学与官道的正常运转。

官场内外，一些皇亲国戚狐假虎威，倒行逆施，为民众深恶痛绝。可草民即便敢怒敢言也是投石砸天。幸有直谏之士矫枉压邪。宋陈执中任相时，小妾阿张捶杀女仆迎儿，无人追究更肆无忌惮，一月内又杖杀为迎儿鸣冤的两个女仆，天理难容！赵抃连奏12章，直到下旨去陈相位。朱宸濠用重金收买重臣，将南昌左卫改为宁王府护卫，徐文溥书千字文上疏，历数朱宸濠剥削百姓，挟制官吏，招诱无赖，广行劫掠诸罪，请皇帝大义裁之，休徇私情。字里行间，理正词严，气势千钧。弘治九年（1496），典史徐珪查实一桩拐卖妇女案被搅浑，刑部郎中丁哲秉公执法反削职为民的不公，法司、锦衣卫会审的搪塞，皆因东厂太监杨鹏胁迫造成。他上疏"伏乞陛下，革去东厂，限权宦官"。

直谏为维护百姓利益，更是忠于黎民。数千年来，官为上智，民为下愚，上下对抗，智愚相搏，虽属大谬，却成定制，上压下，智克愚，官管民，矛对盾，唯明君与贤臣念及民为国本。

赵抃知睦州时，发现建德茶园少却茶税多，还向杭州府供羊肉，岂有此理？他奏章一本，免茶税，拒供羊肉。汪应辰任四川制置使时，上面委官查四川匿契税，汪应辰上书讲这会妨农废业，纵吏扰民，皇帝就下诏改正。应辰还干了件举国震动的大事。当时长江中下游的大片良田为世豪所占，张俊独侵10万亩。应辰上疏："权贵抢占土地是民众造反的主要原因，当还原主。"高宗同意，就连张俊也退出2万亩。至于灾荒岁月，建设重大工程时，直谏解困宽民者如麻如粟。如南宋时，湖州规定赋丁为每三人出一匹绢，官府不收实物而换算收钱，每匹绢价由一千钱升到五千钱，百姓苦不堪言。乌程县令余端礼直奔朝廷中书省与一二品大员争辩，还真蠲免赋丁六万缗。他入朝任管礼仪的太常少卿时，宋孝宗要仿仁宗的模式行祈谷之礼，诏谕两次，余端礼鉴于国库空虚使用否决权，"死不敢奉诏！"孝宗也停止这一劳民伤财的仪式。

为生存，民间聚众起事常有。樊莹在弘治七年（1494）巡按湖广，锦田灾民联合两广瑶、僮族三万人反抗明廷，久不能平。樊莹不剿而宣策，止取首恶18名，其余弃戈归田。仁宗在南京建报恩寺时，有疏言说万余服役的人要效仿陈胜吴广，郑辰调查认为，苦役劳累发牢骚难免，骂监工也是情之所至，要说反上作乱查无实证，向皇帝建议不判一人。永乐十六年（1418），有报潞州盗贼叛乱，要下诏讨伐。郑辰上奏："黎民被赋税和劳役所苦罢了，请莫发兵。"然后单骑进山安抚从良。

直谏者确是国家栋梁、政权忠臣、民众孝子。他们的谏言，在理的如良药活血逐瘀、益精补气，如啄木鸟为树木除虫害，偏颇的是终身免疫的预防针，是悬岩险地的防护栏。

这里有个协调问题，照理，忧国忧民，同心同德，不会发生牛拗角。可因谏者的场合、形态、言辞，听谏人的心情、度量及所谏内容与其关系，难免会摩擦出一些火花。谏君须记：荀子说的"与人善言暖若锦帛，与人恶言深予矛戟"；毛泽东教导，必须采用治病救人的态度，而不能用嘲笑和攻击的态度，要用谈心的方法，求大同，存小异。听谏人勿忘：壮族谚语，"虚伪的迎合是友谊的毒剂，诚恳的批评是友爱的厚礼"，毛泽东说的随时准备坚持真理，修正错误。

敢谏之忠勇者，如石林巍巍，似海潮阵阵，而善纳之人太少，广开言路的环境不足，祈有十六字方针：言者无罪，不究诽谤，闻者作梗，严厉查办。一旦朝野人人敢直谏，个个能笑纳，则民主盛矣！

民主者，人民当家做主也！

喝彩击鼓升堂

　　咚咚咚！一阵鼓声刚歇，衙门必开，只要愿挨十板，有理无钱也进来，即便是寒冬半夜，道台府令也披衣升堂。果真吗？文艺作品是要虚构与夸张的，可当篮球运动员的武大郎却成为三寸丁，与糟糠相伴一生的陈世美，犯下重婚罪。此二君子对登门谋位的同窗同乡秀才，只管吃住，拒绝给芝麻绿豆官，故遭污蔑。但闻击鼓即升堂，绝不是美化官府的花环。

　　鼓是中国古代直诉的最重要道具。历朝历代，皇帝将登闻鼓设于宫外，随着隆隆的鼓声，民众将心中的不平与冤屈，上达天听。这种鼓最初叫做路鼓，诞生于西周。周王将四面大鼓设于宫门之外，百姓若有冤屈，便可击鼓，得到王的接见。与路鼓相配套的还有肺石。若有冤屈，立肺石之上三日，也可收到与擂鼓相同的效果。路鼓制度被后世人继承。汉代人将路鼓称为周鼓，照样将鼓设于宫外，并且有专人管理。凡有人击鼓言事，所有相关人员都要提供方便，不得阻拦。登闻鼓命名于魏晋时代。北魏世宗年间，"阙左悬登闻鼓"，使"人有穷冤则挝鼓"，登闻鼓从此成为一种常设制度。隋唐时期，肺石与登闻鼓并用，负责通传上报的人也有分工。若是立肺石，由左监门卫通传，而擂鼓则由右监门卫通传。宋人对鼓更是情有独钟，将理检司改为登闻院，专门负责击鼓鸣冤之事，将登闻鼓上诉案件，交于皇帝处置。这种鼓院、鼓厅的机构设置，为元明清相沿而不改。

　　听衙门击鼓声最多，办理涉及皇亲国戚案件最多的，非包拯包大人莫属。伟大导师毛泽东赞道："包青天刚正不阿，希望中国能多出几个包公。"这里既希望官员对上敢于直言，公平处事，执法如山，又要求官员爱民如子，随时随地倾听群众呼声，了解他们的疾苦与愿望。

　　包公一世英名，铁面无私是根本，也缘于皇帝的开明。宋明等朝就有不杀谏官的国法，承继隋文帝"诽谤不奏"的好规矩。宋代衢籍铁面御史赵抃一次一次又一次上疏，痛斥一个个宰辅之罪恶，宰辅中不乏皇帝的亲信和亲戚啊。皇帝秉公办事，非但不给小鞋穿，反赐高帽戴，升赵抃为副相。赵抃退位，提拔包公接任。这种安排就把皇帝纳谏的决心告白于天下。

宋徽宗即位时，适逢蔡王赵似因事下狱。衢籍左司谏刘正夫用淮南《尺布斗粟》歌谣委婉相劝，徽宗与蔡王和好如初，避免豆萁相煎。宋孝宗决定举行祈谷之礼，主管此事的衢籍余端礼认为，国库空虚，不应铺张浪费，劳民伤财，表示"死不敢奉诏"，皇帝就收回成命。

你说明朝皇帝就没有如此雅量，要不然，海瑞骂皇帝，便成屈死人。据有关文章记述，1959 年初，毛泽东在上海召开的中共中央工作会议上，提出尽管海瑞攻击嘉靖皇帝很厉害，对皇帝还是忠心耿耿的，应该提倡他那种刚直不阿的精神。海瑞之死，一则年事已高，二则是徐阶、张居正、高拱等宰位之人的打击，嘉靖帝说海瑞可勇比千，岂会加害于他。居正死，神宗即请海瑞出山，同时免除反海瑞的梅鹍祚的俸禄。

再说两例吧。明嘉靖时，皇太后谢世归葬江南，皇室安排灵柩经过衢州。衢州知府李遂抗旨："这不是最好最近的路，何必绕道？再说，衢州恰遇灾年，民尚在严重饥荒中，还要他们耗资出粮来接待护柩一批人马，于心何忍！"太后灵柩就改道了，而李遂后来当上兵部尚书。武宗初年，皇孙朱宸濠乘机恢复护卫府，开化人徐文溥奏本要求革除南昌宁王护卫屯田，还直言不讳请武宗停建供自己玩乐的豹房。不久就铲除朱宸濠的独立王国。明成祖频年用兵，兵与粮皆储不足。成祖每次亲征前，开化塘林夏氏祖上、户部尚书夏元吉都一再劝阻，说内外俱疲，不宜兴师。武宗虽然充耳不闻，但北征病危时说："元吉爱我。"

从南北两青天时期皇帝纳谏，当能略识全豹。贤君兼听的形式还有：设谏官、早朝、私访、重用直谏之臣，在民间设申明亭。三年一次的殿试，皇帝主考，实是问策于民。1904 年 7 月 4 日，是最后一次殿试，上午十时发卷，题长五六百字，都是时务策问，到黄昏交卷，全文约用两千字坦陈对各类问题的处理方法。273 人都是对治国方略有所钻研的贡生，会献上多少妙计啊。他们坐在尚书宰辅位子上，甚至是站在皇帝立场上，畅谈自己的施政宏图，对皇帝是起谋士作用的。例如，明代状元赵秉忠在对策开头就说，要有立纪纲、饬法度的实政，要有振怠惰，励精明的实心。结尾强调皇帝要率先垂范，再推广宫闱而后地方府衙。作为皇帝，要牢记是替天执法、替天守财、替天任官除奸，不要凭自己喜惧爱憎行事，天下人和上天神明都在监视着你！这试卷，简直在教训皇帝啊，居然为皇帝赏识，足见度量海涵。

自入学始就灌进皇帝搞独裁的观念，原来是一篇打翻一船人，不少皇帝一生

或某些时段挺民主的。李世民有人镜魏徵，还有位给他挑刺的马周，死后享受国葬，陪葬在昭陵；武则天对讨伐她的骆宾王安排职位，让他们发挥才智；光绪帝明诏"士民上书，原封进呈""随到随递，不准稽压"，形成野人渔民争求上书的活泼局面，连登闻鼓也无须三击，便能耳听八方。

　　击鼓升堂，是官民直接沟通的捷径，是民意上达的快递。当为之喝彩。

首辅利私毁朝政

跑马观花地穿越历史长廊，是一朝朝如磐皇宫哗啦啦梁塌墙倒，一顶顶似凤皇冠风萧萧花落水流，何哉？或曰皇帝昏庸，或曰朝廷腐败，似乎是不刊之论。君可想，昏君不理朝政，淫乐荒诞，多因首辅要挟，腐败根在首辅的对权对财对色的贪婪，首辅是朝中之轴，轴溃坏，金轮玉带也休想正常运转。反之，明君多会控制首辅权力，偏偏又被小人扣上暴君的帽子。

吴王夫差遵照父亲遗训，富国强兵以雪耻，越国先伐，恰遭惨败，退而求和，夫差听伍子胥"勿许"。越臣文种利用吴国伯嚭贪财好色，带上美女和珠宝行贿伯嚭。吴王本仁慈，就改依伯嚭赦免越王，留下自毁祸根。

秦政权垮台是因赵高指鹿为马，丞相赵高先是烧掉始皇立扶苏遗嘱，仿造遗诏，蛊惑胡亥夺位，继而让胞弟赵成和女婿阎乐逼宫，迫使二世胡亥让位自尽。

汉怎么倾巢？并州牧董卓利用同族董太后，废少帝刘辨，立刘协为献帝。九岁的刘协对暴烈刚愎的董卓能不百依百顺。王允请吕布杀董卓后，军阀割据，献帝东还，恰曹操抢先进洛阳，就挟献帝到许昌。残暴的曹操杀掉伏皇后与董妃及其家族百余人，立其女曹节为后，处死献帝身边的官员，换上党羽，丞相，挟天子以令诸侯。操子丕逼刘协让位，自称天子。

隋朝覆灭与炀帝二征高丽和农民起义有关，但真正推翻隋的是首辅级的重臣，尚书令杨素聚敛财富，左卫大将军宇文述欺骗炀帝，后来，他们的儿子杨玄感和宇文化及先后叛乱。宇文化及令人用汗巾勒死炀帝。太原守李渊趁机起兵并占领长安，他拥戴杨侑为隋恭帝，自己任大都督、尚书令、大丞相，统管一切政事，十三岁的杨侑空守黄椅。李渊听说炀帝在江都被杀，立即逼恭帝下诏退位，由李渊即位，改国号为唐。

唐昭宗时，中书令朱全忠专权跋扈，杀宰相崔胤，命亲信除掉昭宗，假传圣旨立李柷为哀帝，十三岁的皇帝自然成为手中玩物。朱全忠在九曲池设鸿门宴，绞死九位亲王，又逼哀帝下诏赐原宰相裴枢等30位重臣自我了断。身为百官之

长的朱全忠丧心病狂，大开杀戒，相蒋玄晖被焚尸，相柳璨受问斩，相张廷范遭五车分尸，一批执政大臣成冤鬼，逼迫哀帝禅位。朱全忠称帝为梁太祖后，还杀死李柷。

至于宋太祖赵匡胤，简直是囊中取物，不费一兵一卒，更不会一将成名万骨枯。后周世宗柴荣驾崩，他六岁的儿子宗训即位为恭帝。就在百官奉贺的朝礼上，赵令亲信谎报敌情。恭帝命禁卫军统帅、殿前都点检赵匡胤率军北伐迎击。军至开封东北四十里的陈桥驿，军营中锣鼓齐鸣，赵普等群将涌到主帅帐前，递上黄色龙袍。北宋失去半壁江山，赵佶浸淫于花天酒地是主要原因，但他的宰辅难辞其咎。民间有童谣："打破桶（童贯），泼了菜（蔡京），便是人间好世界。"京城太学生们几次上书，请求擒诛梁师成、朱勔等六贼。他们个个奸贪残暴，无恶不作。宰相蔡京拿几份俸禄，还大肆贪污受贿，柴米也从国库支取，有一次请同僚吃饭，光蟹黄馒头就花1300缗。他在汴梁有豪宅两座，在杭州凤凰山有座雄丽的别墅，仅寄藏在海盐亲戚家的金银宝货有40余担。他还将宰位传给儿子蔡攸。执政宰相王甫公开卖官，时称"三千索，直秘阁。五万贯，擢通判"，他每晚要几十名美女拥帐。童贯家里不用灯，是悬几颗夜明珠照明的。朱勔光田产年租就达十余万石。钦宗时宰相李邦彦甚至想绑李纲交给金使，张邦昌索性当伪楚皇帝做走狗。南宋末，太师贾似道把持朝政，度宗称他为师臣，朝臣称其为周公。有一年，度宗祀景灵宫遇大雨，胡贵妃的父亲显祖请度宗乘逍遥辇还宫。贾似道闻知大怒："先不问我，岂可造次！"度宗马上罢显祖的官，逐胡贵妃为尼姑。襄阳北蒙古兵久围时，贾似道却在杭州葛岭造多宝阁藏宝物，同时暗示吕文焕将襄阳拱手授敌。于是，蒙军势如破竹，顺江而下。度宗如秋叶入泥，其子跳海喂鱼。

明朝由盛转衰，先是熹宗朱由校时，魏忠贤盗柄，一边大兴土木，挥霍库银，一边将国有财富化为私有财产，引发许多省农民揭竿造反，后是桂王朱由榔、秦王孙可望跑到长沙投降清朝；山海关守将吴三桂在雄关举起白旗，又率重兵到缅甸剿尽根诛，用弓弦将永历帝父子勒死在昆明，埋葬明王朝。

清朝何以化为灰土？光绪皇帝是主张以日本为图样，博采西学，发愤为雄。他大刀阔斧地改革叠床架屋的官僚体制。他颁布国事诏书，广开财源、广开言路、广育人才、劝励工艺、奖募创新、谋求富强。但是他不能放开手脚实施国策，光绪托庆亲王奕劻捎话慈禧："太后若仍不给以事权，我愿退位，不甘作亡国之君。"可谓斩钉截铁，拼死一搏。然而，不挂太上皇头衔的慈禧己亥建储，让光绪在瀛台了却余生，使清政府在黑暗中谢幕。

　　皇上的大权独揽，大抵会顾全大局，考虑国计民生，也会有因视角差产生失误，而首辅们篡权威断，多为图私或维护圈内铁哥儿的利益，他们就会指红说黑，诬陷忠良，开钢铁公司并垄断之。期待争权夺利的邪念绝种，渴望舜尧时代平等、民主、和睦的春风常吹玉门关。

谢客展印

遍地是诗写不赢，

少时一读记在心。

观赏祖国山河景，

该当行行复行行。

深憾无才作美文，

只写片纸代留影。

韶山铭记

身上血总朝心脏流淌，园中葵总随太阳转动。随同股股热血、伴陪朵朵葵花，我到韶山瞻仰。

这就是让舜帝倾心的韶山？没有临风而立的奇石怪岩，没有峻秀伟岸的珍树异木，只见烂漫杜鹃与彩霞映辉，碧绿松涛和涧水齐舞，山不高而浩气磅礴，地不显而举世瞩目。

上屋场毛泽东故居，一挑式平房，门前水塘屋后竹，终究不是化龙池栖凤竹。看后山不像龙椅，观前山不似龙案，左右山峦缺乏百官列队的威武，实在称不上藏龙卧虎之地，起凤腾蛟之所。屋内的石臼、油灯、农具在说这是平常百姓家。然而，犹如阵阵惊蛰的雷声，让人震撼、振奋。毛泽东舍小家为大家为国家的奉献精神，使人惊叹、崇敬。6位亲人为新中国的创立捐躯啊！新政崛立，堂弟表舅求赐一官半职，毛泽东断然拒绝，就连也是老战士的儿子都没安排要职，甚至茶叶钱、水电费都是自付。立党为公、政权民主是毛泽东毕生探究的课题！他一生反对把人民权力变为家产的独裁。面对挂着蓑衣的墙壁，仿佛看到毛泽东回乡的投影，他坐在乡亲中间说，食堂办不好可以散，炼钢不成就不要再炼，不要处处搞水库，搞不好会成害，这朴实的话如春风春雨滋润心田。从实际出发，按民众的愿望办事，是他毕生践行的路线。

故居西侧山坡毛泽东纪念园，有毛主席战斗过的纪念地28处。或许，这是说，中共一大代表平均年龄正是毛泽东的岁数，武装斗争年数与毛泽东笔名相同。这里和毛主席纪念馆的一幅幅照片、一件件遗物，还有韶峰毛泽东诗词碑林，引领瞻仰者踏上壮怀激烈的烽火征途，走进天翻地覆的建设岁月。

黑暗如磐，毛泽东和新青年奋力凿壁，取来科学与民主的曙光；雪压长空，毛泽东秋收义旗化作报春红梅；血雨腥风要扑灭星星之火，毛泽东呼唤井冈千峰作护卫；瑞金的红旗面临折断，毛泽东指定延安宝塔做杠杆；军阀割据、列强瓜分，金瓯欲裂，毛泽东用统一战线焊实缝牢，扶匡国危，济拯万民。

　　新中国的巨轮鸣笛启航，毛泽东树立四化的灯塔高照。面对四周刀光剑影的封杀，毛泽东将罗盘定位：自力更生，希望外援，要搞实力，发展科技，优先发展重工业，优先发展沿海老工业城市，然后支持内地建设，使农耕国家跻身世界工业强国和主要核强国。和平共处，发展友谊，对日本，他说可以来办厂开矿，对美国，他用小球作梭编织纽带，使中国重登世界舞台高歌欢唱。

　　不论是左边的狂涛恶浪，还是右边的龙卷风沙尘暴，毛泽东稳操航舵，平稳疾驰，有人建议一党制，他说不要忘记老朋友，还是多党合作好。有人忧港胞入内地行商，他说又不是来老虎，怕什么？我们还要和英美平等地做生意。有人要消灭私人资本，他说那是自杀。反右扩大化，他呼吁给我留几个右派朋友。农业放卫星，他要唱唱低调，亩产上万斤是吹牛，到 21 世纪初，江南 2000 斤就好了。共产风刮起，他说社会主义可能有初级阶段。官僚主义抬头，他写道社会实践是检验真理的唯一标准。有人要批斗中央领导，要炮轰外交部，他指示要追查，这是破坏"文化大革命"。

　　历史证明毛泽东有盖世之才，还宣告毛泽东的超群之德。对王明，他提议保留党籍，仍当委员。对蒋介石，毛泽东指令三野不要破坏蒋介石住宅祠堂等建筑，1956 年又致信蒋氏，提出两党重新合作与一国两制的构想。

1995年在韶山

　　车子依依不舍离开韶山，我一直扭头凝视广场上毛泽东塑像，他身穿中山装，双手左上右下握书于胸前，深邃的双眼微笑着注视前方。毛泽东是反对铜像的。1966 年 6 月，他拒绝看纪念馆："不去！因为那里有我站岗。"1967 年 12 月，听说塑青年毛泽东在韶山火车站，他竟有些发怒："不要搞大树特树！"

　　毛泽东德昭华夏，功垂史册，在人类圣贤的群星中，他是辉煌的北斗；在世界伟人的群峰中，他是摩天的昆仑！这是韶山具有地心吸力的根源。数十年来，瞻仰韶山人流如潮。大家不是来看农民之子成为伟大领袖的风水，不是考证铜像揭幕时日月同辉，杜鹃盎然的天意，而是来汲取精神，表达愿望。正如滴水洞前一碑所刻："天下归心，人人敬仰！"

瞻两岸故宫

　　博物馆是实物讲述历史的书，是政府重视民众关心的场所。世界四大博物馆是：法国·巴黎卢浮宫博物馆，1793 年开放，是综览欧洲艺术史的殿堂。镇馆之宝达·芬奇《蒙娜丽莎的微笑》。英国·伦敦大英博物馆，1759 年开放，是世界上第一座对民众开放的博物馆，收藏与展示囊括四大文明。镇馆之宝《亚尼的死者之书》。美国·纽约大都会博物馆，1880 年开放，号称西半球最大的博物馆，300 多万件藏品，树立现代美术馆成功经营的典范。镇馆之宝德加《舞蹈教室》。俄罗斯·埃米塔什博物馆，1863 年开放，位于圣彼得堡，原本是女皇叶卡捷琳娜二世私人博物馆。镇馆之宝《伏尔泰坐像》。

　　因为中国国家级故宫博物院分居两地，以一地一馆比较，就难名列前四。然而，台北故宫文物，每月展出不同器物，也能展览二三十年啊。故宫又称为紫禁城。把皇宫称为紫禁城，有何解释呢？紫禁城的紫是指紫微星垣。我国古代天文学家将天上的星宿分为三垣、二十八宿和其他星座。三垣指太微垣、紫微垣和天市垣。紫微垣是中垣，又称紫微宫、紫宫，在北斗星的东北方。"太平天子当中坐，清慎官员四海分"，古人认为那是天帝居住的地方。封建帝王以天帝之子自居，他办理朝政与日常居住的地方就成为天下的中心。又因皇宫是等级森严的封建社会中最高级别的禁区，便有紫禁城的禁字来强调皇宫的无比尊严。1925 年，结束帝制，改为故宫博物院。

　　因日寇侵华，秘藏深宫的国宝被迫逃难，一万多箱铜器、瓷器、玉器精品，书画、图书善本万里大迁徙，11 年间辗转上海、南京、西南等地，硬是在铁蹄下保护住千年国宝。1948 年，兄弟分家，各立门户，60 万件精品流落台湾，直到 1965 年 11 月住入外双溪的故宫博物院。两岸故宫都有奇珍异宝，显示中华文化的宏伟。

　　我进台北故宫时，正遇上《钟鼎彝铭》主题展，不仅感觉到古代冶炼与铜铸技术的高超，还探索到汉字之源。在北京故宫艺术馆中也不乏有价值连城的精美青铜器。中华文化奠基于夏、商、周三朝，中心是礼乐文化，体现在铜器、礼器之中，鼎列首位，乐器之林，钟居上座。铜器上镂铸铭文，称金文或钟鼎文，以述功记德，光宗耀祖，传及子孙。其中，北京故宫有镇宫之宝的酗亚方樽，流行于商早期至春秋时期，传世很少。台北故宫的《宗周钟》是西周厉王胡自作器中最重要的乐器，铭120字，西周宣王的叔父兼重臣毛公所铸礼器，鼎内铸有500字彝铭，是现存七千件周两代铜器中铭文最长的。人言抗战时，毛公鼎曾跑到上海戴公馆，传说戴笠想占为己有，这是不实之词。戴笠有位下属说，中央派员取时，他与几个同事正把鼎当火炉用呐。

很有机缘，这次展览有玉雕大白菜，水灵灵，鲜活得很。玉器中的新石器时期鸟纹玉饰，汉代的玉角形杯、玉辟邪，清代的碧玉鳌鱼花插等，都是无可匹敌的极品。北京故宫珍宝馆陈列着翡翠、玛瑙、水晶、青金石制作的各色美玉，大禹治水玉山是整块玉石雕刻的，五吨重啊，不让人惊呆。慈禧花甲寿礼玉石仙台，用玉石雕群仙、珊瑚、孔雀石等制作景物，足以使人称奇，而镇馆之宝的宋代青玉云龙纹炉更令叫绝。

恰巧有中国历代陶瓷器展，展现中国陶瓷从新石器时的原始制品，到宋元成熟阶段的，直到明清发挥极致的轨迹。从各地生产的不同造型、釉彩与装饰的变化，展示陶瓷业从单一生活美学跨入美感观赏的历程。宋瓷中的汝窑，清瓷中的古月轩，大多在台湾，这也是台北故宫最值得夸耀的收藏之一。瓷器中的宋代钧窑丁香紫尊，明代景德镇釉里红菊花大碗，清代康熙窑的宝石红观音瓶。北京故宫有件镇馆之宝是郎窑红釉穿带直口瓶，一件件都是绝代天骄啊。

瞻仰北京故宫时，在皇帝读书与休息的温室站立良久。1746年，乾隆得到王珣《伯远帖》，加上早有的王羲之《快雪时晴帖》，王献之《中秋帖》御批为三件稀世之宝藏于此室，所以称作三希堂。听说溥仪出宫前外流的《五牛图》《游春图》《韩熙载夜宴图》、怀素狂草《食鱼帖》都完璧归家。镇馆之宝《清明上河图》自然是国画之代表，它以工笔描绘宋末时代首都汴京汴河两岸及郊区的建筑与民生，五米多长的画卷绘上550多个各色人物。还有另一个镇馆之宝——西晋陆机的《平复帖》竟是存世最早的名人墨迹，都是首屈一指的。台北故宫的书画也济济一堂：宋徽宗的墨宝，颜真卿的天下第二行书《祭侄稿》，苏轼《前赤壁赋》《寒食帖》，怀素《自叙帖》，宋代苏黄米蔡四大家真迹；绘画中李思训的《江帆楼阁图》，范宽的《溪山行旅图》，郭熙的《早春图》，至于藏在这里的古籍善本不仅宋、元、明版较多，而且卷帙完整，如文渊阁《四库全书》、摛藻堂《四库全书》等，多是独有的精品，相当珍贵。

当年毛泽东民主与蒋介石独裁的治国观念相悖，导致兄弟反目，殃及中华瑰宝被强行拆散。例如，四棵玉雕白菜隔海相望，三希中的二希（王献之的《中秋帖》，王珣的《伯远帖》）藏于北京故宫，另一希即王羲之的《快雪时晴帖》藏于台北故宫。幸时过境迁，物是人非，黄公望半幅《富春山居图》终于从台北安然回到家乡浙江。我深信，玉雕白菜兄弟重逢，王羲之的《快雪时晴帖》与二希聚首，所有文物的团圆，指日可待！到那时，北京故宫与台北故宫双剑合璧，170万件传世珍品齐刷刷同台亮相，就是再三谦让，让别人逞强，他们的同行也会抱拳退避：岂敢！岂敢！

2014年3月16日在台湾故宫

谁是天下第一关

　　天下第一关在哪里？答道是山海关。恭喜你得五十分。继续寻找。哦，还有嘉峪关。不错，这两个重关要塞，都戴有第一的桂冠，但说出两处还只答对一半。还是先看看关隘吧。

　　车过秦皇岛，我就不时张望窗外。将到山海关车站，我的额头和鼻子摩擦着车窗玻璃，总想尽早见到思慕已久的雄关，但窗外如烟似雾，即便举起望远镜，也只是模糊一片，雄关偏不显身。轿车疾驶，急刹车让我抬头前望，"天下第一关"的巨匾推进眼帘。我知道东城门到了。嗨，果然威武雄伟，12米高的城楼头顶蓝天白云，脚踏广袤的塞外草原、蜿蜒的幽燕群山。真渴求有一身轻功，一跃而上。站在城墙上的箭楼下，倚雉墙垛口远眺，南边的老龙头高昂在碧波翻腾的渤海上，北面的万里长城如龙身栖在重重叠叠的燕山上。那里烽火墩台星罗棋布。近观，东门外筑瓮城，外绕连接长城的东罗城，城周环绕护城河。关城四门上都有城楼。附近还有南北水关，角山关、三道关等。从军事上说是互为掎角，前防后卫。山海关巍巍屹立在崇山与沧海之间，锦西走廊的咽喉之地，故成为两京锁钥无双地，万里长城第一关。

　　在怀古与酒意中，仿佛戴上朱缨金盔，身穿银甲战袍，腰悬青锋宝剑，手执青龙偃月刀，扼守重关。然后翻身跨上赤兔马，纵缰西驰，闪过一座座烽台烟塞，驶过一道道屏藩要塞，喜峰口、古北口、居庸关、雁门关，直到长城西段的嘉峪关。

　　看，天降屏障，拔地擎天，一座伟岸雄峙的城楼，一座器宇轩昂的关城。关城呈梯形，周长733米，面积3.35万平方米，高10米、垛高1.7米。东西城垣开门且筑瓮城，有对称的三层五间式城楼。城隅有角楼可作瞭望，北侧有马道通城顶。城外有城，西有砖砌罗城，东、南、北三面土筑围墙连接长城。两侧城墙贯穿戈壁，南接祁连山，北连龙首山。在长城沿线几十座关隘中，嘉峪关形势最险要，气势最开阔，又比山海关早建八九年，成为老大，名实相符。

这里还有两个令人不能忘怀的传说。西瓮城门楼后檐台上，存有一砖，建关竣工时，只剩一块砖。这说明先人计算的精确，体现执事者精打细算，为国节俭的品德。关城里有块燕鸣石，贴耳细听，有乳燕啾鸣，是"子在巢中盼母归"的呼唤。相传关内有燕对外飞觅食，早出晚归。一日闻有敌骑来闯，急关城门。燕子飞不过城楼，就连续撞击关门，直到身亡。这不正是恋家怀士的爱国情结吗？

天下第一关，用其伟大的体魄，一次次抵御着入侵者的箭雨刀林，捍卫神圣的疆土。然而，关城的沉默，是受誉有愧的形态。单凭坚硬的砖石，光靠气压十四州的城墙，岂能固若金汤！曾记否，胡马度过阴山，入侵的旗幡插上雄关，日寇的军刀穿过城墙，八国联军的火把经关门而烧圆明园。那是执政集团的怯懦导演的悲剧，是守关人的私欲造成的耻辱。雄关仍是英雄，功能退化而不失庄严，职能转换仍在传递壮志。

那么究竟谁是第一雄关？

科学技术的发明是万夫莫开的雄关！当年闯进关内的入侵者，以人数比，可谓是鸡蛋碰石头，但倒像黄鼠狼闯入鸡群。为什么？就因为有先进的军事装备。毛泽东说"我们自己试试""要搞点原子弹"，一言九鼎，为建造海陆空立体的天下第一雄关奠基。北方狼群敢来犯，关前断其魔爪，西方虎敢来拱，关外拔下其獠牙。

精忠报国的民魂更是牢不可破的雄关！决定成败的因素是人，只要有想方设法谋求国泰民富的人，那就能做到人在国土在，祖国山河寸土不让。毛泽东领导小米加步枪的民众驱熊缚虎是真实的传奇。

爱国精神和高端科技是真正铁墙铜壁的天下第一雄关，是外来的热核武器、导弹摧不垮的雄关，是家中的硕鼠蝼蚁无隙可钻、永不溃塌的雄关。

2001年6月18日在山海关老龙头海上

吐鲁番的命脉坎儿井

好奇是人的天性，于是，上下左右美食都来赶集，东南西北的旖旎景观都来展览。人则根据欲望风风火火走全球。而新疆吐鲁番盆地是万目注视是目标。《吐鲁番的葡萄熟了》是它的广告，《西游记》是它的导航仪。

许多朋友亲密接触过吐鲁番，问他最刻骨铭心的是什么，能说会道者是滔滔不绝地一一详述，不善言辞的是点名似的告知一些地名地物，终没有唯一的解。

火焰山是神奇的。火焰山位于吐鲁番盆地中部，山势陡峻，全是裸露的泥质沙砾石，寸草不生。东西长 100 公里，宽 10 公里，最高处海拔 851 米，宛若一条火红的巨龙盘踞在干旱的戈壁滩上。由于山体岩石呈红色，加上炎热气候的烘托，远远看去，酷似喷吐着熊熊的火焰，飞鸟千里不敢来。然而，此山体是天然的地下水库大坝，它北面天山的博格特峰冰雪融水潺潺流经火焰山麓。走近一看，火焰山麓却是一片片绿洲，一条条泉流，使人感到分外荫凉。

民间关于火焰山有两个有趣的传说。一说，当年齐天大圣孙悟空大闹天宫，仓促之间，一脚蹬倒太上老君炼丹的八卦炉，有几块火炭，从天而降，恰好落在吐鲁番，就形成火焰山。山本来是烈火熊熊，孙悟空用芭蕉扇，三下扇灭大火，冷却后，才成今天这般模样。又说，维吾尔族传说天山深处有一只恶龙，专吃童男童女。当地最高统治者沙托克布克拉汗为除害安民，特派哈拉和卓去降伏恶龙。经过激战，恶龙在吐鲁番东北的七角井被哈拉和卓所杀。恶龙带伤西走，鲜血染红整座山。因此，维吾尔人把这座山叫作红山。

葡萄沟是令人憧憬的。吐鲁番是个形似锅底的盆地，有一半面积低于海平面，且由于年降水量少得可怜，蒸发量却极高，固有火洲之称。我去时正是仲夏，43 度，热浪烫人。但走进葡萄沟，仿佛到了清凉世界。这条 8 公里长 2 公里宽的大峡谷，两侧山坡全是葡萄架，铺绿叠翠，溪水潺潺，凉风习习，果香阵阵。缕缕阳光挤进枝叶密匝的葡萄长廊，朦胧如幻境。交织的蔓藤上，沉甸甸的葡萄串倒挂着与人碰头撞肩，亲亲热热。那葡萄白的如玉、绿的如宝石、红的似

橄榄、黄白的像珍珠,诱人馋涎。

吐鲁番还有两个全国唯一的建筑也是让人惊叹的。苏公塔,又名额敏塔,位于吐鲁番东郊 2 公里处的木纳格村,苏公塔建成于 1777 年,是新疆现存最大的古塔,也是我国百座名塔中唯一一座伊斯兰风格的古塔。古塔灰砖结构,塔身浑圆,自下而上,逐渐收缩。高达 40 米的砖塔,自底到顶,用一块块土砖砌成 15 种格调的几何图案:波浪、菱格、团花……循环往复。塔下的清真寺宽敞宏大,有可容千人以上的礼拜大厅、穹形的拱顶、造型美观的马蹄形券顶、众多的壁龛、幽暗的布道小室。

交河古城是世界上唯一的生土建筑城市,建于 2300 年前。状如柳叶形,长 1650 米,最宽处 300 米。因为两条河水绕城在城南交汇,故名交河。总面积达 25 万平方米。13 世纪下半叶,交河古城屡遭战祸,破坏严重。明朝永乐年间该城废亡。古城四周临崖,东、西、南三面的峭壁上劈崖而建三座城门。贯穿南北的中心大道北端寺院区,建筑多是长方形院落,院落门向着所临街巷;大道东区南部为大型居民区,北部为小型居民区,中部为官署区;大道西区分布有许多手工作坊。城中大道两旁皆是高厚的街墙,临街不设门窗。整座城市的大部分建筑物是用减地留墙的方法,从高耸的台地表面向下挖出来的,最高建筑物有三层楼高。寺院、官署、城门、民舍的墙体基本为生土墙,特别是街巷,狭长而幽深,像蜿蜒曲折的战壕。整座城市是一个庞大的古代雕塑群,体现出古代劳动者的聪明才智和巨大的创造力。

坎儿井与万里长城、京杭大运河并称为中国古代三大工程。吐鲁番地区有千余条坎儿井,如果连接起来则达万里,所以有人称之为地下运河。坎儿即井穴,是当地人民吸收内地井渠法创造的。吐鲁番盆地极高的蒸发量不利于地表水保存,当地居民就利用吐鲁番的地质特点,在高山雪水潜流处,寻其水源,打出深浅不等的竖井,然后再依地势高低在井底修通暗渠,沟通各井,引水下流。它联成的网络渠道犹如人体的血脉,四通八达。

我跳下立井,钻进地下暗渠,想象跪着掘坎儿的劳作形态。要不是他们把天山融雪的清流,引进火洲戈壁,就没有丝绸之路上的繁华城市交河,就没有葡萄沟这避暑胜地,没有人流,没有欢声笑语,没有歌声舞蹈,没有马蹄笃笃羊儿咩咩。坎儿井是吐鲁番的命脉,那些设计开凿坎儿井的先人就是浇灭火焰山的齐天大圣。晚生们传承先辈血脉,让戈壁处处是花果山。

一日看尽天下花

孔子周游列国，却没有行尽半个中国；张骞西行，玄奘取经，虽领略异国风情，但要用一二十年时间才历经数国。而我在一日之内，饱赏五洲二百国的智慧之花。幸甚矣！你、你们，他、他们也游览过2010年上海世博会吧。

世博会，是世界建筑艺术的展览。中国馆那红色的斗拱结构建筑，酷似繁体华字。馆内古今桥梁的对话，从土石拱桥到钢构高架，讲述桥梁的简史。那30多米高的架空层大厅只由4根方柱支撑，没有横梁没有斜柱，这是世界建筑史上的创举。世博会上最大的展馆是枣椰树下沙特阿拉伯馆，只一座三维立体影院就有两个篮球场大，屏幕高达1600米。馆的外形是船型，美称月亮船。最小的馆是德中同行之家，是用竹子搭建的。最隐蔽的馆，地面上只有135个巨大的风筝雕塑，下面挖掘隧道"直通墨西哥"。英国馆似蚌壳张开，射线状的触须向八方伸展，触须顶部的细小光源，随风轻抚变幻着色彩，展馆表面的图像展示展馆内容。印度馆、泰国馆、巴基斯坦馆、尼泊尔馆是宫殿庙宇与古堡式的建筑，冰岛馆外墙是冰的图案。日本馆是紫蚕岛形状，芬兰馆如冰壶，加拿大馆似立体积木，马来西亚馆如扬帆蓝海……真叫人心醉。

世博会是新科技的会师。走进上海世博会的项目，几乎都是新科技的成功实践，或是首次发布的科学理念，体现人类创造之箭射向更多更高的目标。就建筑材料而言，有首次精选环保和可再生的新产品，中国馆外墙铺装新型太阳能光电板年发电量30万度，芬兰馆采用名叫鱼鳞的纸塑复合材料做外墙装饰，葡萄牙馆外立墙是软木建成的，墙面是透明的混凝土，西班牙馆是藤条编成的，国际信息发展馆外墙涂刷上液体玻璃，能防火防腐。再看展示手段，使用声与光的高科技和尖端数码技术，以及先进的喷绘贴膜技术，墙体荧屏的幻影带领游客到各国，追忆历史的荣耀，盛赞现实的精彩，展望明天的辉煌。还有智能模仿秀迎宾送客呐，西班牙馆的"小米宝宝"，虽是婴儿却身高6.5米，它能用32种肢体动作和不同眼神表示对游客的友好与热情；法国的"闹闹"，它会模仿打太极，

踢足球，爵士乐，会用流利的英语，法语和中文话说法兰西。夜游时，你会惊艳绚丽多彩的光影美景，这可是集全球大成的 LED 照明光源技术应用的榜样。还有电子门票，网上世博会都是科技奇迹啊。

世博会是当今与未来城市生活的畅谈。这次世博会主题是：城市，让生活更美好。各展馆都介绍本国城市的美好与惬意，描绘最佳城市生活模式。环保与低碳的生活空间是众之所望，例如：立体绿化，世博园内绿色植物，攀上垂直耸立的墙面作花外衣，登上屋顶作草帽。城市垃圾的痣疣不复存在，它能再度投胎以新的面目出现。汽车也不再吵吵闹闹，喷放出酸臭气，上汽的负排放"叶子"车应用光电、风电及二氧化碳吸附与转换技术，阳光、风转为电能，二氧化碳也改邪归正，推动车的行进。和谐平安是千秋万代所祈求的，未来城市会让人人如意。成都的鱼形活水图，不仅喻示人类与水与自然的休戚相关，更预示对水循环利用的技能。人还可以利用水喷雾降温，世博园中千千万万只喷嘴一张口，便云来雾遮，清凉阵阵，当然，和谐的主体是人与人之间的公平与关爱。德国馆的"多代屋"，有幼儿园，青少年俱乐部，中老年人聚会场所，倡导老老少少，男男女女自由交谈。最温情的生命阳光馆，是世博会首次设立的，让健全人增添理解与包容，使残疾人敢于和命运抗争，消除歧视，共享阳光。

世博会是各国文艺精华的交流。中国国家馆有反映北宋汴梁繁华场景的《清明上河图》，法国馆有埃全世界最贵的墙，悬挂着梵高《阿尔的舞厅》等7件国宝；意大利馆有米开朗琪罗的名画《水果篮》和《捧果篮的男孩》。还有雕刻至宝。看，埃及馆法老舍松契二世（面具）在微笑；山东馆的孔子在向游客行礼；墨西哥馆的鸟人让人联想中国的鸟图腾和飞天。有些雕塑是初次走出国门哩，瞧，丹麦馆的小美人鱼，比利时馆撒尿小童，卢森堡馆金色少女。

在上海世博园

啊，一日看尽天下花！费长房能拴住太阳，却无法一日行尽五大洲吧？戴宗有缩地术，但无能让东西半球天涯若比邻吧？就是一个跟斗能飞十万八千里的齐天大圣，也自叹不能呀。科技与友谊，远胜悬日法，缩地术和孙大圣啊。

台湾行中乡情浓

读小学时，就想踏上华夏宝岛，那是背负着民族希望。自毛泽东致书蒋介石谈一国两制设计，和平统一逐成两岸的合唱，蒋经国解禁促统，让解放与反攻这对冤家退席。光阴流转60年，我飞往台湾，不是战士，而是做客，是亲眷，本来就是一家子嘛。战国初的国书《禹贡》中的岛夷即台湾，汉代的东提、三国的夷洲、隋朝的琉球，都指宝岛。三国时，吴国派卫温镇守，明万历间公文中始称台湾。明末清初中国行政区划图《□□山川河海地舆令图》，在琉球标有府名。清康熙二十三年（1684）设台湾府，隶属福建省。从血缘关系看，台湾居民七成是汉族，仅漳州籍超过三分之一。例如开台王颜思齐、阿里山之神吴凤、开发宜兰第一人吴沙都生在漳州。就连我们这些衢州人也会感到乡情如酒。

双脚和热土亲密接触时，能不怀念郑成功？清顺治三年（1646）三月，他是江山仙霞关守将，八月十七日，怀着守忠失孝的心情进驻金门。1661年春渡海东征，掀锅鼎入海，表示驱逐荷夷的决心。战舰三四百威威武武，官兵二三万浩浩荡荡，铁骑奔浪，钢刀闪电，苦战九个月，驱逐红毛军，捍卫华夏金瓯。据说，这位中国第一个驱寇的民族英雄是衢州开埠守将郑平之后。

乘船游览南投日月潭，尝过阿婆蛋，又到养育红桧神木的阿里山，品味郎族灵芝茶，摇荡天长地久桥，便去嘉义。你可知道，这地名因衢州人而生。乾隆四十八年（1783）八月，江山人柴大纪出任台湾镇总兵。时过两年，福建漳州人林文爽发动天地会起义。柴大纪闻讯策马彰化，恳请林氏族长林石"灭火"，可林文爽反而立国号顺天，聚众攻城略地。柴大纪编竹作城扼守诸罗十个月，援军难达，粮草断绝。乾隆密令"不必坚执与城共存亡"。柴大纪竭力固守，直到与援军内外夹攻取胜。乾隆赠"褒忠劝荩"匾，赏银万两，特封为一等义勇伯，并改诸罗为嘉义，还立记功碑。假如天地会获胜，会不会踏入琉球之覆辙？琉球群岛本属中国。1372年，明朝政府册封琉球国王。明亡，琉球与清朝保持藩属关系。1609年，日本武力逼迫琉球进贡，1875年，强制琉球改用日本年号，不准

受中国册封。1879 年，日本宣布废琉球藩置冲绳县，强行并入日本版图。柴大纪拼将烈血，书写华夏统一的溢彩巨章，功德无量。后人感叹"受诸罗嘉义石头记，丧大纪褒忠赤崁楼"。今人王以安认为，《石头记》指记功碑文，赤色砖瓦的府衙即是红楼，林黛玉谐以竹林代替防御工事，晾多块罗帕暗示地名诸罗。柴大纪也是台湾北回归的丰碑。

在台湾海峡与巴士海峡分界地带，欣赏猫鼻头和鹅銮鼻后，车子驶上花东公路，似在山中间钻，像在云里行，如在海浪上摇，我的思绪依稀穿越到清末，拜见晚年定居衢城的罗大春将军。同治十三年（1874），日本出兵侵台，设立台湾蕃地事务局。夏，福建陆路提督罗大春奉命登岛，和台湾军民合力抗击侵略者，有次大腿中弹，他还强攀敌舰挥刀杀寇。之后，他留守台湾，开山抚蕃。他带兵勇 400 余开凿北道，从苏澳、经和平、出大鲁阁、至花道，又自大南澳再辟一路通新城。这十万大山，壁陡如削，山峰插云，岩坚如铁，荆棘似网，脚下或是深谷险绝，或是山洪狂啸，或是海浪冲天，官兵们拴绳吊岩，锤凿击石，在山腰上开拓出数百公里马路，贯通台湾东西。信步在太平洋畔大鲁阁公园，能不叩谢劈山救母的好汉们！正如大南澳《罗大春开辟道路纪念碑》中所言："将校用命也！"这山路是大山的安全腰带，也是官兵的绶带。

告别野柳景区的女王和仙女，入住台北。虽然无缘到故宫博物院捧赏衢州宋代画家江参的《千里江山图》，却领略另一幅万里河山一统图的韵味。当你在高 508 米的 101 大厦，或在 120 米高垃圾电厂烟囱顶上旋转餐厅，鸟瞰着询问街名时，更增添浓烈而温馨的乡情。看，东南厦门街、西南成都路、西北兰州街；听，西藏街、福州街、镇江街、温州街、天津街、青田街、丽水街，还有以江山人戴笠命名的雨农路，仿佛是翻阅《中国地名录》。台湾诉说着大陆的地名，不正是游子思归之情吗？

高树万枝同根生，日月当照彩云归！

炎亭赏潮

　　辛卯八月十六，与诸友相聚于龙港。友问去盐亭玩好吗？嘿，该去，顾名思义是盐场，此生还没见过晒盐的场面。友说是两个火字的炎。也行。昔日沿海烽火台甚多，想必是烽火不断，火光触天吧。管他是盐场还是烽火台，反正初次相识都会有新奇感，再次见面会有亲切感，每次都有不同的感受，就会百看不厌的。

　　炎亭是个小港湾，状如畚箕，纵横千米，正前方一座小岛犹如门神，朋友们登快艇，去门口赏景。我却喜欢静坐沙滩观潮，这时正是大海举办的秋潮节嘛。

　　潮，是大海的歌舞，而且万代不息。它天天跳着唱着，不辞辛劳地训练与彩排，秋潮则是最壮观最宏伟的表演。春秋时，山东广陵潮显赫于世，唐宋以来，钱塘潮名扬天下。它与南美洲的亚马孙河、南亚的恒河并称为世界三大强流涌潮河流。曾在海宁盐官观潮，那海涛，远在海天衔接处，只是一条银丝线，慢慢悠悠地扭动而来。在宽处你推我让，行至狭地则你挤我撞，群情激奋，越涨越狂。白浪滚滚，真是乱石穿云，银山滚动，雪浪千重，吞天沃日。浊浪滔滔，果然排山倒海，势不可当，风啸涛吼，万鼓震地，千雷裂天。倘若驾车追潮，能得一潮三看：八堡看东南"双龙相扑碰头潮"，再到盐官饱览"江横白练一线潮"，然后在老盐仓丁字坝欣赏"头高数丈触山回"的返头潮。潮水狮吼似的要撞断护塘的丁坝，大有泰山压顶之势，一次不成，风驰东回，再积蓄力量冲向丁坝，那磅礴之势激奋人心。月夜在天风海涛亭，不妨仰天望月，侧耳听涛。赏月听潮，定有别具一格的乐趣。必然产生思接古今的遐想。难怪苏东坡轻呼："寄语重门休上钥，留得夜潮月中看。"

　　听说在萧山南阳的美女坝不仅可以观赏回头潮，还能惊羡冲天潮，清人谭吉璁《棹歌》诗云："赭山潮势接天来，捍海塘东石囤摧。"到杭州湾大缺口，又会看到交叉潮，东与南的两股潮拥抱狂蹦，如雷霆聚海面，瀑布横江心，惊心动魄。在老盐仓则可看到回头潮，炎亭的潮是慷慨激昂的，还是温情脉脉的？

极目大海深处，没见传说中的蛇精鳌怪兴风作浪，张牙舞爪，只有一道高墙，横亘绵绵，耸立巍巍，有时灰褐，有时淡蓝，如厚实的围城守护炎亭，让人感到固若金汤，稳定平安。墙下仿佛铺着漫无边际的绸缎。谁持绸缎轻轻抖动？一层层涟漪飘飘忽忽地荡进小港。在夕阳余晖下变幻色彩，蔚蓝的、浅绿的、乳白的、淡黄的。轰！海浪做个深呼吸，腾跃着冲上沙滩。哗！是它没能冲上最高处的叹息。浪涛在一阵狂奔猛扑后，耷拉着脑袋拖着疲软的步子撤退下去，但很快又组织新一次冲刺。

我想，此时的杭州湾，定然是东边海潮澎湃触天，西岸人潮不绝盖地，人声鼎沸，心潮与海潮同起伏奔腾，欢呼与涛声共穿云裂石。

人们惊叹大海雄壮威武的舞蹈！人们赞叹大海精湛优美的表演！你可曾想起谁是导演？为台上喝彩时，更要追捧幕后精心筹划者啊！

是风？不！人人都知道苍茫的大海上，无风三尺浪。

是鱼？不！大海的鲸鱼，也如同田沟的泥鳅，翻不起大浪。

风和鱼，最终只是跑龙套的，真正的导演是自然。海的舞蹈是天合地作的精品。月球强大的引力超过地球对水的吸力，海水趁地球运动的惯性离心力，仿效嫦娥奔月。月亮在月牙时，只形成小潮，在新月和满月时，太阳、月球和地球在同一直线上，海水鼓浪千仞，当月球离地球最近时，海浪发力万钧，成为朔望大潮。

涨潮啦！一股股海潮从门神两侧缓缓推进，渐渐加快步伐往沙滩高处奋进，遭到阻击后猛然陡立，一浪叠一浪，前浪疲惫退却，后浪又掀起更高的潮头。海潮扑到脚下，更涌入心田。

2000年5月21日在平阳南麂岛

谢天谢地谢小谢，陪我到大海秋涛节的炎亭小剧场，却使我领悟天生佳景的大主题：时空相隔的天和地也能精诚合作，传递年年月月按时守信的国宝，传递时时刻刻发奋向上并百折不挠的志气，灌输日日夜夜后浪超前浪的度量。

盐亭，您赐予补先天之本的咸味！炎亭，您为旺盛的热量添新薪！中秋海涛催涨我满腔的激情！

乘筏江中

　　楠溪江是谢灵运的老师，浸润出山水诗的萌芽。谢客履又使楠溪江渗往五湖四海。我追寻着履印水声，进入温州的桃花源。

　　这正是夏夜纳凉时，就到清凉世界看捕鱼，一便两得双收获。虽然，从小在钱江源河边走，没有浪里白条的高超本领，也学会仰泳、踩水，至于捕鱼更是平常事，用三齿叉刺、用长网围、用兜网舀、用竹帘拦，甚至用石块用柴刀砸，招式不少。去重温童趣，唤起童心，也是人生一大快事。

　　雾像缓缓垂下的纱幕，星星如舞台棚顶的灯光。开场锣鼓响啦，"嘎呀嘎呀"，那是鸟声。扭头看去，夜明珠似的煤气灯站在竹筏前，灯光抚摸着几只左瞧右看的鸬鹚。竹筏你认识的，就是数棵毛竹并连，竹顶火烤软化后扭弯成筏翘尾。安上三排六只竹椅就成游客漂流筏。筏到深潭，戴笠披蓑的渔翁先用篙梢拍打着水面，不只是挑逗鱼儿，还是向鸬鹚发令箭。然后，渔翁叉腿弯腰，左摇右荡着竹筏。宁静的水面变得暴躁起来，水花或是左右排挞，或是喷泉一般从筏缝中跃落。鸬鹚们引颈张望后，振翅扑入水中。片刻间，一只江中捕快钻出水面，高昂的脖子前有银光急晃。哦，是鱼尾挣扎着摇动，它的前半身被鸬鹚勾着含在嘴中。渔翁一次次伸去竹篙，将带着战利品的鸬鹚接回娘家，渔翁一手倒提鸬鹚，一手轻摇其脖，鱼儿落入篓里狂蹦乱跳。又有两个捕快联手擒住一条大鱼，抬出水面，渔翁迅速前往接应。我抬头举目横移，江面渔火点点，红红的波光粼粼，如微风摆动彩缎。咔嚓。这情景在相机里定格，好一幅不着墨的山水画，题目就用楠江夜捕鱼的习俗名吧。

　　第二天坐筏漂流，在江南如咸菜扣肉属家常菜，对久住城市的人来说，倒是难得醉一回。看潭水绿莹莹、光闪闪，捧起来白晶晶，滑溜溜，喝一口甜滋滋、凉悠悠。

　　艄公横篙轻推岸石，竹筏默不作声地溜到江中心，掉个头随水而下，在潭上平稳平静，感觉不到筏在移动。有队鱼群与筏并行，仿佛依依不舍地送我们一程，偶尔有几处鱼儿嬉水，跃出又钻下，大概为我们表演水上芭蕾吧，好热情。江边，清幽隽秀的滩林连绵，蓊翳蔽日的奇峰险嶂，连同蓝天白云，在水上演出皮影戏，是在天上游，还是云下凡？"咯咯咯……"筏底和河床鹅卵石亲切交谈，过浅滩如坐轿一般，慢慢晃轻轻摇，回到摇篮时光了。同行的筏靠近，有调皮的家伙发动袭击，一阵阵水的弹雨泼来。反击！水的哗啦哗啦和人的嘻嘻哈哈，组成一曲交响乐。突然扑通声中水花大溅，有人落水，大家七手八脚地伸手救援，幸好水只齐腰。落水者正是水战首犯，我拍拍他的肩："老兄，玩水自溺啊。"

他把拧干的衣服往竹椅上一摊："虎穴龙潭都敢闯，还在乎这小潭浅滩？你知道，我是坐过黄河皮筏的！"用牛羊皮为囊，吹气膨胀而浮于水，皮胎串起来，上系木板便成皮筏，旧时作为兰州经宁夏到包头的运输工具，最大的有600个皮胎。现在都退役改行，做旅游玩具，通常用6—8只皮胎，供游人横渡黄河之娱。这种娱乐实在胆战心惊的。那年游兰州，这位水战首犯先上皮筏。面对浊浪掀天盖地的黄河，我不敢去踏波踩浪，尤其是听导游讲"洋人摆手"礁的事件。清末有位荷兰传教士乘筏至红山峡的巨礁旁，皮筏被恶浪高抛倒翻。他算是好汉，霎时间，飞身上礁。一连三日，不见一只筏到，只有汹涌波涛。偶来一筏，但无法靠近施救，被巨浪卷去。传教士求生无望，刻石留言后投水。他乘坐的皮筏流星似的驶去，在波峰浪谷中飞起摔下。片刻未见飞筏，我的心紧缩急跳。他上岸说，既有命悬一线的惊恐，又有轻舟已过万重山的快感。

每一条江河有各自的脾气和风格，北方的粗犷刚烈，南方的秀丽温和。但

武夷山竹筏漂流

万里黄河和三百里楠溪江简历相同，点点滴滴的水从岩缝从树根出闺，形成涓涓细流，再结队跳岩下山，岩有高低，便出现百丈瀑布如银河倾泻，五泄九瀑，胆怯的则匍匐陡壁，轻轻下滑。出谷时，高高低低大大小小的岩石排成八阵图，左冲右撞突围山门后，一路上，凸凸凹凹，造就深潭险滩，蜿蜒的千山万壑，挤压得流水只能盘旋环绕，弯弯曲曲前行，没有笔直平坦的捷径。人生之旅又何尝不是如此？所以，既要享受温馨舒适的日子，又要永葆手把红旗立涛头的壮心。在生活的江河上，坐竹筏，也乘皮筏。

重游舟山

　　舟山确实百看不厌。那千余岛屿常浮现在脑海，那车海鱼仓的浪里白条常在眼前跳跃，那东海天佛国的佛光常在胸中闪耀，那不肯东渡，慈善济世的观音时来耳语。当然还有那位老渔夫，平头方脸，古铜色皮肤，穿背褡和大裤口的裤。他用舢船送我逛逛，去拜谒徐福赴日起航地，说说华人对大和民族的影响。去大鱼岛看看浙东人民抵抗侵略的壮志，到桃花岛学学黄药师的仙风道骨也好。即便不去游玩，就坐小船海上溜达溜达，也可以体验弄潮儿潮头立，手把红旗旗不湿的豪气啊。

　　主人按我尝土味的愿望做的。出海前在他家用餐也是旧时风味：桌上摆十三道菜，有几碗芋艿，叫汤十三，或芋艿筵，还有几个进补的菜，一钵神仙鸡，鸡不用水煮，而是用火烤熟的，一钵是煮的酒糟黄鱼，还有泥螺、蟹酱，当然少不了咸菜黄鱼。舟山人说："三日不吃咸菜汤，脚娘肚就酸汪汪"，喝的是杨梅烧。主食有两样，一个是吊饭，小布袋盛米放在蕃芋汤中煮熟再捞起，招待贵客的；一个是补肩粥，用糯米、豇豆、大米等泥煮的稀饭。

　　上船，先行祝福，端上猪头叫利市，全鸭、鲜鱼摆在后舱圣堂舱的菩萨前。我坐的是金圹小对船，供奉女菩萨，大捕船是拜关老爷的。然后祭海，向神明行跪拜礼，再把写有"望海神保佑"的疏牒烧化，这程序叫行文书。接着，船老大泼一杯酒并割一块肉抛海中酬游魂，祈祷行船顺风顺水。这是新船下海，要众人帮推，主人站船头向木匠师傅和来人分馒头。随退潮离开海岸，苍茫的大海上大帆船破浪前进，小船则任海浪举起来甩下去，在一个个浪尖上跳跃。

　　我兴奋地鼓掌，渔翁告诫，出海忌拍手，幸好是玩玩，要是打鱼，就两手空空而归的。日中，船泊小岛，系舟的绳子缚在小树上，一头挂船上，一头抛海里，这是让游魂牵绳上来吃食，吃饱了不再捉弄人。船上用餐，筷子叫撑篙，吃鱼先吃头，只吃半面，意是一头顺风，不翻船，剩菜抛进海叫卖掉。入乡随俗，不能百无禁忌的。

走，再去普陀，阔别多年，好想重逢，人生能有几聚首啊。许愿还愿了却心愿。想当年，转车等船，等船转车，乘船还得听潮水依台风喜怒摆布，哪有出行的主权？不听它的，就可能泡汤，让家里做潮魂，弄不好是稻草人做替身进棺。你知道，泰坦尼克号它也敢吞下去呀。现在顺畅啰，家门口上车，无须上上下下，停停走走，颠颠簸簸，尚未一梦，能达沈家门，可我未上大桥先进梦海了，而这种惬意是跨海大桥拱手相送的。

自驾舢船去龙宫，突然波翻浪涌云欲立，一只头如小山的鲨鱼跃出海面，渔翁急忙撒下米饭，小三角旗，希望鲨鱼改道。它翻动时巨尾一掀，小船倒卷半空。船落海面，又被它一哄，船碎人散。我一次次去抓板凫浮，一次次被浪涛拆开，渐渐力不能支，慢慢下沉下沉，唉，山的儿子要做潮魂。搁在珊瑚树上。迷迷糊糊中感到人在上升，是珊瑚树迅速长高，像温柔的手把我托出海面，刚吐出海水喘过气，那凶恶的大鲨又张着血盆大口冲来，在鲨鱼腹中，怎么办？等它慢慢消化掉，毕竟没有拜师孙悟空啊，渔翁也在这里，他说用采龙涎的办法自救。听说过那个传说，渔村有"一两龙涎，家有万贯"之说。有位善良的渔民救过东海龙王的太子，龙王主动让渔民采涎。渔民用药箭射进龙腹，箭系涂上猪血的羊肠绳。龙中箭昏迷，渔民入腹，割一块有异样的涎囊，再抹上刀疮药，不使其绝根。

渔翁拿出破鱼的小刀，在大鲨鱼腹部一层层向外割，鲨鱼痛了，把我们反吐到口腔，要用利齿咬。蓦地，一道金光闪过，鲨鱼的嘴再也闭合不成。远处，有个靓影，是林默妈祖？是何仙姑？不像，她没穿古代服饰，却很时尚，乳白的T恤衫，小格子花纹的短西裤，扎马尾式的发型，前面留一绺往右披。耶，她长发一甩化成半圆的光环，右手执柳枝，左手把净瓶。啊！遍护众生的观世音！只见她把仙帚绕几个圈，舢船复合啦，她也化成手挽竹篮的赤脚渔女，她把双桨插在船两边，变成翅膀，船飞行着，海风海潮乖乖地让路送行。我虔诚地跪下。

醒了，眼前是舟山大桥。保加利亚的玻璃桥、尼龙桥，法国美英兹布的鲜花桥，日本爱知县的音乐桥以奇出众，云贵高原的缆索桥以险显耀，舟山大桥则是以豪称雄。1999年，耸立起岑港、礁门、桃夭门大桥，之后崛起金塘、西堠门大桥，共有9座谷桥，2个隧道，6座互通立交桥，西堠门有世间最长的悬索桥。

一个最字最具磁力。据悉，美国西部悬索金门桥只有2800米，而金门海峡以内的金山湾也横亘四座跨海大桥！我知道石拱桥鼻祖是河北赵州桥，可有人说绍兴石官桥名列榜首，因是舜避尧之子丹朱追杀时在此避难过。最早的浮桥是谁？相传是周文王迎娶被渭水阻挡，他就将船连缀起来，上铺木板。最早的竹索桥是蜀太守李冰造在都江堰上。美国切萨皮湾大桥离水面最高，有 56.4 米。长江上第一座大桥是武汉大桥。美国路易斯安那州的潘恰特林湖长堤二桥长 38 公里，是连拱式长桥的冠军。可港珠澳大桥会比它长 11 公里呐。现在杭州湾大桥是跨海大桥的老大，比利时中央运河上，用四座船舶升降机，是世界高架桥队列之首。

舟山跨海大桥，具有世界巅峰的宏伟，人间顶尖的技术，史上一品的艺术，她比一苇渡海，始皇投鞭更神奇更真实更震撼人心！彩虹，会自叹不如吧？精卫，会赞扬后人的勇敢和智慧吧？舟山大桥，像一条金线串起千百颗海岛的珍珠，像千岛百屿紧挽着的钢铁臂膀。

家住江头，在小桥流水中生活。走出山门，常常见横跨江海波涛上的雄壮大桥。从自然形式的独木桥跨越到采砌卷拱、斜拉式的又长又宽又平坦的大桥，从采用自然原料木石跨越到冶炼金属作材料的桥梁。这个飞渡中有座威力无穷大的隐形桥梁，那就是科技！科技是人类从贫匮走向温饱再达到富裕的金桥，科技是历史从过去走进今天再通往灿烂未来的金桥。

1995年11月2日在普陀山

西安游寺

在乡村，有个现象很普遍，谁都不当一回事，却让我难以忘怀，好生感慨。过去的农村，一年四季无人闲，不是踏着春雨犁田插秧，就是顶着烈日割稻种豆，不是戴上笠帽采茶，就是钻竹丛拔笋，不是掰玉米摘橘子采茶籽，就是割牛草打猪草砍柴禾，男男女女老老少少都忙忙碌碌。一座座房屋的大门，几乎没有上锁的。

西安游寺，更感到华夏的大门始终是敞开的，即使在自种自吃的农耕时代，历代王朝也不会上锁加闩。张骞只是个协和万邦的开路先锋吧。

去问问长安三大译场。秦岭圭峰北麓的草堂寺向你报告：遵照秦王符坚的心愿，吕光、姚兴迎接天竺（印度）高僧鸠摩罗什到长安授经。他翻译的《莲华经》成为天台宗和日本莲宗的主要经典。大雁塔下的慈恩寺在讲解：唐贞观三年（629），佛门千里驹玄奘出玉门关，历时17年，孤征五万里，游遍名寺，取回佛经657部。他谢绝唐太宗所赐官帽而专心翻译，他的子弟窥基，日本弟子道昭，朝鲜弟子圆测和顺璟，分别开创中、日、朝三国的唯识宗。小雁塔也在介绍：义净在武周时取道海南赴印度，25年后带回经书400卷，进行翻译。

另有三座寺，是中日印三国佛教文化交流的枢纽，善导在香积寺创立净土宗，日僧法然从这里面故乡，据此创立日本净土宗，之后又传到印度，西安现存最早的大兴善寺，印度金刚智等三僧在这里传授密宗，他们的子弟惠果发展成中国密宗。唐贞元时（804），日僧空海随惠果学法，回国后成为"东密"的开山鼻祖。古龙寺当时曾有定中、圆行、圆仁、惠远、圆玲，宗睿六位日僧居住。

唐朝政府本着"华夷一家"的原则，推行"任用客卿，广揽贤才"的政策，欢迎八方来客，就是来华留学生，所到之处的官员都出府迎送，按外国使节接待。对愿意效劳华夏的，则委以重任。例如，唐玄宗赐玄昉三品紫衣，日本籍秘书第一人国载谢世时，追赠为二品之潞州大都督，并成真36岁寿终，被追封为五品尚书奉郎。去兴庆公园瞧瞧，那里挺立着晁衡纪念碑，高洁晶莹，四周簇拥着日本奈良市赠送的樱花、海棠和梅花，阿信仲麻吕 20 岁入唐国子监学习，后仕唐未归。李白、贺知章、王维也赞誉他的学识与品格。唐玄宗很器重，赐名晁衡，委任秘书监。肃宗擢升为光禄大夫兼御史中丞，封北海郡开国公，73 岁离世于长安。晁衡碑西面有环城公园（唐国子监遗址），松柏与樱花烘托着一块天然花岗岩石，上书"留学生吉备真备纪念碑"。他作为留学生，遣唐副使两次入长安，在唐 20 年，钻研军事、法律、天文、地理等多门学问，不遗余力向日本输入唐朝文化，为日本国家制度建立，文化发展，中日友好尽心尽力。两座碑是中日友谊的奠基石。他们俩既是同窗又分别受命为中日两国使者，生同舟穿海抵唐，死又同眠一地，代表着中日世世代代友好下去的心声，也是中国开放的见证。

华人和外国进行政治、经济、文化交流的事例，在史志上是开卷可见的。《竹书纪年》载：公元前十世纪，周穆王拜会西王母，西方学者福克认为西王母可能是非洲历史上的示巴女王。《汉书》记，公元二年，"黄支国"向汉平帝进献犀牛。荷兰学者戴闻达说黄支国就是今天的埃塞俄比亚，97 年，东汉派甘英特使出使罗马。此事，引发非洲国家兜勒（位于厄立特里亚）向东汉派遣使团，这些是最早中非交往的事。

244—251 年，孙权派康泰、朱应访扶南（柬埔寨）。归来，朱写《扶南异物志》、康写《吴时外国传》。399 年，老僧法显过河西走廊，翻帕米尔高原去印度，学梵语、求戒律，412 年走海路至崂山，归后写《佛国记》。中国僧人西行求法译经的活动，从魏晋绵延到北宋八九百年。两宋时中国商船广泛游于红海，波斯湾与东非海岸之间，既带来植物也传输我国四大发明。1123 年，徐兢奉使高丽（朝鲜半岛），次年写《宣和奉使高丽图经》。现在，我们知道肯尼亚的佩特岛上，有近百个郑和部下后裔。不过，最早到非洲的是杜环。751 年，唐军与阿拉伯军激战，杜环被俘，随军西行，游历西业，北非，回国写成《经行记》。1866 年，政府张榜西游，官员无人敢揭，65 岁的斌椿响应赴欧，四个月游 11 国，还坐火车旅游哩，归来写《乘槎笔记》，清朝虽然为平等驱逐西方传教士，但殿门并不封闭。1685 年，法兰西挑选 6 名国王的科学家带仪器来华，要改进中国的科技。康熙不仅认真阅读君主制，更专心学自然科学。他请张诚、白晋在宫中讲几何，讲人体解剖学，讲建筑。他委托白晋返欧招募传教士来华服务和研究汉文化。1814 年，法兰西科学院创设汉字讲座。他统一台湾即开放海口、宁波、定海、乍浦、温州港口，与日本、新加坡、菲律宾等国通商。康乾时期，进出口商品有免税和其他优待奖励办法，外贸又促进手工业和农副产品的生

产。乾隆也然，他向蒋友仁咨询欧洲信息，涉及政治制度，外交关系，军队装备，风俗宗教，河道测量，航海技术，地图绘制，天体运行，机械物理等。康乾都有建立西方理想国家的欲望，他们的开放有蓝图，有施工方案，不是盲人骑瞎马，半夜临深池。因此有康乾盛世，属经济强国。清末由强健之躯变成东亚病夫，自身患贪贿和圈地的败血症，又外受风寒，割地求和，吸毒好赌，岂有不亡之理。

大门不锁是传统民风，也是开放国风的写照，体现国人路不拾遗的品格，展示国人不自闭不自卑，敢立于世界民族之林的气概。请注意，不锁的门袢上要插根小棒，门后也会摆根棍棒，那是防狗的。

1985年5月在西安

飞往冰城

　　童年时听大人讲故事，每当听到孙悟空大闹天宫、牛郎织女、嫦娥奔月时，真想双臂变成坚强的翅膀，或是牵朵云来变飞马，在太空中飞翔。然而真能飞翔时倒胆怯了。1985年5月，初次登机飞北京，从飞机进入跑道就半闭双目，因为恐高。站在三楼的阳台上往下看，都会感到地板在摇晃，在下塌，心跳加速，双脚发酸发软。穿行云端，怎敢睁眼俯视？即便乜斜一瞥，也会心惊肉跳，魂飞魄散。直到飞机扑通一跳，安然着落在南苑机场，才睁开眼睛看机舱外，后来又飞过香港，飞过乌鲁木齐，心也从恐高症的天牢中解脱出来，敢看看流云，偶尔会挺起身子鸟瞰大地。

　　2011年3月16日，又飞往哈尔滨。登机前，友小苗发来短信："祝一路顺风。"虽说是忌语，但不信就没成心头石块，还是放胆纵目。

　　一条条灰白的公路，一道道银色的江河，很快成为一根根蜿蜒曲折的飞动的丝线，纵横且略带整齐的阡陌成为棋盘上的格子。没多久广袤的大地犹如一个沙漠，隐隐约约地分辨出高山平地、河与路。未几，沙漠移进云后。

　　前面白茫茫，后面白皑皑，头顶白云压来，脚下白云流去，漫天皆白，仿佛置身在唐古拉山雪峰和姜根迪如冰川，但没有雪峰冰川的稳固。一块浓密的云扑来，似冰崩雪塌，一阵淡淡的云雾飘去，如飞絮扬棉。孙悟空会不会把飞机当成妖怪呀？放心，他的火眼金睛能穿透九天云层，洞察秋毫的。

　　左边远远的云层里，射出万道金光，把白云着上几层颜色。有银灰的、橘黄的、铜色的、紫青的、蔚蓝的，那是五彩路吗？大概是南天门吧。有空间停靠站吗？把牛郎织女、吴刚嫦娥带回家，让他们祖孙十八代欢聚一堂。我们能到瑶池去逛逛不？去吃个蟠桃添百年寿嘛。这些只能是空想，要知道，牛郎和织女相隔四百亿万公里啊！

　　掌青光宝剑的增长天王魔礼青玩魔术啦，他让一堆堆云变幻出动物世界：龙飞凤舞、虎踞龙盘、猴子捧桃、雄狮昂首、万马逐鹿……这一切又瞬间消失。

飞机在降低。有的山岳探头云间,若隐若现,或如礁石或如岛屿。越来越清晰啦。青黛色的山峰层层叠叠,灰黄色的公路起起伏伏,银白色的江河弯弯曲曲,铜镜般的湖泊平平静静,高楼大厦如碧波中的百舸千轮,铜驹铁马似苍海里的大鲨巨鲸。一路上,不断有人问:那是长白山吗?那是大兴安岭吧。那是牡丹江?那是松花江?那是镜泊湖?那是天池?五光十色的大地,光彩夺目,千姿百态的大地,魅力无穷。

咚咚,飞机似乎轻轻跳了一下,平安着陆。转乘汽车驰向冰城哈尔滨。恍惚中又飞进云山雾海,却又大相径庭。这里也是白色控股的地盘,但也有绿色参股,白的冰雪,绿的树木。冰雪仿佛为大地披盔挂甲,增其威严。绿树犹如给大地戴上碧玉皇冠,添其妩媚。绿树的千肢万臂,举着晶莹的冰柱雪团,有的还绽放红色紫色黄色的花蕾,浑身焕发着珠光宝气。小沟沼泽地,表面覆盖着宽宽厚厚地冰被雪褥,底层却溜滑着水的小龙大蟒。田野里低矮小屋的屋顶好像摊晒着棉花羽绒,就在屋檐也是雪凝成,一二尺宽半尺高,还挂着冰柱做装饰,这比云中所见,更多姿多彩,更蓬勃鲜活。

这是春初,是千里冰封,万里雪飘,山舞银蛇,原驰蜡象,但仍可看到浓缩的冬季。

看,冰雪大世界。在厚实的冰砌围墙内,一幢幢楼阁,一座座台榭,都是冰建筑。另一处则是冰雕,骏马腾空,天鹅展翅,龙盘玉柱,虎啸山巅……晚上看冰灯,更加奇幻精彩。因天暖冰化,正在拆除。如果再晚几天,就会学宝玉叹一声"我来迟了啊"。不过,赶快去太阳岛观赏雪雕博览馆,会有补偿的。那里丰富多彩的造型,在灯光辉映下,更加逼真生动。虽然雪雕不透明,冰雕是通体晶莹剔透,但都美不胜收。

从云间看到大地,更感到天堂不如人间好,人工毕竟胜天工。怪不得七仙女要偷偷下凡啊。

与衢州市关工委人员在太阳岛

云南彩云

　　天上的云没有根，总是聚聚散散、飘飘忽忽。上黄山、乘飞机都俯视过云，不论是像波翻浪涌的大海，还是如层层叠叠的雪山，一旦风来，便似被驱逐的羊群四散奔突，千形万象竟还空。

　　云南的彩云五色斑斓，靓如锦绣，有的也会悠悠闲闲地流动，却是风吹不散的。

　　大理洱海，海上翠绿的水生植物间，有鹅黄的粉红的睡莲，还有星星点点的白帆。岸上，拔地而起的新城，体型各异的楼房如林，白色的原始风格的民居星罗棋布，在泻下云层的阳光里，遍地流光溢彩，不正是落地的云霞吗？云南是天然温室，不只是蝴蝶泉边百花绽放，走一走，昆明滇池、玉湖、映月潭，让你眼花缭乱吧！漫山遍野万紫千红，一年四季艳丽芬芳。天上的彩云是她们的倩影啊。

　　抬头仰望座座大山：玉龙山，年年月月在云中，那云像柔软的白羊毛毯，斜阳中熠熠生辉。当山顶偶尔脱帽，露出青黛色的脑袋时，头顶与胸腰似雪似雾的云层，下身是绿树褐石，犹如巨大的水墨写意画。滇缅公路，特别是S状的二十四道拐，宛若盘旋天地间的苍龙；梯田层层，还有嵌在万绿丛中的土掌房，恰是一片片黄云；元江的金芒果林、华宁柑橘林、玉溪新储橙、楚雄连片的核桃树、大麦地镇万亩葡萄园、比比皆是的花椒丛、触目可见的莲荷，还有铁质氧化的红土地……这些都是新腾起出岫的彩云。

　　云南十八怪中，有讲服饰的：四季服装同穿戴，短裤穿在长裤外，床单当裙穿，大姑娘不系腰带。这穿戴就像彩云飞。有人告知，彝族过农历十月年时，男女老幼身着节日盛装，小伙子们身穿镶有红黄花边的黑色斜襟和多褶的宽脚长裤，身披羊毛毡衫察尔瓦，右耳戴红黄和黄色耳珠。阿咪子们头顶一块绣花瓦式方帕，戴一对漂亮的银耳环，身穿镶有色条式绣有花边的斜襟大褂衣，下身着多层色布环绕拼接而成的百褶长裙。其实，无论何时，你穿行在城镇闹市，或信步在乡间竹林，都会有彩色的云飘到身边。云南少数民族的服饰艺术是异彩纷呈。

云南彝族服饰的装饰工艺中刺绣应用最为广泛，也最具特色，多用于托肩、袖管、裤管、襟边、围腰、绣花帽、腰带、荷包等处。精美的刺绣图案是云南彝族服饰中艺术与文化积淀的完美结合，在创造艺术美感的同时，还具有载史的功能。如在楚雄地区，男子衣袋上往往绣有虎纹，体现崇虎之俗；石屏县妇女后襟上绣的火焰纹样，反映彝族对火的崇拜；巍山县妇女团毡里褶上绣的蜘蛛纹，则讲述当地彝族中流传的蜘蛛拯救其先民于危难的神话传说。云南彝族服饰中艺术效果最为优美的，是采用两种以上的工艺技法来制作的衣装。如滇东南地区的彝族女服，其盛装采用蜡染、刺绣、拼、镶、缀、滚、锁等工艺，一身衣装可称是一部服饰工艺大全。云南彝族服饰中诸多部位，如围腰、披肩、腰带、挎包、绑腿等，往往集中最为精致的刺绣图案。云南彝族服饰尤其注重对头部的装饰，款式众多，一般分为包帕、缠帕和帽子三大类。帽子是彝族头饰中最为亮丽的景观，其中以楚雄、红河地区造型各异的鸡冠帽最具代表性。

傣族是用傣锦做妇女筒裙和结婚礼服的。它的图案丰富多采，惯见的动物、花草如大象、孔雀、蝴蝶、茉莉花、贝叶、木瓜，也有用大树、房屋、人物、犬马等纹样。色彩变化上，滇西德宏的傣锦爱用黑色为底的菱形格子内用种色线交叉织花，每在图案精彩部位又加衬些金钱、银钱，色彩分外鲜艳跳动，显得富丽堂皇。滇南西双版纳的傣族织锦，以白色为底，多采用红、黑二色单一的色线相间的排列织纹样；感觉上单纯明快，构图严整规范，色彩明丽清新、素净古朴。

苗族则用青底白花的蜡染做衣饰。蜡染、扎染和镂空印花是我国古代三大印花技艺。蜡染制作方法，是将白布平铺于案上，把蜡放小锅中加温溶解，用蜡刀蘸蜡汁绘于布上。一般不打样，只凭构思绘画，也不用直尺和圆规，所画的中行线、直线和方、圆图形，折叠起来能吻合不差；所绘花鸟虫鱼栩栩如生。

1992年7月24日在云南大理城

绘成后，投入染缸渍染，染好捞出用清水煮，蜡熔化后即现出白色花纹。蜡染的灵魂是冰纹，这是一种因蜡块折叠迸裂而导致染料不均匀渗透所造成的染纹，是一种带有抽象色彩的图案纹理。

或许你会调侃，夜间有彩云吗？还真有。一些少数民族有节日燃篝火欢庆的习俗，如火把节，苍山下、洱海边，万炬纵横，灿如星海。更何况，云南有太阳能并网光伏电站七八十个，仅楚雄就有风力电场约六十个，哪个城镇不张灯结彩？五色灯光此起彼伏，还以为李白和苏轼带你到天上宫阙观瑶台云霓哩。

云南，处处是彩云升起的地方，时时有飘不散的彩云。

美在虚实间

旅游扬州，不敢为文。扬州，诗花遍地，墨香横流，古今骚人墨客，献她多少绝唱！珠玉在前，自惭无光。然倾慕之意，岂可不表？李白登黄鹤楼，随见崔颢题诗道不得，最终还是有送孟浩然一舟天际流。写片言只语，不能作春江花月的玉箫，就化为黛玉锄下的一瓣桃花。

看，琼花。她流芳千年，誉满天下。遥想当年，蕃釐观内有株花，如仙界琪树，白似清冰秋霜。隋炀帝驱水殿龙舟三下扬州，欲睹芳颜，但每次进观，琼花便凋如美人仙逝。杨广自恨无福，气绝断魂。艳压三千佳丽的琼花，后被宋朝皇帝召进开封和杭州后宫，可一次次都因水土不服而重回娘家，后来被金兵劫持到北方，就舍命保节。幸好观内花根未铲绝，又发新芽，风韵重生。琼花倒是忠贞，南宋易帜时命归黄泉。观中道士把聚八仙搬进琼花故居，并将她改姓换名为琼花。如今，满城琼花，都是模仿秀，虽不及琼花娇艳香馨，却也是白皙水灵，袅袅娜娜，撩心惹眼的。

出观便由瘦西湖接待。天哪，这是湖吗？明明是窄长曲折的小河，还用汉宫飞燕细腰，贾府黛玉柔姿作比。居然赢得西子亚军的美名，天下西湖三十六，除却杭州是扬州。瘦西湖半真半假，这扬字，恐怕也不是真姓。隋炀帝征淮南十万人扩修邗沟时规定：自山阳至扬子入江，渠广四十步，渠旁筑道植柳，扬州绿茵千余里，柳色如烟如絮如雪，以至街垂千步柳。或许为突显地域特色，或者铭记杨广植柳之功德，改原地名为杨州，又恐因杨广遭人唾骂而省去一点成扬。

前面就到小金山方亭，叫吹台，传说乾隆在此垂钓，又叫钓鱼台。站在60度角看有两幅实物的画：在北面圆窗看到五亭桥，从左壁圆窗可见白塔。据说，桥下横七竖八十五个洞，月圆之夜，每洞各有一月，你信不？而夜观白塔，月色一轮，流星数点，隐隐约约闪耀在塔后，恍惚有古筝送来"春江花月夜"，琵琶上跳荡着采菱的软语轻歌。更有白塔传说会让你不知道自己是人是仙。乾隆六下江南，都下榻扬州，考察水利、漕运。有一回北返前夜，无意中表露扬州无京都天坛白塔之憾。太守连夜召集各界名流，商议让皇帝看到白塔。只有四个时辰，就是向李天皇借塔也来不及呀。不过，超常智商的人毕竟是有的。有人建议垒盐成塔，为防晒化，外糊白纸。次日晨，龙舟从塔前缓缓驶过，乾隆乐不可支。扬州白塔一夜成，如此神速，是事实？是传说？

大家静一静，听到玉人吹箫了吗？抬头看，二十四桥。杜牧"二十四桥明月夜"的桥难觅踪迹，是一座还是二十四座？新造的玉带状拱桥24米长，2.4米宽，桥两端台阶，围栏的栏杆和栏板都是24这个数。传说隋炀帝在桥上赏月，挑选24位娇滴滴的少女或吹箫或歌舞，故称二十四桥。我猜想，十里长河，两岸灯火连星汉，水上雕阁近牛斗，怎无座座小桥横卧？况且，当年处处青楼夜夜歌，倘若骑鹤下扬州，须得腰缠万贯，不会蜜意都在柳下兰舟中，美人香扇岂止隐约桨声灯影里，谅有百步一桥。唉，真假美猴王，肉眼怎能辨？

累了吧，到桥头小亭歇歇。看看亭旁芍药，她可是花中丞相。据说，欧阳修守扬州时，在蕃釐观中建无双亭，常邀友人在亭间举杯赋诗。一日兴来，要各采一枝芍药浸在杯中，巧的是亭中四友，亭旁芍药四朵。此四人后来都成为首辅，这巧合是千载难遇的奇事。但说缘在同喝芍药酒，你会举手赞成吗？

扬州的私家园林也很有魅力。环绕个园和何园浏览后，至少几个巧妙的设计长留记忆。漫步一圈，不用介绍，你也能从路面装饰，假山色彩感受到行走在春夏秋冬，一刻钟内经历四季。厅堂

2012年4月11日游览扬州瘦西湖

的窗户与窗外花木融为一体，倘若天色朦胧，会觉得是墙上挂着幅幅壁画。还有，设计者利用光与折射的原理，让人们在小湖边白日赏月。如果是月夜伫立赏月楼，可见金轮先跃入园前小街，再蹦上园内树梢，忽而又潜入湖底，那沉沉浮浮的圆月引诱猴子去捞取。扬州许多建筑名字也流淌着月的清晖：月观、月明桥、问月楼、待月亭、明月轩……似乎月亮城时时有银兔，处处有玉盘。

扬州令人飘飘欲仙，使人如痴如醉，就美在虚虚实实，犹如郑板桥为小金山月观亭撰的联：月来满地水，云起一片山。是月是水，是山是云？于是，就有猜测，就会探究，就有憧憬，就有想象，就产生比现实更高更多的美感。

魂系桥梁

桥，可是老相识，故乡桥西镇东头就是多孔石拱桥，桥东石阶下有个凉亭。到马金石柱遇见缆绳吊桥，也走过原木为脚、上铺竹木板的简便桥。在浙西，廊桥到是难得会面，江山廿八都水安桥，常山横路有乐丰桥，衢江湖南镇廊屋桥。湖南镇的是一字型桥梁式构架，南北两端用16根大木头作托，分两层，每层4根，一头埋进石坎，一头伸出，再垫上二根桥梁，然后铺上13米长的苦槠树作桥面，上盖木栏栅廊屋。廊桥把桥和亭的职责包揽了。我撰联点赞：避阵雨笑登七彩路，过一河健行三万天。

前些年，听说泰顺戴上"中国廊桥之乡"的桂冠，编梁木拱桥营造技艺走进国遗殿堂，又见《浙江日报》介绍我国第一代木拱廊桥庆元如龙桥，早生拜访之念，总如愿以偿。

朋友驱车送我去西洋殿前兰溪桥，西洋殿始建于南宋，清代重修，是纪念菇神吴三公的。柱檐上雕刻精致，转述着空城计等一些历史故事。兰溪桥是全国拱跨度最大的木廊桥，原住五大堡溪和后广溪汇合处，造水库险遭拆卖，虎口余生迁往与古殿为邻，可谓珠联璧合。

凌溪飞架的兰溪桥，像悬浮的长长木板房，像一道淡紫色的虹横跨两岸。北宋孟元老《东京梦华录》说："自东水门外七里，曰虹桥。其桥无柱，皆以巨木虚架，饰以丹艧，宛如长虹，其上下土桥亦如是"。《清明上河图》中那人流船穿的桥就是汴水虹桥的素描。浙南百姓管虹桥架屋的样式叫蜈蚣桥，挺形象的。现在多称廊桥，或许是引进的。建筑专家取其名为叠梁桥、编梁木拱。

友人告知，兰溪桥建于明万历二年（1574），是如龙桥的兄长，大51岁，长48.12米，小弟只28米长，宽都约5米。不同的是小弟桥端为三重檐歇山顶。这是木桥，必须防洪防潮防腐，所以，两端高垒石墩以固根基，支撑廊屋的拱架，采用稳定性最高的三折边，还用交叉木编织，梁木之间既互相钳制，又相互助力，内心还有四根粗壮的将军柱，实在坚如磐石，巧夺天工。

古人下田上山，造屋架桥，都形成一套仪式，营建这种桥亭一体的拱桥有怎样的习俗？

前期筹备由造桥会或首事会办理。先写缘，即记录本村与邻乡捐款人与数额，再是请地理先生选址，多选地质硬、水流缓、避大风的地方。然后立桥批，就是制定设计文书，用文字商定桥的样式、规格、材质、造价、日程，还请择吉师确定动工与上梁的黄道吉日。

接着由主事人、主持木匠到山中选出巨木作栋梁与牛头。砍倒的原木要浮空架在木马上。

继而动工。首先祭河，在河边杀猪，摆上猪头、公鸡、香烛及酒水糕点。竣工前每日要燃香拜河。其次，在搭拱架、立将军柱后，进行隆重、热闹的上梁仪式，和竖屋上梁一样，主持木匠焚香敬酒，领唱喝彩谣，在炮竹声和众人喝上梁彩谣中，转动的天门车徐徐将梁装上，随着是抛梁，即主持木匠在梁上往人群中抛袋装吉祥物或食品。

最后是圆桥欢庆，多在凌晨进行。敲锣打鼓，鸣炮舞龙，乡民到桥上走走叫踏桥。

我们踏着桥面的石板石块闲散，朋友说，桥面既防潮又防火。最底层铺箬叶，第二层填木炭，第三层又是箬叶，最上面是沙石料。如此考究，真胜鬼斧神工，连无情的水火都能耳提面命啦。

廊屋两侧板壁开有观景窗户，有矩形、有圆形、有扇形、犹如镜框，镶着一幅幅鲜活的山水花鸟图，鸟在树中穿梭、蝶在花间舞蹈、云在天空变魔术、草木在风中学变脸、山间溪流在弹伯牙琴。

再往远看，从联想的望远镜中可见：庆元22座古木廊桥、泰顺37座古廊桥、山区的各类碇步桥、石板桥、长三角水乡的桥梁、绍兴市近600座石梁桥与石拱桥、最早的虹桥青州南阳桥、《东京梦华录》中的32座桥、河北赵州桥、福建万安桥、广东广济桥、水泥桥、高架立交桥、铁路桥……三岁时，表舅背我离开生我的显后，送给桥西镇上作人家养子，睡醒时正在石条叠成石板作栏的桥头。我挣脱滑下，又哭又闹，硬是不肯去桥西。然而过了桥，生存的环境改善些，生活的条件优越些，命运之舟改航道。同是一株茁壮的苗，移栽后的阳光充足、雨水充沛、土地肥沃，其花会开得及时和艳丽些，收获时是硕果累累。

一座座桥梁，不仅是一个个时代一个个区域的演义，是建筑科技前进的踪迹，更是一代代创造者的智慧华章，是他们为国家为后代的奉献精神的碑林。一座座桥梁忽地幻化成一辈辈人俯下的虎背熊腰，子子孙孙从他们腰背上走向成熟、走向希望。我相信，在无形与真实的桥那头，肯定有更多的快乐，更美好的生活，更频繁的机会，更如意的理想，那是百宝箱等待我们去打开啊。愿普天下的桥越来越密集越宽畅，让父老乡亲兄弟姐妹都上桥，迈着轻快而稳健的步伐过桥、过桥。

2013年10月16日在庆元兰溪桥

衢州赋

浙源越国地，秦朝太末县。南朝永定设府郡，唐武德初称衢州。东达苏杭，南通瓯越，西襟鄱阳，北衔黄山，相依闽皖赣，状似三棱矛；舟车如群鸟，故以瞿作声。

四百高山超千米，胸怀黄金白银，头顶松柏樟竹万木，手扶黄红黑白四虎；三江合流数千里，日送千帆百舸，晨戏鱼鳗龟鳖，夜赏灯火渔歌。山哺育汉畲东夷诸族，水滋养童叟男女万民。衢人怀山的意志顽强创造，衢人用水的力量奋发进取。建痒育人，朱熹石门拜师，缕板刻书，陆游严州延聘；竹编花篮，刘禹锡赞赏不绝，杭人送别，苏东坡只收西砚，龙游商帮足迹印九州，江山船帮名声震两浙。江干木行，开化占半壁，浙江纸业，衢州为老三。青铜镜敢与湖州比几招，乳釉瓷竟比钧窑早三世。灵地毓秀，俊杰星辉。晋代王质遇仙时，咏芝先祖来落户，南宋赵构登基后，孔丘后裔深扎根。草间发兰香，山上多栋梁。中举三甲超千，北宋两浙第二，状元宰辅各七八，将军尚书均廿余。赵抃琴鹤树清官标兵，余玠城池耸爱国榜样，罗大春捍卫台湾忠贯日月，蔡福谦收复新疆功震殊域；科学巨匠赵友钦名播中外，针灸大师杨继洲驰誉古今。历史名人，万世人标。更喜后昆光大，新秀笋发。院士八位，伟业垂青史；教授棋布，润物细无声；硕士博士、专家学者，群英荟萃，竞帆科海，将军高干，武德策功，卫国维和，谋福求康。各自奉献才智，共擎黄龙飞翔。

征途漫漫，作州府治所千余载，时光匆匆，停领县建制三十秋。一九八五年，实行市管县，衢州元气大增，疾步流星争先。小康之路，生态领跑。石室石窟江郎山重出江湖，江南江北走家串户，江源紫微金钉子沐浴出闺，江头江尾你知我晓。农业撞倒旧篱，打造标准绿色特产品牌，工业领衔主角，严控污染保碧流入钱江。致富大道，立体交通。等级公路如织，车辆川流不息；浙赣铁路复线，火车穿梭龙飞；蓝天开通航线，银鹰盘旋凤舞。

古城返老还童，名城煌然巨变。唐初城墙，周长千五丈；今日市区，纵横七

公里，环城衢江，移居中央。昔日檐低撞头，巷窄仅容一马，时下高楼林立，街阔并行数车。香樟堆碧，丹桂洒金。老树新枝，蓄势待发。展望前程，锦绣辉煌。

顽石朽木化神奇

1993 年某周六的黄昏，在开化新华书店门口，一辆三轮车突然停在面前，随着潘老师的喊声走下一个人：中等个子，瘦削的脸，不整齐的胡子，不浓密的头发后梳扎个结，"徐谷青！"

于是到他办公室（租用县物资楼）坐坐。认识他在 1989 年，他在花山园林所，做山水盆景，尝试根雕书法。12 月，县文联发他根雕艺术开拓奖。1991 年，他召集五六个人在城东建起小作坊，名开化根雕厂，以艺名醉根作注册商标。1992 年，文化局副局长郑明发建议组织根雕协会，我们还找供电局叶发潮、陈边老章谈过，我向谷青要了几张照片，并约再补些作品照片，在县委围墙橱窗办次根雕图片展，两事因我 9 月调市文联而搁滩。之后各忙各的事，我又离开文联，就未曾谋面。

那夜，我们边啜酒边聊天。当时，他刚和台商签下 50 万元的供货合同，这或许为他扩大艺术市场树起一座路标。可惜我只会工作不懂创作，观看他一些根雕却未能欣赏其作品。午夜临别，他送我两枚雕书作闲章的芙蓉石。

遗憾自己又不会相石。1985 年到青田石雕厂，到昌化有朋友出示鸡血石印章，我没有心潮澎湃，这是两大国石啊！1994 年，顺便送刊有拙作介绍西砚的《市场报》到江山砚厂，后又到过常山溪口青石采石场，到夏弘明尚书村看他获文博会奖的黄蜡石作品，也心如止水，还到过雨花石的老家，见过朱家尖的墨石，别说买，就是同行捡石留念我也没为之弯腰。说来算是威信蛮高的文艺组织者，怎会和艺术绝缘，不能产生共鸣？

近期，连续造访泥石木作品。记者徐丽在"国石文化展"报道中问："一枚看似平淡的石头，是如何在艺人们的手中华丽转身，摇身一变成为巧夺天工的艺术品？"这问号像钓饵钓起鄙人向往的欲望，像连接车厢的挂钩将我挂上去观赏的列车。

青田石雕《百财聚来》，以白菜谐喻百财，叶子形态朝向不一，却又紧扣聚

字。镂雕《竹报平安》体现民众的传统心愿。《钟馗醉酒》是表现驱鬼后的兴奋，还是为干不完的鬼而借酒浇愁？翡翠绿石雕《鲤鱼跳龙门》，碧波中群鲤齐跃象征人才济济。《壮志凌云》是岩顶老树上，一只雏鸟轻拍新羽欲扑长天，不论它是多赤色的凤，多黄色的鸺雏，多青色的鸾，多紫色的鸳鸯，多白色的鹊，还是红黄绿蓝多色的太阳鸟，反正羽毛初丰就想驾祥云，搏长空，何其励志！

余兴尚浓，索性再转转。在 5A 级景区——徐谷青创办的根宫佛国，有 30 来个景点，是根雕艺术的四库全书，是千年树神铸就的神秘艺术殿堂。面对苍凉的古树桩林，不觉想到庾信的《枯树赋》，在生肖廊上，会感到鼠的狡黠，牛的忠厚，虎的勇猛，马的奋发，兔的敏捷，猴的灵巧。双虎同室使人领悟这个求和平谋发展的时代，一山能容二虎的和睦，雄鹰凌云让人感到蓝天上掠过一道黑色的闪电。行走在 500 罗汉中，似检阅似参观？让他们好生奇怪，于是用千姿百态和或惊或喜的眼神看你，神态里洋溢着和蔼、慈善。这些罗汉前世在广州白云机场，扩建挖掘的龙眼树根无处安置，或许化为火中灰烬，谷青救了他们，运到开化获得重生。园中所有活生生的雕塑作品都是同宗：根！这根也是我儿时的帮手。怕走远路进深山砍柴，或怕草木发青挑担太重，就挥锄挖根。我领回家的根也有成千上万，却没有一个幸存桌案，统统是作燃料，死路一条。可谷青怎么能使只能发点余热的根花甲二度，再焕光彩？他说，有一年在黄山溪滩里看到几吨重的树根，眼前忽有婆娑飘拂，憨笑声声，仿佛遇见如来佛祖、释迦牟尼、大肚和尚，便请到根雕佛国坐镇。有一次在福建发现一株根中巨人，有如见九龙盘金柱，就重金收买，还花钱修筑七公里路才运出来。

再去看看徐则文的西砚装饰石雕。《竹节》砚，《立体单龙》砚，《锦绣江山》砚，这些青黑的石块，原来填路砌墙，经过雕琢，就摆脱死板呆滞的原始状态，显露竹的冲天气概，龙的威势，山川的秀丽。把玩袖珍石雕后，不免推想到石狮、石牌楼、石门石窗上雕刻出瑞草奇兽，书剑人物，观赏者会感到梅的清香，鹤的扑翅，鹿的奔跃，琴的悠扬。他在提刀前是胸有成竹，蓝图在脑。

那些顽石朽木经过他们的手，就有鲜活的生命，多彩的颜色，灵动的姿势、丰富的表情。他们化为神奇的法宝是想象力！持此法宝，洞察树根中隐藏着的物象、故事，剥去其掩蔽的外壳，彰显本色，持此法宝，可以将本无形象的泥石，雕塑成有形之物。这些石木在我眼前，只是静止的废物，恰恰是缺乏想象力这双慧眼，是自己的脑袋像榆木像花岗岩。谁赐我想象力？即便是冰蛋，也可冰雕，给人短期的悦目。

想象力是创造力的本源！天地本无一废物，只待想象点成金。

捏土成金

假如没有土壤，会有人、动物、植物吗？即便有，也是如尘埃飘浮在大气层。人离不开土，自七爬八坐开始，就在泥土上打滚。从听得懂大人的对话，就知道女娲捏泥人的传说：天地本交合，日月精华育出一个盘古。他要站起来，就头顶天脚踩地，硬是打开天地。他挖土成山，流汗成河。女娲神好生奇怪，就下来看个究竟。她觉得天上有兄弟姐妹多热闹，地上没人太苍凉孤寂。本想请齐天大圣拔毛变猴，那又太吵又不听话，就自己捏泥人玩玩。她用泥土拌水成泥坯，再捏成一支支小圆柱，然后拔银簪雕雕镂镂，就成为一个个泥人，细心做的就漂亮，手捏酸时做的就难看点。有一天，她像逗小孩一般对泥人说，睁开眼看看我，张张嘴说说话，踢踢腿扭扭腰晃晃手跳跳舞，泥人还是一动不动。女娲假装生气地朝泥人鼻孔吹一口气，泥人们顿时轻歌曼舞开啦。小孩是模仿中成长的。我与小伙伴在玩泥巴中一丝丝长高。村外有个砖瓦厂，树立两个挺大的馒头窑，窑前草棚是砖瓦匠做工和存放毛坯的。角落里有大摊黄泥浆，用布蒙眼的老黄牛不知疲倦地打圈圈，把黄泥浆踩得很烂很黏。我们常到这里抓几把泥浆，捏成各种动物，排在棚外让太阳晒干。有时会悄悄地塞几个似羊似狗，像虎像猫的东西到窑里，出窑时虽很硬朗，却都缺胳膊少耳朵的。

开化的馒头窑不少，主要制造水缸、罐罐坛坛、浅红色、青黑色的砖瓦，而用的碗中有一类叫江山撇，粗糙带黄褐色，一直没在意，直到前些年听说碗窑水库才想到，那或许是江山走出的碗。

去江山看看，达河沿岸十里碗窑为水浸占，到和睦村，一个个小型馒头窑让人感到农民兼手工业的盛况，彩陶更让人觉得陶艺的飞跃。当然最值得欣赏的是三卿口古窑。央视美称为"中华古瓷第一村"，上海博物馆有该村的缩小沙盘模型，杭州南宋官窑博物馆则按1:1比例仿制这个村的龙窑，2006年又列为全国重点文保单位。龙窑成阶梯状沿山坡层层上升，长约40米，状如龙卧。窑床为什么分层？我想或是为装坯的整齐，或是为各家每户的界线，或是考虑火力的均

衡。沿溪有几座水碓，是练泥的，以石质碓头与石臼捣泥，比老牛蹄强百倍。还经过淘池，沉淀池，纯净至极，窑旁有作坊，做坯画花上釉晾干，最后送入窑中煅烧。

其实，衢州陶瓷业是有辉煌历史的，虽然，裁判没有给她奖牌，却不比冠亚军逊色。人道乳浊釉瓷始于河南钧窑，而龙游方坦窑遗物证明衢州比钧窑早300年；都说彩绘瓷发端于长安，衢江全旺的宋代彩绘瓷为浙江首次发现，从龙游青碓遗址可知，八九千年前，衢州就烧制红衣夹碳陶，并见证先民初知氧化还原反映烧制色彩技术。柯城区沟溪乡碗窑村《曾氏族谱》告知，500年前，这里形成陶瓷生产专业村，解放后，由家族型互助组织，改为合作社，直到1972年停产。衢州全市发现古窑遗址70多处，足见陶瓷事业的久远与鼎盛。

1958年，农村办企业。紧邻巨化的缸窑村存有龙窑，残留的砖瓦上有乡砖瓦厂字样。它虽然外貌上显得苍老，但其对乡民的贡献，他胸中藏着的历史信息，不亚于三卿口的大哥。另外，衢县政府抽调一些陶瓷工匠进山，使金衢盆地崛起一个陶瓷专业村，同时建立化工陶瓷厂。"文革"期间，生产金边毛泽东瓷章，在全国独一无二。中间是毛主席头像，像下配有领袖诗词，或其他装饰图案，背面有"浙江衢县"四字。这个厂在1979—1981年，在浙江美院的协助下，创制莹白瓷，薄如锦、洁如玉、滑如脂、明如莹，轻叩有清脆的金属声，成为部级重大科技成果。1984年该厂首创用红岩制黄陵瓷。2000年，昔日瓷厂技术员徐文奎经下岗、开饭店的磨砺，重振瓷业。改进传统配方，烧瓷技术与装饰手法，解决高温变形和色差的难题，烧制出"火神"公司第一炉莹白瓷产品——牡丹尊300只上市，2009年又送20万只杯碟赴英国，使衢州白瓷重放异彩，入列中国四大白瓷。

如今，水碓春泥如马啃草的情形匿迹，那擂鼓般的咚咚之声没有回音，馒头窑早成杂草的山寨，龙窑垂垂暮也，胸中岩浆喷射的热情失去余温。接替它们岗位职责的是现代科学方式。

一块泥巴，在我儿时手上翻来滚去多少年，却还是泥巴。到掌握技术的大人手里，就变成生产生活的器具，又逐渐成为绝世品牌，身价高昂，实实在在使门前泥土变成金。同一块地盘，同样的条件，单用手玩的人玩不出花样，而手脑并用的人就能千变万化，像万花筒一样动则出新。唯有探索科技又勤劳的人才能捏土成金。

战堡型的姜坞村

　　故乡淳安县桥西镇，是颜值很高的浙西古镇，两千米的街道，街心是长方形青石板在接龙，每块约 1 米 ×0.5 米，两侧是鹅卵石铺砌，吉普与三轮摩托可以交汇，街的右侧有条人造小圳，引新安江上游水过镇，供居民饮用与洗涤。街道两翼耸立一座座徽式两层楼，几乎全是南北朝向。沿街的多为店铺，有后院，不沿街的多为民居，有前院或侧院，既作晒场又有采光的空间。村南是宽阔的田畈、弧形的江面与水潭，岸边旱地则是高高矮矮、疏疏密密、粗粗细细的枣树林。这毕竟是新安江畔浙境第一镇啊！所以，友人带我去一些古镇古村，都心静如水，只感到和桥西是堂兄弟而已，但开化县姜坞村却让在下三拍惊奇。

　　1970 年，我执教菖蒲初中，周日去家访。沿小沟走到一村，乡民告诉走过头里把路。返回到岭下张望，这岭右边倚山，左边是石块叠起的陡壁，最低的有一人多高，最高处约三丈。岭头是单孔卷桥，桥上石砌高墙，桥下湍流成瀑。桥西头的一棵巨樟和数株红豆杉，犹如魁伟威武的卫士。看不见树后有房屋，听不到鸡鸣狗吠。刚才路过时，只猜是深山藏古寺，根本没有想到这桥这瀑这树像掩体遮隐着几百人的村庄。踏着石板横砌阶的岭行数百步，一个山村推进眼帘。

　　桥后沟旁是一口鱼池，沿沟筑的村道，地势较平的是纵向铺石板，高低处横铺石板成阶梯，弯弯曲曲进村中，起起伏伏潜往山腰。沟上小桥，有横梁式的木桥，也有微型石拱桥。桥让沟两旁的房屋手拉手排排坐。虽然徽派宽敞高大的砖木房显得富有和尊贵，黄泥夯成墙的低矮住房有些贫寒及苦涩，由石块砌成的民居流露着安稳与平淡，但平等相待，和睦相处，毕竟是同根生啊。该村黄晓东老师引领着到各位初中学生家转转，尽管，老天突然降下阵雨，可我们不用撑伞戴笠。从村脚一家厨房门走出，过一道如城门似的甬道，转进另一家的侧门，从这家二楼小门过五尺空中廊桥，就到上面一家的后院，七上八下地转来转去，经地面回廊回到原地方。这能不让你生奇？我想这户户相通，屋屋相连，是期望人人维家族，亲骨肉，使血脉流畅。村民回答，正有此意。善字辈的两位太祖时，人

丁兴旺，儿孙二三十，需分开建房。想仿照苦竹村余姓财主造座96柱子9个天井的连房，可姜坞简直是地无三尺平，怎么造？三位徽州工匠商定不同高度的房屋用过桥连接，使下屋基的二楼与上屋基一楼在同一平面上，两年建成22个天井的连通房，叔伯兄弟虽分灶吃饭，却情义相维。

2014年，徐增沅编《姜坞徐氏》，约我重游。

因为祠堂拆除和下山建房，姜坞村衰老得多，但昔日风韵犹存。穿行部分连屋时听取村民零零星星的忆旧。民国时，山口增建观察哨。有年冬，旧政府来抓壮丁，白天踏勘好线路，晚上一排兵进村。哨所一发现，村里青年就穿过连屋上山入林，还在连桥上泼水和芋头汤。抓丁队员过桥时，一个个滑倒摔落桥下石板地上，有手脱臼的，有脚骨折的，这些人心怀仇恨，却不敢再到姜坞抓丁。又有年秋收季节，4个强盗闯进村来，他们认为姜坞家家富得流油，光山下千亩田地的租钱就使每户家藏万贯。乘村里青壮年收割收租时闯入，必定满载而归。当时观察哨是位古稀长者，他有点武功，但年高力弱，阻挡强盗在山门外恐力不从心，就放他们进村，逐个击破。他只身擒四凶，连县长也翘指，赠"英雄好汉"匾。走着走着，又到一家侧房门前，两扇大门合缝处各凸起半圆，这就是圆形轴心木锁，外圆是锁壳，庇护着锁闩、锁子，锁匙是竹制的。儿时见过木锁，是两门上各一个长方体的，久违了。据说，云贵高原有少数民族村还保留这原始的锁，或许，这是徐氏和一些少数民族都是蚩尤部落后裔的胎记。据说在清初，夏川郑某组织反清复明的队伍，正在姜坞召集一班青年商议时，偏遇县衙差役搜捕。就在这间屋前，屋主将竹钥交差役，说是里面关着很凶的狗，自己怕，就跑开去。差役传递竹钥，你挑我拉，你推我捻，谁都打不开。突然，屋内响起狗吠声响亮且刺耳，吓得差役扔钥而退。

回到山口兴隆桥，忽见桥背面刻有"护境"二字，又让我一惊。这正是保卫家园的战鼓与号角；村后，五座巍巍山峰，U字形护卫着村庄，是苍天赐予的天然屏障。山口近似垂直的瀑布和岭道砌墙是第一道防线，即使有入侵者能攀登，桥上类似城墙的寨墙，一个个枪眼中会射出一颗颗子弹、一支支利箭，替阎王给入侵者送请柬。进村头百余米狭道，深沟与深池无疑是第二道防线，入侵者至此，肯定在村民阻击下左倾右倒，变成一只只水鬼。倘若还有入侵者闯进村中，哈哈，那岂不是飞蛾扑火？这村庄是绝妙的打巷战工事！

徐氏祖先蚩尤是战神，太上祖徐诞偃王是以仁让国的义师，他们骁勇善战，却极力捍卫和平。战堡式的姜坞村就是宣言书：我们谋求国泰民安，但对来犯虎狼，必全歼之！

圣潭探因

听说雅鲁藏布江上游的搭各加地有间歇泉。间歇泉的泉水涓涓流淌，在短促的停歇和喷发之后，随着一声巨响，高温水汽突然冲出泉口，即刻扩展成直径2米、高达20米的水柱，柱顶的蒸汽团继续翻滚腾跃，直冲蓝天。它喷了几十分钟之后就自动停止，隔一段时间又喷发。没想到浙江省开化有也，开化县张湾乡塘林峡谷里，有个潭让人好生奇怪，上午九时，水面会渐渐上升，下午三点，石壁上水痕告诉你，水已下降二寸。其实，今人看来，已经无奇，或许和海潮一样忽涨忽落，潮汐每天二次涨落，间隔6小时。有人将这类山间小池称为虹吸泉。形成"虹吸泉"的山，是由石灰岩组成的。石灰岩的主要化学成分是碳酸钙，是比较容易被水溶解的一种岩石。在漫长的地质年代里，石灰岩不断被雨水溶蚀。加上其他地质因素的变化影响，在石灰岩的表面和内部，生成许多溶洞、溶沟。当溶洞和溶沟发育成满足虹吸条件的形状时，便出现"虹吸泉"。溶洞相当于贮有液体的容器，和溶洞相连的弯曲的溶沟相当于虹吸管。溶洞贮有上部地表渗透进来的水，当水面上升到溶沟弯曲的顶端时，溶沟开始向外吸水，直到将洞内存有的水吸干为止；然后溶洞又继续进水，如此循环不已。当溶沟向外吸水时，露在地表外部的与溶沟相通的小池开始"涨潮"；溶洞存水被吸干时，就出现"落潮"。真正使人惊讶的是它有个龙威的名字：圣潭！一个一二十平方米的水池，口气却如此之大。竟敢以圣为冠，还有小名叫木龙，好不狂傲！去查查它的来历。

宗谱上有个生动有趣的故事。邻县婺源造三宝殿，有木工雕二龙，不点其睛。一僧人遂请木工点睛，木工方点一龙，顷刻间，雷电破柱，木龙腾飞而至查柄坂，初在方鲁溪边，欲荡洗成胜迹。因木工追至便向石岩藏修，迄今数百余载，并屡显灵异，故叫木龙潭。又因何称为圣潭？里人传说，昔日，三衢大地，旱灾如火，太守亲自至木龙潭祈霖。以金盒橐设坛祭之，被龙扫入潭，寻捞不得。后过扬子江时，忽遇风雷乍起，有龙爪捧一金盒橐还之。太守见金盒，乃是

昔日沉潭之宝物。故拜疏奏闻，敕封圣潭。

呵，原来如此，你信吗？我是姑妄听之，你想想，金盒能浮吗？退一万步说，权作镀金木盒可以漂流，但这座山是钱塘江源头诸山兄弟之一，其水怎么会与扬子江贯通？然而，传说故事总有点事实的影子，去捉影子吧。

有啦，塘林夏氏之祖原吉是治理扬子江的大功臣。夏氏原籍江西德兴（一说河北涿鹿）。夏时敏领教谕湘阴（今汨罗归义街），居县城夏家桥。原吉（字维哲）以文学被诏，从湘阴走进明朝皇宫。永乐元年（1403），成祖把历代治太湖方略汇集成《水利集》，赐夏，命其循大禹三江入海故道治之。古代黄浦江是吴淞江支流，故黄浦江入长江之口仍称吴淞口。历史上的吴淞江流量大，江面宽，江口有个小岛一直扩展不大，到了宋代，水流减速，河道弯曲，河床变窄，造成下游经常淤塞。到明初，情况更为严重，吴淞上游也逐渐淤塞，太湖水无法宣泄，通吴淞的黄浦水也日益缩小，每年常犯洪涝。原吉一心为民排除水患灾害，至吴淞江后，风餐露宿，日夜谋划，布衣徒步，往返于吴淞江、黄浦江、长江之间。他精心踏勘，决定采纳上海县叶宗行建议，放弃吴淞下游故道，别引太湖水由刘家河入海。他到工地擘画，指挥十万民工整治河道。严寒不避冷，盛夏不张盖，曰："民劳吾何忍独。"他采用分吴淞江水，使其从白茆、浏河直接入海，以分其势；疏通吴淞江下游，上接太湖度地为闸，以时蓄泄；开浚范家浜，引黄浦江水入海，根治太湖流域洪涝灾害，并为因灾害民众减免税赋。发粟30万石，赈济灾民；赠送种子，调拨耕牛，恢复生产。次年又复行疏浚白茆塘、浏家河、大黄浦，从此苏、松两地农田大利，海港畅通。永乐三年（1405），郑和率将士近三万，分乘62艘航船，从浏家河港启航下西洋。如此大功，子孙岂能不彰显？夏氏家族的荣辱与扬子江是割不断的。

那金盒失而复得，恐是隐喻原吉之沉浮。成祖很信赖原吉，凡与钱财有关的事必问原吉。可在1421年秋，成祖议征漠北，夏原吉坚决反对，劝成祖"忽劳车驾"。成祖怒命罢职下狱。成祖征战失利，退到榆木川时，临终悔道："原吉爱我？"仁宗朱高炽即位，便让原吉复官。传说又以太守做主人公，可能暗叙夏升的事。夏升，扬子江畔盐城人，洪武二十二年（1389）任开化令，御史以严，示民以信，民谣赞道："六曹吏畏三千日，百里民安十二年。"1421年升为衢州知府，严惩贪官劣吏，次年遭诬脱官服，曾申政接替，接着改任简贞。时有民谣褒贬之："曾也增不上，简也减不下，若要民情安，除非是老夏。"1424年，夏升复职。

由于明宣德帝御赐原吉《寿星图》，夏氏宗祠又珍藏原吉任户部尚书的诏书，并在每年正月初四，祠挂圣旨，燃香祭奠，这是龙恩浩荡，圣上隆恩不可忘，故以圣名。至于木龙，自然是对原吉的崇敬之情。后人赞原吉是："一生清操如冰雪，五世励节似苍松。"夏原吉未经科考，却成明代五朝元老。明太祖朱元璋授他为户部主事，惠帝升他为户部侍郎，成祖时转为左侍郎，升户部尚书，册封他为正二品文官资政大夫，褒奖诏书。仁宗升他为少保兼太子少傅。宣德五年（1430）病逝，宣帝赐他为太师，谥"精忠"，享受大臣中最高荣誉，这不是平步青云的强龙嘛！夏元吉在户部时，以擅长理财著称，他裁减冗食、平定赋役、严行盐法等等，尤其是建北京新都宫殿、增设武卫百司、朝廷平叛战争等，钱粮转输都以亿计，他都一一安排得当，而且国库不空。大禹是治水成名的皇帝，原吉也以治水成名，皇帝执政的重要工作就是理政（包括用人）掌财，而原吉为国理财 29 年，替皇帝分挑一半的担子。他的政绩说明是国之栋梁，是强龙。但不是真龙天子，只能以木龙喻之。

尝特色饮食

对于饮食，我极其简单，有豆腐乳霉干菜，姜葱蒜辣椒满足，有豆腐干生花生也挺好，反正能佐酒填肚供存活即可。不见鱼肉蛋，决不会产生一丝向往。什么营养搭配、色香味俱全，从不讲求。但有猎奇之念，旅经一地，必寻当地特色餐饮。

过桥米线是云南最有名的风味之一，被称作云南一怪：过桥米线人人爱。服务员给每人端上8碟小菜，一盅鸡汤，一只大瓷碗。碗内的汤不冒热气却高温滚烫，倒进生的鹌鹑蛋、肉片、鱼片、生菜、木耳、香菇等，约一分钟就能吃。浓汤鲜美，米线爽滑，味道极好。到大理，一定要尝尝这里的地方风味——饵块，每只一元。这是云南十八怪之一：粑粑饼子叫饵块。它用云南大米蒸熟舂打之后，揉成又圆又薄的饼状米团，加入或甜或咸的调料，包成蝴蝶翅膀状，颜色如雪，用火烧着吃，外脆里糯，美味可口。客家人用米浆制成的小吃簸箕，又称汤皮饭，以米浆置于簸箕上蒸成的白色粉皮。再铺上瘦肉、虾米、豆腐、香菇为馅，熟后折成条状，依口味佐以茶油、胡椒粉、葱花，食之口感柔韧滑爽。

正宗兰州拉面和面须用烧过的蓬灰，不用盐用碱。兰州拉面名师为我们现场表演，太神奇了。那么大一块面拿在手里，只轻柔地拉拉折折、摇摇抖抖，便条分缕析地拉出长长的细细的面条，面条分细、二细、毛细不等，形状有大宽、韭叶形、圆条各异。满满的兰州拉面端过来。服务生说，一清（汤清不浊）二白（面条白净）三青（青菜）四红（西红柿、辣椒）。还可以加刀切牛肉。吐鲁番有拉条子。一种不用擀、压，直接用手拉制成的面制品。制作拉条子要把握两个关键，一是和面用水中的盐要适量，盐少容易断，多了拉不开。二是面要醒好，一般以柔软有筋为好，技术高超的厨师，一把面可以拉十几公斤，总长达数公里。面条像腰带。陕西关中人面条是最主要的饮食。关中人吃面，喜欢将面擀厚、切宽，煮熟捞在碗里，浇肉臊子，泼油辣子，光滑、柔软、热火，而山西刀削面则是"刀削面比飞快"。

锅盔像锅盖。锅盔是用麦面制成面坯，在铁锅上烙烤成的饼子。传说，唐代修乾陵时，因服役的人数过多，往往为吃饭而耽误施工进度。一名士兵在焦急中把面团放进头盔里，把头盔放到火中去烤，而烙成饼。因为是用头盔烙制的，就叫锅盔。山西人烙成的锅盔外脆里酥、清香可口。农村的铁锅都很大，烙出的锅盔又大又厚，很像一个锅盖。

烤馕，是吐鲁番维吾尔族最主要的面食品，可以一日无菜，但绝不可以一日无馕。馕有 50 多种。主要有肉馕、油馕、窝窝馕、片馕和芝麻馕等。馕面中含有鸡蛋、清油。由于含水分少，外干内酥，久储不坏，便于携带，打一坑馕可以吃一星期。山西则是烧饼要用大石头。

吃羊肉，过去总感到有些腥膻味，不喜欢，可前几年到新疆转转，却爱上羊肉。吐鲁番烤羊肉串是在烤肉铁槽上烤炙的。铁槽分上下两层，中间隔板成孔状，用无烟煤作燃料。制作时，现将精羊肉切成 3 厘米见方的薄块，穿在装有木柄的铁钎上，置放在烤肉槽，一边翻烤，一边撒上精盐、辣椒粉等佐料。新疆烤全羊选用上好羯羊，宰杀剥皮后，去除蹄角内脏，用一根穿有大铁钉的木棍，将羊从头至尾穿上，羊脖子卡在铁钉上，防止滑动。将蛋黄、盐水、黄姜、孜然粉、胡椒粉、面粉调成糊状，涂抹全羊，头部向下，放入馕坑密封焖烤 1 小时左右即可。泡馍大碗卖。陕西的牛羊肉泡馍、葫芦头泡馍、大肉煮馍、羊血泡馍等极受人们喜爱。这种泡馍有干有汤，又热又香，很开胃，泡馍馆多用陕西耀州产的大瓷碗装盛泡馍。

豆制品我特偏爱。青年时，早餐能吃一碗炒黄豆，在乡下通常是豆腐，到杭州，一定跑到素鸡馆。有一年到普陀寺，米寿的大师设宴，上菜报名时，我好生奇怪，怎么会有这么多鱼啊肉啊。中国和尚是不准吃肉的，这是南朝梁武帝萧衍首倡的。他先后四次跑到同泰寺当和尚。萧衍手不释卷，一部《大槃涅经》，烂熟于心。经书里规定："戒杀牛。"萧衍想，就杀牛管杀牛，肯定管不彻底，干脆不准吃肉！看你杀生还有什么用？于是紧急传旨：臣民提倡吃素。和尚一律不准吃肉。天地神明祖宗，享受和尚待遇——祭祀的供品不准再用三牲，统统改成面粉做的。当时约一半人吃素。满桌的菜，真似东坡肉、红烩鲤什么的，但全是用黄豆做成的。

其实，这些食品，浙西也有，在家也常吃。粉干多为线型，淳安有盘成方形的，粉皮家家会做，面条户户能擀，既有炒的，也有煮的。面条中还有索面，例如常山贡面。拉面纯用手工，索面是在面架上挂下垂拉长的。饼子，过去衢州人很喜欢烧饼夹臭豆腐，淳安人烤麦饼有两种方式，一种是包馅的，一种是糊，将

面浆在锅中铺开，再撒上嫩南瓜丝或其他食料，和天津煎饼相似。豆制品中，我偏爱烘成的豆腐干，例如开化塘坞的，在豆腐上洒些芝麻，放灶心里烘，外层微黄稍硬，内里却很柔软，真是软硬兼施。至于糕，关中有三糕，衢州有廿八都的铜锣糕、龙游发糕、开化焙糕。这些食品在本地小有名气，却没有鸣声在外。

南天北疆的名吃，皆在米麦豆上做文章，或是制作工艺上略施小技，或是烹饪方式上作些变化，或是在成品外形上与众不同，或在辅助的食材上适当调换，于是乎，便独树一帜，自成特色。推而思之，每个人都有"一亩三分"的"封地"，只要用勤劳之手、聪慧之犁去耕耘，积极革故、努力改进、刻意求新、倾心独创，就能标新立异，产生万千珍惜文物，各领风骚数百年。在历史列车的快车道会奇迹纷呈、奇葩竞彩。

武则天赐匾明果寺

西安有座明果寺，浙江衢州（唐至清称西安）也有明果寺，它在衢北项山下。项山是项羽避难地。他自刎乌江时，有人梦其重来居住，故名，这里青山滴翠，云雾流香，双水并流如二龙戏珠。人谓：北玄武垂头，东青龙蜿蜒，西白虎俯首，南朱雀翔舞，三水环绕汇流，佳景宝地。寺院背北面南，前为天王殿，单檐五脊顶，中为大雄宝殿，双檐歇山式，后是肉身殿，供奉唐代长安兴善寺高僧大彻禅师肉身。还有观音殿，观音貌似武则天。

武则天怎么会到江南明果寺？传说，杜泽宝山祝惟宽卖草鞋为生，但行善乐施，百岁无疾而终，先是恶臭三天，无人敢近，接着奇香三天，香传十里，乡人称他为草鞋仙，塑成肉身佛立于寺，名大彻禅师。武则天登基不久，生了奶痈，御医无奈。太师急忙贴皇榜招贤医。草鞋仙变作老人，悬壶入宫，他只是用蛋清、石灰和蜂蜜拌和外敷，一周肿退痛止。武则天要重谢。草鞋仙只要赐一袈裟土地。武则天赐了件很宽大的袈裟。回到项山，草鞋仙对护送的卫士说，这件袈裟能遮盖着的地方都归寺院，他抖开袈裟往空中甩去，如一大片彩云，阴影遮住项山方圆数十里。然后，他轻轻一跃腾空，穿上袈裟飘然飞落明果寺，卫士奔跑进寺，惊见妙手回春的良医居然是一尊泥佛。武则天闻知，就榜书"明果禅寺"，以镂金匾御赐。

白居易《西京兴善寺传法堂碑铭》和宋版《高僧传》中，都介绍大彻禅师：王城兴善寺，有僧舍名传法堂，大彻禅师晏居于是寺，说法于是堂、故名、大师号惟宽，姓祝氏，籍衢州信安（865年左右改名西安至清末）。元和时，唐宪宗章武两次召大彻到国安寺，问法于麟德殿。白居易对大彻以师事之。自喻是燃之于释迦。大彻在兴善寺说法三十年，门弟子殆千余，得法者39人，其中有义崇、圆镜、圆觉、镜智璨、太医信、圆满思、天鉴能等。大彻禅理最主要的是倡导教、律、禅三用一体。白居易问"既为禅师，何以说法。"大彻回答："无上菩提者，被于身为律，说于口为法，行于心为禅。应用有三，其致一也，譬如江

湖淮汉，在处立名，水性无二。"禅宗是用批判教门（法师）和戒律（律师）中为自己开路的，他的"三用一体"，继承所有宗派禅师的共性，又成为道一禅系一支。碑铭还讲大彻"驯猛虎于会稽"，"与山神受（授）八戒于鄱阳"，"感非人于少林寺"等，他炫耀神迹，大概是久居兴善寺这个密宗之源，受密宗喜谈怪异的感染吧。他63岁圆寂，葬在灞陵西原明果寺西。诏谥曰"大彻禅师"。

大彻在武后仙逝50年时才呱呱坠地，怎会有治痈御匾？传说是移花接木的，但武后赐匾确有其事。如意元年（692），朝中校书郎杨炯挥别故乡陕西，策马江南衢州，出任盈川县首任县令，他注重搞好治安，兴修水利，发展农业，也关心宗教。他到项山，登临霸王庙，听说着霸王神与明果寺肉身佛斗法的传说。因为肉身佛能救众生，黎民百姓有求必应。寺庙香火昌盛，成为"千僧丛林"。霸王神门庭冷落，便要比武艺比力气，赢者驻，败者去，肉身佛说"我挑一百斤铁，你挑五十斤棉花，先到朝京门的为胜。"霸王神二话没说，挑起便急步如飞，哪知肉身佛作法刮风下雨，霸王神步履维艰，只得扔担离去。肉身佛作揖劝阻："项王，别走！这里是我们的家，何苦飘零他乡。"两人握手言和。杨炯即将此故事上书，大加赞赏，并请求题匾。武后觉得，武定国，文治邦，文武和合国必盛，佛生万家国必安。于是欣然挥毫，而且把月改为明。明果既有因果相报之意，更含武周能"曌"之心。寺僧为谢武后隆恩，依武后画像塑尊观音朝拜。

一个禅师，一个皇帝，同殿并座，受人礼拜。宣颂君民应平等，告诫帝当有佛心，善哉善哉！

行行复行行

行行复行行，东奔西波，观山听涛，走南闯北，探亲访友，欢声笑语，不亦悦乎！虽说悠哉快哉，但毕竟出门一时难，旅途之乖也成出行者的快餐便饭。

有次参观归程，车刚启动，宾馆服务员跑来拦住："308房缺块毛巾。"小王抖抖湿毛巾，"我历来自带毛巾，怕公共用的脏"。只怨入住没检查，赔。车出廿里，老张摇着遥控器惊呼："我的苹果机落在宾馆！慌慌张张拿错了。"能不回头？车子来回又行廿里，领队的手机传出小徐的声音："你们在哪里？我去洗手间一歇就找不着车啦！"没得话说，再回宾馆。车子第三次到廿里地又熄火：一块巨石霸道，是前半个钟头山体滑坡，要它让路少不了两小时。有人嗔怪小徐，他却戏谑说："是我一泡尿救了你们，要不然，统统压在石块下。"这种碰巧也是有的，有位驾驶员第一次带妻子出门，一块滑石砸平驾驶室。我有次沿溪进城，正遇山间放飞原木完毕，撤禁放行。刚跨过斜躺山脚的木堆，忽听一声巨响，一根原木擦过我的脚后跟。就差一秒钟！我跳出阴阳界，没实行树葬。肯定是这根木头被柴根阻挡，推迟飞落。

过去没有导航系统，到陌生之地便路在嘴上。两次到德兴探望五秀小姨娘，却问路出错，冤枉空跑两三个钟头。第一次是陪表兄银国去，他定居天津数十年，不识回家公路，到上饶收费站问吧。方林荣问收费员，回答是个不知道。倒是在此候车的一位华埠人热情指路，说是只有回头经过华埠一条路。尽管心中不信，也听他的。他既当向导，又搭车回家，互利。到德兴一说，傻眼啦，进德兴的岔道离收费站就十来分钟。第二次是家人素梅、潘渊、梁忠云陪胞兄树智同去，一人指指近路："那辆客车开出来的路最近。"开进去就无退路了。一路坑坑洼洼，大大小小高高低低的石块，稍不注意，车就会开肠破肚。还是步行吧，减轻小车的压力。次日返途中，路面很好，行驶在农家铺晒的稻草上，偏偏被隐藏的石块碰破油箱，幸好如今手机便捷，电告表弟立国与友人，车吊往修理厂，人接回家。指责误导的人吗？埋怨农户吗？罢，罢，罢。

有次驱车去某山庄开会，简直是探险旅行。轿车在山道无忧无虑地行驶一阵，虽说是上坡，交汇车子很少还是轻轻松松。在一个急转弯，忽见一辆大卡车朝头顶压来，眼前一片漆黑，只感到左撞右碰前仆后倾。等回过神来才发现心脏像破腹的鲤鱼啪嗒啪嗒乱跳。还算好，毕竟是场虚惊。家事处理比较果断，右打爬上70度的路边土坎，避开和卡车碰头撞尾，可惜左转用力过度，紧急刹车稍迟一点，车头撞着树干，连挡风玻璃都震碎了。一辆中巴车驶来，同路的，便钻进去。我闭着双眼，让惊魂安静下来。迷迷糊糊中被股巨力猛推，身不由己地弹起前仆，座椅咯咯惨叫，狠敲在腰椎上。天哪，前后椅的铁档相距两拳。回头俯看，要不是有只铆钉死死咬住车底板，定受腰斩之刑，不说在地府签到报名，也得在手术台上呻吟。看看司机，他后脖靠椅上，脸色铁青。原来是一辆摩托车从右侧横冲穿越公路。假如慢半秒制动，眼前不是前胎冒烟，而是一摊流动的血。中巴继续前进。大家似乎忘却惊险的场面，又你说我笑。是的，人在路上，或创业或就职，或观光探亲，都应当是舒舒服服、开开心心的，别计较辛辛苦苦，忘掉那磕磕碰碰。突然，有人喊："快，追上前面的小车！"干吗？抬头一望吓一跳，前面小车的后轮剧烈晃动，很快要脱开，该追上去拦住。这时顾不得保持车距，正要靠近，那车轮飞出，从中巴前头旋绕而过，那小车歪斜着横行百步停下，迎面驶来的货车急忙将头扭向路旁，车上倒下许多段木在路中乱滚，货车的头悬在路肩外。所幸没有三车相撞，只有小车乘客挂了彩，并无伤亡。

我不信"今日不宜出行"，但行路难会每次出门前都有印证。即便在平平安安、顺顺利利的行程中，也会使人产生无奈的怨怒。有次在山岭上遇堵车，衔头咬尾的车子足有2000米。问问原因，叫你哭笑不得。两车狭路相逢，"东风"要浩荡，"黄河"要奔腾，谁也不愿倒车一二米，硬是相持熬了个把钟头。有次去越南，同行男性不准过关，因为他身份证号码属女性的。

出门难，而人生更是一场远行，急奔缓走，征途尚远，大多会有九九八十一难。玄奘有齐天大圣护卫，大圣有神仙援臂。你、我、他这些凡夫俗子如何是好？浏览意外，原本主要三路：一是自身疏忽失手，二是旁人走火失误，三是天灾失控。对症下药，验方亦三：一是大胆又谨慎，二是争先要循规，三是防范重自救。然意外不受管制，常常骤然而降，故宜常怀六字：攻关、抗挫、胜己。

行行复行行，盼前路宽宽阔阔、平平坦坦。愿行者心情欢欢乐乐，步履铿铿锵锵。

行行复行行，希家家前程如锦绣，甜甜蜜蜜。祝人人鸠杖登荼寿，健健康康。

草木虫鸟

莫道独对敬山亭，

看桃红柳绿，

听鸟语虫吟。

状物摹形品趣，

托兴鹂声寄情兰，

兼爱互利万物盛。

植树开源

许多国家有植树的法规与风俗。德国波恩在植树节时，小伙子送白桦苗给心爱的姑娘并种好，叫求爱树；波兰凡生小孩儿的家要种三棵树；坦桑尼亚是生下小孩儿，就在埋胎盘的地方栽棵树，叫添丁植树；还有婚姻树，日本新婚栽树，植后50年方准砍；印尼爪哇岛规定，首婚种树两棵，再婚种三棵，离婚种五棵；日本规定，添一辆车植一棵树，建筑工程遇树要挖起存树木银行，竣工后重新栽好。

钱江源头松杉森森，还有一片楠木昂首参天，他们有兄长成为金銮殿的画栋雕梁。半白先生说：1686年前后的一个秋日，开化知县董泽率斋戒净身的同僚行开山仪式，教谕姚夔撰写《皇木开山告文》。其《饮和堂集》载："恭逢我国兴建太和殿""兹当起运之期，择吉今晨，开山除道""展岸谷平陵之手，显滑轮默运之灵。勤圣朝万年巩固之隆基"。

所谓天子，离仙人仅咫尺，尚少不得树木，凡人更与树木朝夕相伴。人类祖先是什么？较普遍的说法是类人猿，也有学者认为是从鱼进化的，胎儿、八卦图都状若鱼形，血液中化学元素与海水相似。还有专家发现，南非沙漠中像猪的水龙兽，是人类远祖。我看不到几亿年后，还有猿、鱼、水龙兽演进成人，也不会有科学家克隆一群我，但人离不开森林少不得水，这个判词是永恒的。在刀耕火种之前，食物必定水中捕捞鱼虾，山里捉拿禽兽，树上采摘水果。燧木取火以后，烧烤炖煮用木柴，洗濯灌溉需要水，又从水漂木头现象中创造出筏和船，要树木奉献水帮忙，为挡日晒雨打避猛兽，就请树木撑棚顶架。即便到科技发达的现代，烧饭用天然气，造船用铝合金、玻璃钢，造屋架桥用钢筋水泥，树木和人们疏远，但对人类默默奉献的事一刻不停。它杀菌防止一些疾病发生，它防风，降低风速1/3，它保土，不让雨水顺手牵羊冲刷土壤，一棵正常生长50年的树，在生态环境中产生价值总和近20万美元！

就说树与水的关系吧。他们是施恩与回报的循环。但树养护水，水反哺树。

水的两个娘，生母是天上来的雨雪，奶娘就是树木。0.075公顷森林的保水量等于一座100万立方米的水库！要有千山竞秀，方能万壑争流。

中国虽有值得骄傲的长江黄河，令人翘楚的冰川雪山，但仍是水资源贫乏的国家。即便是在天地洪荒时也不是用水自如，尧有九年之水患，汤有七年之旱灾！难怪乎昔日帝王、书生、农夫都着意植树种草。黄帝轩辕氏在陕西高原弯腰栽柏；钱镠王在金华挖地种柏；朱元璋在开化枧畈刨坑植杉，他还将植树作为国策，下令有土地者都要种果树植桑麻，凤阳、滁县一带每户必种柿树两株；诸葛亮把家中八百株桑树作为子女生活依靠，不要后主刘禅津贴；白居易做地方官时，"持钱买花树，城东坡上栽""栽松遍后院，种柳荫前滓"；庐山上下还有董仙杏林和五柳先生；就连武夫也以种树为斯文，传说项羽少时，见邻居磨斧砍院中桂树，说是口中有木成困，故贫不发财，项羽戏道，以人易木变因，岂不叫天？保住桂树；左宗棠在600里河西走廊上，和将士同植柳26万株，引得春风度玉门。对于城市环境也十分注意，如日本史书载：长安沿路种植行道树，以致旅行者夏日憩于木荫以纳凉，饥则摘果实以充饥。

1932年3月16日，中共颁发首个植树造林文件。毛泽东一直努力培育森林这颗人类永恒的福星。第二次全国苏维埃代表会上，他号召"农村中每人种十株树"，在延安大学开学典礼上，他呼吁"十年内把历史遗留给我们的秃山都种上树"。在"绿化祖国"的鼓角声中，建立国营林区，乡与村的集体林场，荒山造林，四旁植树，快速提高森林覆盖率。

有报道如落地雷令人心惊：2010年，GDP增速是10.4%，而环境退化成本增速为13.7%，如果加上森林、湿地、草地等生态系统所受破坏，那么经济损失达1.54万亿元。相当于当年GDP的3.5%。发布这数据的国家环境规划院在2006年报告说，空气污染导致35.8万人过早死亡，带来经济损失1527亿元。世界银行2007年估计，空气和水污染对中国经济造成的健康和非健康损失相当于中国GDP的5.8%。

另一条报道也让人胆战：1980年左右流域面积100平方公里以上的河流至今缩减一半，而且四成受污染，二成完全无法使用。早有人将缺水喻为日后战争的导火线，看来绝非危言耸听。

不能让母亲贫血而面黄肌瘦！我们要杜绝不良企业及恶劣行为、要下血本治污（2010年是5589亿元），同时，再掀植树绿化东风，让森林的百万大军来救援。切记森林不仅仅是人们生产生活的忠实搭档，还是庞大的天然空调，是无须堤坝的巨型水库，是防风固沙的软型屏障，是稳定土地表面的防护罩，是净化空

气的除毒机，是减弱噪音的消声器。植树便是打开幸福之源。

喜闻浙江坚守"绿水青山就是金山银山"的理念，多管齐下擦洗东海之滨大地的污垢，正在恢复天堂美景，江山秀色。当为之击节而歌。

考察森林王国

　　随手翻翻写衢州的古诗，仿佛走进童话的自然生态中，天蓝蓝，鸟啾啾，地茵茵，花茂盛，林密密，鹿嗷嗷，水盈盈，鱼扑腾，岂是仰天大呼一个美字了得？盈川令杨炯，把另三位诗坛三杰请来，开化吾谨，把另三位明代三才子请来，史界巨擘程俱，把写史同行请来，画坛巨匠江参，把丹青高手请来，琴师毛仲敏，把竹丝笙歌的同好请来，我们故乡的题材，让他们写不尽，曲难终。从古代诗林里偶拾点绿荫鹂声，也会使李白醉卧青石，天子来呼不离衢。

　　白居易在说，我少时寓衢，写过春风吹又生的诵词。现在还去摹状抒情，好像自己长不大。进入科技时代，我们要与时共进，改行科考吧，即便是转播一点，也利于提高国民科普素质。李白赞同，我要生在今日，何必梦游天姥，何必叹蜀道难？何必邀明月？还不乘飞船访月宫？走，到森林王国考察。

　　林中有支防疫消毒队。室内户外空气中总有流窜作案的毒气与粉尘，如一氧化碳、二氧化硫、氯气、氟化氢、甲醛、苯，它们遇到一些植物就会自首、归降。樟树的樟脑味，侧柏、柏树的芳香味，刺槐、榆树、臭椿、马尾松针叶与松脂的臭氧，枸杞树、吊兰、常青藤、冷水花，它们有较强的吸附有害物质的本能，杀菌灭虫，净化空气。有的花木用花叶的黄斑、萎缩发出空气中某种有害物超标的现象，核桃、菊、苜蓿监测二氧化硫，桃、杏、郁金香、草莓监察氟化氢，石竹、桃、黄瓜、西红柿监测乙烯，海藻、油松、连翘、苹果监察氯气。

　　异类的共生与合作。一个篱笆三个桩，森林不同生物有和睦共处、互助协作的风气。不同的树根在地下伸展，难免发生肢体冲突，这时有位真菌结合链会担任调解员，使根手拉手。不少树干假寄生单细胞菌，它会在空气中帮助凝结雨滴和雪花，给宿主补充水分。黄山松屹立悬岩，因有菌根菌作帮手，菌丝交织成套，内层裹树根，外层伏岩向四周扩展寻土，既扶持树生长，帮树吸收养分，也从树种获取自身需要的营养。啄木鸟捉虫很专心，会遭到苍鹰袭击，吃他啄出落地虫子的山雀为"森林警察"警戒。野山羊与火鸡是友好邻居，羊静卧休息时，火鸡当警卫。雪天羊刨雪寻物，火鸡也来搭伙。林中不同种族也有四海之内皆兄弟的胸怀，有兼相爱，兼相利的气度。

同族的团结互爱。尊老爱幼，上和下睦，兄弟姑妯，忍让携手。森林中的同宗一族，好像也有不成文的家规家训。幼鹰只有绒毛，嫩嫩的皮肤易被晒伤，为幼鹰不受毒晒，老鹰常用身体遮掩着小的们。寒鸦发现食物，总让老的先吃，同时派员带食物回巢喂幼鸦，自己最后吃。猴子也是让长者先吃，所剩再分食之。大雁睡觉，几只年长的站岗。螃蟹脱壳常成群趴在一起，暂不脱壳的就当哨兵，使兄弟们免受侵害，集体主义挺强的。猴子冷得难熬时，立刻紧紧偎依，里外交替取暖。蜜蜂集中起来扑腾，用扇翅的风互相纳凉。万一遭到侵犯时，有些动物是上阵父子兵。有只麻雀入侵燕窝，燕子争斗夺不回家园，就叫伙伴一齐衔泥来将窝门封死，活埋侵略者。以大兵联合作战，并且以小斗大，以弱抗强的好汉，当是蚂蚁。据说，南美洲亚马孙河流域有种却蚁，它们不搭窝定居，喜欢结队游猎。一旦发现有熟睡的蟒蛇，"蚂蚁军团"十多万兵卒马上形成严实的包围圈，司令下令冲锋，全体一拥而上，用尖利的颚牙拼命地撕咬。蟒蛇疼醒，只得打滚，无力逃窜。蟒蛇翻滚中，会有千万只蚂蚁压伤，甚至壮烈牺牲，但活着的却蚁继续战斗，能把十多米长碗口粗的蟒蛇啃光，而且蚂蚁分食的定量大体平均，假如同时有三块食物，大小成倍，那么聚集在食物上的蚂蚁数量，相应成倍。

有极好的防卫机制与自救方法。世间万物，总有相克，谓之一物降一物，有备无患，甚至有不容侵犯的气概。刺猬身带利剑，失足坠岩代弹簧，每天涂上唾液以解蛇毒。猴子卷尾倒挂树枝睡觉，防被敌伤害。一些昆虫靠喷放酮、酚、苯醌进行自卫，驱逐来犯者。长颈鹿靠脑袋自卫，它前额一块突出的坚硬骨，晃动起来如大铁锤，能砸死大羚羊。蛇受伤肿胀，会到泉池边喝水一二个钟头，这是水疗。猩猩牙痛，会抓泥糊颊上做泥疗，肚子疼就找一种植物叶子细嚼以驱虫消炎。就连花草也不允许人类屡屡调戏，艳丽的一品红，茎叶的乳汁使皮肤红肿，万年青枝叶的液汁会使人声哑，水仙花的拉可丁会引起吐泻，含羞草与郁金香会用碱催人脱发，柳叶吐出毒物防治毛毛虫。

科学家真是神仙，他们能和动植物交流信息，能利用植物的秉性、功能造福于人类。他们培育出高产稻、麦，嫁接水果，还用菌根菌等微生物使烧毁的森林重显绿色，用候鸟、鱼类进行天气预测，用毛毛虫的蛋白制造治丙肝与白血病的药物，用无性繁殖的改变遗传基因使鲜花常开，从苍蝇中提取化合物治骨质疏松症，用蜘蛛丝制造防弹服、人造肌腱与血管……

忽听得李白一声长叹："休夸霓裳曲，玉杯竟空言。"白居易倡议：我们该重新学习天文地理。众人齐声附和，好！拜师三钱，投奔四光。

2000 年 5 月与阿章（右）、张义德（中）在钱江源头

我爱小苗

春雨绵绵，滴玉垂珠，有道是春雨贵如油。春雨霏霏，抖线摇弦，难怪人言雨打芭蕉如歌。每当听到春雨沙沙的足音，就想起小时背诵的儿歌：滴答滴答，下雨啦！下雨啦！麦苗说，我要长大……于是，我喜欢苗，小苗是生命列车的始发站，是美丽驾临的先行官。

前不久，一位卖苗木卖盆景的朋友邀我观赏他的苗圃。瞧，一畦畦整整齐齐的土壤，像托盘端着绿油油稚嫩嫩的芽苗。苗张开两瓣像举起的小手，在微风中分分合合。我仿佛听到清脆热烈的掌声，我感受到欢迎光临的温馨。这块山坡，原只长些杂草，零零星星，斑斑驳驳，村民称之为鬼剃头。如今有了苗苗，不仅穿上晃翠荡绿的衣衫，还迸发出生命的朝气、奋发的勇气、进取的虎气。

我俯身抚摸小苗。有的羞涩地低下头，有的娇媚地扭转身。尽管，每畦都标有小苗的姓名：山茶花，夹竹桃，鸳鸯梅，蜡梅，并蒂兰，粉红双头牡丹，斑竹，金桂，石楠，罗汉松，情侣杉。可我实在分辨不出各自的特点。不知谁在畦上留下脚印，对小苗来说，无异于泰山压顶，但歪斜着的小苗仍然生机勃勃，嫩弱而坚强。

小苗沐浴着春雨，没有散发丝丝缕缕沁人的香气，没有透露星星点点斑斓的色彩。可联想却引领我的思绪走进苗苗未来的景区。

风和日丽的春天。松堆青黛，竹装碧玉，桃涂胭脂，柳舒绿眉，百花争妍，五彩缤纷，兰蕙蔷薇，喷吐清香。

五黄六月的盛夏。长空如洗，骄阳似火，而一片片树木并肩接踵，撑起万里绿云，向乡亲馈赠荫凉，莲荷玫瑰，开启丹红的嘴唇。

暮气沉沉的秋季。万山红遍，层林尽染，如霞蔽天。菊绽焰火，葵转金轮，百合吹喇叭，活活泼泼，喜气洋洋。

天寒地冻的冬日。松竹梅三友傲然挺立，踏雪踩冰，无所畏惧，白梅如银，与雪比洁，红梅如火，振臂驱寒。

　　无论是春光如锦，秋色似金，还是酷暑枯焦，严冬凄厉，一年四季，处处有花香四溢的惬意，时时有绿色挺进的迅猛。这一切都离不开小苗。

　　小苗，我爱你！你是江山如画的神笔，你是生命不息的本源，你是温馨的天使，奋进的旗帜，希望的曙光，胜利的礼花。

柳是春使者

　　村前河边有排柳树，儿时常去玩。有时摸到石斑鱼，折支柳枝串起来，有时发现树上有鸟窝，就上去掏蛋，有时在柳树上捉鸣蝉，有时在树杈上吊上捆柴的绳子当秋千，有时砍点柳枝盘成圈戴头上，然后模仿电影侦察兵去摸哨兵、捉舌头。柳树下那长长的一片草丛，是牛的天然快餐店，也是放牛娃、打柴郎的免费游乐场。偶尔有大人看看树叶或树根，说是看天气的，以便安排割稻晒谷插秧种豆。原来，阴雨天前，柳叶会反转，向阳的叶面是绿色的，背阴那面变淡绿，有点发白的样子，如果柳根长出一二寸的红须，须尖却是白的，预兆近一个月雨水较多，谚语说："柳叶发白天要哭，柳根须红雨水多。"柳树还兼气象预报员。

　　随着识字的增多，知道大人们也会在柳下玩。射柳，这是古人在清明前后开展的一项娱乐活动，即在距离柳树百步远的地方，用弓箭射击悬挂的柳叶。这一活动起始于战国，流行于汉朝，至唐时，官方确定为正式比赛项目。后来有改成射葫芦，仍叫射柳。另有折柳赠别之俗。折柳一词最早见于六朝无名氏所撰的《三辅黄图》。折柳在诗文中为送别的同义语。古人赠柳，寓意有二：一是柳树易生速长，用它送友意味着无论漂泊何方都能枝繁叶茂，而纤柔细软的柳丝则象征着情意绵绵。二是柳与留谐音，折柳相赠有挽留之意。之后，旅经一些地方，方知东西南北中，处处有柳踪。

　　登庐山虎爪岩，肯定要进醉石馆，馆西有濯缨池，有瀑布注入。池中醉石高大如平顶小屋。晋代陶渊明辞官归隐这里，不仅在宅院周围筑篱种菊，还在院中植柳五株。常常在柳荫下衔觞读写，终生与柳相伴，人称五柳先生。三月下扬州，随处是柳絮纷纷，柳枝拂脸。605年，隋炀帝杨广开凿大运河时，倡导两岸植柳，其诏书明示：无论男女老少，凡在堤岸种植一棵柳树者，奖细绢一匹。百姓争相植柳，使运河两岸绿柳成行。隋炀帝姓杨，便御笔赐垂柳也姓杨，使垂柳受宠一时。北宋欧阳修任扬州太守时，在平山堂掘土种植柳树，人称欧公柳。他在一首诗中写道："手栽堂前垂柳，别来几度春风。"

到杭州必游苏堤春晓。宋元祐四年（1089），苏东坡知杭州，开浚西湖，取湖泥葑草，筑起贯通南北的堤坝蓄水灌田，堤间设六座小桥，使湖东西水相连，堤两旁种下许多垂柳，便有柳梢拂水，碧柳如烟，好鸟和鸣的美景。

原以为柳树只在吴越十四州安身立命，没想到它也是好男儿四海为家。

去西安一走，在黄土高坡他乡遇故友。渭水桥的柳丝会牵出王维诗句："渭城朝雨浥轻尘，客舍青青柳色新。劝君更尽一杯酒，西出阳关无故人。"在曲江池，似闻唐皇帝和嫔妃，蛱蝶蜻蜓款款飞。在灞桥，春夏是翠柳低垂，水花飞溅，能感受到友人折灞柳赠别的心酸。

无论是北上南下，都能见柳的身影，听到柳的典故。春秋时代的鲁国大夫展禽，因其"食邑在柳下"而名柳下惠，后来就衍化为柳姓。明末清初的蒲松龄在故乡临泉居住，泉边栽柳，终日在柳树下与乡亲及行人神聊。老夫子一生与柳举案齐眉，自称柳泉居士，写下《聊斋志异》。唐代柳宗元。被贬为柳州刺史后，不但亲自植柳，还鼓励百姓在柳江和城周广植柳树。数年后，柳州到处是绿柳成荫，时人作诗记之"柳州柳刺史，种柳柳江边"。人们为纪念他，修柳侯祠，并称柳柳州。唐朝白居易任忠州刺史时，号召百姓在低洼地方遍植柳树。为保证树成活，他"引泉灌其枯"，给后人栽柳造林做出榜样。他晚年从京城长安回到东都洛阳，卜居履道，在庭院中广植垂柳，并挥毫写下《种柳三咏》："白头种松桂，早晚见成林。不及栽杨柳，明年便有荫。"

更让我惊讶的是，只有顽强的骆驼刺生长的大沙漠里，柳树也能立足。清末爱国将领左宗棠，1871年率军西征时，命令将士沿途栽植柳树，意在开垦边疆。在甘肃酒泉公园内，有一株枝繁叶茂、苍劲耸立的柳树，人称河西第一柳——左公柳，相传是左宗棠驻防酒泉时亲手所植。后人有诗赞道："新栽杨柳三千里，引得春风度玉关。"

柳树，没有白杨伟岸挺拔，没有樟树枝稠叶茂，不如桃李果实累累，不如枫椿做栋作梁，但你身姿柔弱，却志坚如钢。既有随遇而安的随和，更有适者生存的勇气，只要立足便要岸柳成行，绿柳成荫，不像嘉皇后树，南方成橘北为枳。哪里环境不佳，哪里缺乏生气，你就到那里生根、发芽、成长。有柳树的地方，就有生命的活力，有柳树的地方，就有永恒的春天。

桂花王

桂花王！口气真大，傲气不小。你看人家黄茅尖，明明是江浙最高峰，却用毫不起眼的名字。它是开化县芹源村的桂花树，瞧瞧它的身材吧：高15米，胸围2.5米，冠纵横14米；离地2米处高耸14枝丫杈，共托一个巨大的绿色圆球。真可以用华盖来形容。华盖原指帝王坐的马车上的盖，相传黄帝与蚩尤决战涿鹿。黄帝战胜时，他驾驭的战车头顶有七彩闪烁，像许许多多奇花异葩浮在车头上，人们称之为华盖，后来引申别义，天上帝王座上的十六颗星叫华盖星，日照下四周出现光环的云叫华盖云，唐代西安终南山一棵参天古树，直上百丈，无枝，上结丝条如车盖，叶一青一赤，斑纹如锦绣，称其是华盖树。桂花王旁还有两个曾孙相伴，仲秋风动，香飘五里。

称作桂花王，难道是因其香能浸骨润髓？可毕竟不是稀世奇香。唐代张九龄就让兰桂平起平坐："兰叶春葳蕤，桂花秋皎洁"，李唐以来，世人皆爱百花王牡丹。兰花、茉莉花都有天下第一香的美誉，白色野蔷薇更是香气传十里。

莫非是因为它寿高六七百岁？然而，福州鼓山涌泉寺则有千年老桂，宋代朱熹有"咏桂岩"诗："亭亭岩下桂，岁晚独芬芳，叶密千层绿，花开万点黄。灭香生浮想，云影护仙妆。谁识王孙意，空吟招隐章。"假如此桂犹在，必定寿齐彭祖。再说，树中许多寿星也不以王相称呀。陕西黄陵轩辕柏，传为黄帝所栽，曲阜孔庙的先师手植桧，出生在公元前四五百年，陕西勉县诸葛亮墓前的柏树，也活了1700多年，台湾阿里山的神木红桧、太原晋祠的周柏、山东浮来山的银杏、广西贵县南山寺的不老松、广西全州大西江的樟树、美洲的世界树爷红杉、美国霍伊德山的古松，都见过3000多年的日起月落。

大概因其高达超群吧。桂花遍地的桂林，金桂笼罩的虎丘，岳麓山爱晚亭，宁波保国寺，难道就没有如此身高体胖的桂花树？杭州满觉垅七千桂花兄弟，金华仙源湖丹桂列阵十里，居然找不到如此挺拔伟岸，枝稠叶茂的桂花树？难道要等"嫦娥一号"将广寒宫的桂花移来相比不成？美国寒科亚国家公园将世界最大的杉树也只称"希阿曼"将军哪。

呵，给它黄袍加身，原是朱元璋御赐。元末，朱元璋率红巾军从古田山出发奔袭衢州，翻越解元岭时，正遇有人造屋上梁，炮仗震天，山鸣谷应，不觉心中大喜，这不预示登基嘛！他策马狂奔，一筒烟工夫便到芹源。忽有桂香沁心，忍不住哼起山歌："桂花开在桂岩上，桂花要等贵人来；桂花要等贵人到嘛，贵人来到花才开。"他下马观桂，脱口称赞："好大！"张臂拥抱围不拢，再解玉带相围，不大不小，不差分毫。刘伯温笑着说："这树也佩玉带啦。"朱元璋仰天大笑："它也做大王啊！"语音刚落，风过花洒，如沐香雨，以铺会毯。刘伯温说："不过，在主公面前，它还是俯首称臣的。看，它正匍匐在地下谢主隆恩哪！"

深吸一阵香味，顿感神怡气爽。同时，为其香难恒久而惋惜。同伴马上矫正我的片面："郁达夫《沧州日记》就提及迟桂花。"对啦，杭州有四季桂，春夏秋都花开得细细密密。四川有株变种金桂，叫日香桂，顶风冒雪，盎然绽开，四季花儿团团簇簇，香气聚聚散散。

那只是一地之福，如果把香气收集贮藏起来，不就能香飘四海。同伴又反驳道："你还以为是奇思妙想哇？你去苏州、到宁波，没见过桂花汤圆？"嗬，小小的白色汤圆粘着一两朵桂花，似白玉黄金，溢出的黑芝麻携带桂花流动，无形的香气作有形的舞蹈。人们总收藏桂花，还因其可作药、理胃气、止痛经、治口臭、祛皮肤病。

想起来了，想起贮藏桂香的简易方法。桂花树下摊开布匹，再挥长杆敲打桂枝，密密匝匝的花瓣就洋洋洒洒地落下，躺在布的怀里，晾干后储入罐、压实、加糖。待制作桂花糖、桂花年糕等食品时，撮些干花瓣撒在表层，便会色艳香清。

现在，衢州认定桂花为市花，更是广植遍种。你到大街小巷，公园小区去转转，老老少少的桂花树，触目皆是，八九月间，黄桂花树树披金，白桂花株株戴银，香气冲天，浸透每个角落。此时，会感到桂花王与众将士比，毕竟势单力薄。假如它不长在深山冷坞，而生活在城市桂花树林中，定能让更多人得到享受。

我生活在桂花中，桂花长植在我心里。

石榴赞

时适六月，榴花正红。我常常如痴如醉地观赏门前石榴树，兴来还会吟曹植的诗："石榴庭前植，绿叶摇缥青。丹花灼烈烈，璀璨有光荣。"

认识石榴，时在孩提。一日至邻居后院，看见一株个头不高的树，红花盈盈，如一片落霞，似一堆篝火，比温情的桃花更显得热情奔放，比苍白的梨花更洋溢着朝气和活力。邻居说这是石榴树，还教唱民谣："石榴花开心里红，三姐落在花园中。我爱三姐情谊好，可惜爹娘管得凶。"后来，又发现不少人家的房前屋后栽石榴树，在新婚洞房中会挂着几串石榴，也许因为榴杯千子，千房同膜吧，人们期待子孙满堂。不过，在我心中一直是普普通通，平平淡淡，比不上白净净的大栗香气沁人，比不上红灼灼的大枣耀眼夺目，比不上酸溜溜的杨梅令人垂涎，比不上黄橙橙的橘柚秀气诱人。前几年，门前种了株石榴树忽地蹿得比我高一头，像清丽佳人散发出魅力。春天，翠绿翠绿的枝条袅袅娜娜地浴风听雨；夏天，星星点点的六瓣红花如少女的酒窝；秋天，花蒂捧着青里泛红、光亮光亮的石榴。一次次地亲近，一次次地抚摸，仿佛进行一次次的促膝谈心，渐渐地，她走进我的心里。

石榴娇艳而不娇嫩。五月春深，芳菲的浓妆艳服渐渐淡退，石榴花才慢慢绽开微红的嘴唇。继而，"飞将宝鼎千里焰，练就丹砂万点红。自抱赤衷迎晓日，应渐艳质媚春风。"（明·朱之蕃诗句）。有时，彩蝶、蜻蜓在绿叶红花上翩翩起舞，忽上忽下，忽近忽远，轻盈灵活；有时，蜜蜂悄悄地伏在黄色花蕊，使人感到宁静而甜蜜，偶尔会栖着一只鸣蝉，鼓翼吟唱清美的小曲，给喘息的炎夏添上生机和活力。而当冬天的暴君剥去她的衣衫，裸露着让风鞭雪辱时，石榴又显示出瘦弱而硬朗的气质。她原籍是伊朗、阿富汗。公元前138年，张骞受汉武帝之命，从玉门关、葱岭西联大月氏，他出使西域归国时带来包括石榴等物种。石榴不仅随遇而安，而且，不论在庭园地角，不论是地栽盆植，不论是播种、压条、分株、扦播，不论是沃土瘠地，都能坚定地生长，热情地孕育着珊瑚似的花朵，红玛瑙般的果实。

石榴，高贵而不孤傲。你看她的花萼多像皇冠？希腊人称她为加冕圣果，那可是权力、王位的标志！石榴又象征着太阳、爱情和团团圆圆。在希腊神话中，宙斯给第七个妻子赫拉的结婚圣物就是石榴。冥王哈得斯为让妻子神农之女每年回到人间和母亲同住些日子，就给妻子吃石榴籽。石榴在人们心目中的地位很高，她却不身居最高层，俯首万物低。她不嫉妒君子兰和五针松的昂贵身价，不抢占牡丹和荷花的声誉。她既乐意和月月招人惹眼的玫瑰为伍，也甘愿和默默无闻的小草相邻，她和周围浓浓淡淡肥肥瘦瘦的花儿亲亲热热，她与身旁大大小小高高矮矮的草木和和睦睦。

石榴，我透彻地了解你，我真诚地赞美你。

庭院的银杏

少年时生活在钱江源头，常攀铁杆铜枝的松树，不是掏鸟窝，就是剃枝桠，课间常在校园大樟树下追逐嬉闹，小秋收时钻密密匝匝的苦槠林打苦槠，枣子的脸由青转红时，会用石块砸下些枣儿来，偏偏没见过银杏树。

1966年走进衢州孔庙，看见8株银杏耸立，数株古柏参天。门前种柏，意在百子百孙无穷匮也；种椿树，象征家有栋梁之材；种桂树，则希望富贵，满地是金；种桧树是祈盼子孙高中夺魁。可种银杏，直观感觉是伟岸挺拔，正直无倚，但没有悦目色彩，没有沁心的香气，也没有月月勃发、岁岁兴旺的表象，却是为何？

1986年9月，我和陈才去庐山，有幸栖身美庐。见后面一片竹林，这倒还好理解，一则奉化多竹，让人有故乡之情；二则竹易频发，而且新竹往往高于老竹；三则环境优美，宁可食无肉，不可居无竹。但对门前两银杏树又捉摸不透，蒋介石先生为什么选择有银杏树的地方建庐呢？

后来，我又采访到"皇封神树"的风物传说：

开化苏庄镇一座山坡上，两株银杏身材高大，枝稠叶茂，生机勃勃，两树高40来米，胸围约4米，因为都是雌性，乡民称为姐妹银杏，它们的大号是神树，相传，还是朱元璋种的哩。

1360年前后，朱元璋兵败鄱阳湖，溯流而上，进入古田的崇山密林，栖身云台寺。他觉得无脸见凤阳父老，便欲一死了之，正要悬梁，忽见梁上两鼠争蛋，扑滚啃咬数十回合，黑鼠拖蛋而去，白鼠前脚一缩，猛地跃上黑鼠前脊，嘴咬黑耳，长尾紧卷鸡蛋。朱元璋一拍脑袋，大丈夫当战死沙场，英雄汉当愈挫愈勇奋！他兴奋地射出一箭，正中一兔，那兔窜进树林，他随兔跨进农夫山棚。棚内有只似马似牛的怪兽，还长五条腿，生下一兽，不吃不喝也不站。朱元璋抚兽，兽竟倏地立起，亲热地舔朱元璋的手，元璋骑上去，兽居然飞奔如挟风携电。不几日，他骑着这五爪龙驹直扑九江，如虎啖羊地消灭陈友谅。

班师云台寺，朱元璋高吟："北瞻帝阙三千里，中立云台百万秋。"他是说，云台高筑是我千秋大业之基，当栽树以记。

朱元璋到古田山选择树苗，他仰望亭亭玉立的南方红豆杉，摸摸华盖如伞的浙江红山茶，看看紫茎树，拍拍穗花松。稀珍植物太多，真不知找谁最好。总不能将整座山都移去吧。风送来一阵清香，没有桂花浓烈，不似兰花舒缓，他顺香而行，忽见一条奇盘蛇坐路中，头高昂，口吐长舌，朱元璋仰天长啸："苍天！倘若我是真龙，就休让小龙挡道，两相无欺。"话音落地，那蛇就滑进草丛。蛇坐处有株小银杏，这是生命力极其顽强的树种，象征江山永固。朱元璋拔剑挖起包好挂在腰间，返回路过苏庄风岭头村，忽一阵风啸，马惊前跃，银杏飞落，正直坠在马蹄印中，朱元璋下马拔，银杏丝毫不动，他连连惊叹："神树！神树！"朱元璋感到树留此地，还能为行人遮遮风挡挡雨，倒是件善事，他就蹲下用手培土。

银杏树还真神，朱元璋登基第六年正月，中书舍人叶琛来开化送御联时，又从根部另发一株成为妹妹。

这皇封银杏也曾遇难而呈祥。清康熙年间，一农户在树根下烧灰，使根部高度烧伤，银杏萎靡不振，老之将至。该农户依村规罚十两银子，仍怀愧意。他就每天浇水以赔罪。浇了九九八十一天，皇封银杏又精神抖擞，生机勃勃。

垂死复生，真是奇迹！然而，对银杏来说又极为平常。龙游社阳一株600多岁的银杏，由于烈日炙烤和害虫侵蚀，接近枯萎，但施些肥、浇些水，便转危为安。太真乡银坑有株银杏树，在咸丰七年被洪水沙石冲击下，根部遭受剥皮之灾，接着腐烂出人可穿行的空洞。树怕伤根，尚能活乎？怪！它非但傲然屹立，还在根部崛立起子子孙孙。不知黄谷父子银杏是否忍受过火焚斧劈的惨痛？乌石山的夫妻银杏是否遭遇过电击雷轰的悲剧？

我怀着赞叹，惊奇的心情去查银杏的十八代祖宗。银杏，诞生在2.15亿年前，繁殖能力很强，其果子落地遇雨便长出一棵新的生命。于是，银杏家族的足迹遍天下，简直是有植物生长的地方就有银杏的住户。第四纪冰川运动肆虐横行，铺天盖地地摧毁种子植物，而银杏却经受住这场生死搏斗。它有多么巨大的抗争能力？它的生命力是多么顽强！

银杏还有个绰号：公孙树。说是祖父栽下到孙子才能得食。这正体现长辈泽被后人的奉献精神！一说是公公和孙子一起生长，这恰好表达人们四世同堂、五世其昌的愿望。

哦，怪不得人们爱在庭院栽银杏。

说 竹

　　老兄，敬请欲语还休。古往今来，多少铁笔铜牙为竹唱赞歌？我嘴边就挂着一些名句名段。白居易《养竹记》。开篇即云："竹似贤，何哉？竹本固，固以树德，君子见其本，则思善建不拔者。竹性直，直以立身，君子见其性，则思中立不倚者。竹心空，空以体道，君子见其心，则思应用虚受者。竹节贞，贞以立志，君子见其节，则思砥砺名行，夷险一致者。"元稹写："唯有团团节，坚贞大小同。"刘谦吟："虚心高洁雪霜中。"苏东坡说："宁可食无肉，不可居无竹。"他们由爱竹、慕竹而咏竹、画竹。文与可、苏东坡、倪云林、徐渭、郑板桥、石涛均为画竹名手，亦皆磊磊不平之士。徐渭有题《雪竹》诗云："画成雪竹太萧骚，掩节埋活折好梢。独有一般差似我，积高于丈恨难消。"还有你的开化乡贤，明《永乐大典》编者金实也写有《方竹轩赋》："尔竹之产，为类实繁。寄哀潇湘，托兴淇园。峄阳之材，声叶鸣凤。箘簵之坚，荆扬效贡。黄冈如椽，用代陶瓦。彗篠丛生，束之盈把。由衙鸡胫，般肠射同。苏麻赟笃，笆筻龙钟。体柔为聊，节促为丰。刃毒为篡，依木为弓。氄毛为狗，扶老为箯。名虽万变，莫不示圆于外而抱虚于中。"写竹，无非是写虚怀若竹，刚直有节吧。你有七十二变，也跳不出如来掌心。

　　且慢，竹子对民生有大贡献，但它不显山露水，不炫耀自己，这种介子推的风范，何人言及？

　　老兄，那是人家忌讳呀。竹子开花，时日不长嘛。我想，你不写竹之节，就是写竹之史竹之最，我唱几个老调你听听。中国现存最早的竹简书，是1978年在湖北省随县擂鼓墩曾侯乙墓出土的200多支竹简，约6000字。这些春秋末年或战国早期文物上的文字内容，涉及曾国历史、曾楚关系、古代音乐、天文、葬仪、车马兵器等。风筝，是用细竹扎成骨架，再糊上薄棉纸，系以长绳，玩时利用风力上升空中。样式有禽、鸟、虫、鱼等。中国最早的风筝，相传是春秋时建筑工匠的祖师鲁国人鲁班（姓公输，名般）发明的。1954年在湖南长沙左家公山战国晚期的墓中出土的一支中国最早的毛笔，是用上好的兔箭毛制成的，笔杆为圆竹条，用细小的丝线缠住笔头与笔杆，外面涂漆加以固定。还有，世界上唯一的木竹飞机……

这个我也知道，1937年，设在抗战大后方四川成都的国民党空军研究部门，想自制教练机。可是，沿海沦陷、港口封锁，制造教练机的合金铝和不锈钢没法搞到。他们便决定试制木质飞机。他们组成木材组、化工组、设计组，齐头并进。飞机骨架制成后，蒙皮用的胶合板无法使用，便用厚竹席代替胶合板，制成一架双座低单翼飞机，净重2000磅。这就是中国的第一架木竹飞机，也是世界上唯一的木竹飞机。这架木竹飞机制成后，在机场百里方圆转了一圈儿，平安降落。

老兄，这些你知我知天知地知的陈芝麻，就免开尊口，省省神气吧。

老弟，别给我牙门贴封条，我还真冷灰里爆豆，让你惊讶。

宋代，黄竹山有人率领农民起义，后人便编个传说。天降天子，并在竹内膜画兵将十万，十八年后方成好汉。天子落地，豪光冲天，被朝中天师觉察，便派重兵围剿。天子叫母亲向前扔竹叶成坦途，向后撒沙成丘，母亲慌乱错了方向。追兵逼近，天子折茅为剑厮杀，仍不能突围，无奈中劈竹顶以期救兵，但画像尚未成人。天子自刎，血溅竹子，所以，竹子绿中泛黄。这位农民领袖的后人，有位入朝为官。他想皇帝赐金为家乡筑马路，就拿包粽的箬叶对皇帝说，叶如此，竹有多大，自不必言，要外运实在太难。皇帝倒开明，不但不判欺君之罪，还半开玩笑地说："此乃善事，朕积德，你荣耀，准奏。另赐一竹节做你的寿材，如何？"君臣哈哈一笑了之。于是，村子筑成通往官驿的金路。

抗战时，族长带领村民在村前路旁挖壕沟，埋入削尖的竹片，村口安装好一排竹制的弓箭。一日，十来个倭寇企图进村掳掠，突然，三五支箭射出，鬼子兵慌忙向路旁散开，紧接着就是一片鬼哭狼嚎，一个个跌落壕沟被竹尖穿透腹背。第二天，一群鬼子包围竹林，先喊"只杀族长一人，族长不受死，就火烧村子和竹山。"族长义无反顾地走到鬼子前面："一人做事一人当，放过村子和村民。"鬼子砍死族长，还烧毁竹林。竹根烧不死，春风吹又生。乡民那种不畏强暴、勇于献身的精神一代一代继赓和弘扬。

你再看竹，年年春笋频发，未出土时已有节，迸发出冲破一切障碍的巨大力量。瞧，那株樟树，有支竹穿胸而出。进屋去看看，一支竹笋把装满水的缸子顶歪，又有支将床前小桌扛浮起来。而且，许许多多脱箨新竹高于老竿。一代代老竿新竹都有奋发向上的冲天力量。

  总之，一代代都坚毅地朝一个目标迅猛发展，前辈尽心竭力抚育后昆，晚生尽忠尽孝，努力拼搏，争取比先辈更高明更强大更完美。老弟，你说这个人与竹同是拾人牙慧吗？

寻树王

　　树王在哪儿？听说过樟树王、椿树王、胡柚王、油茶王、杉木王，那只是剪圭的戏言吧，或是一个个山寨老大的统称吧。真要荐拔一个树王，很难，没有一个度量衡来裁决啊！

　　是寿高为王吗？或曰资历深厚。衢州有古树名木 11678 株，其中 500 年以上的一级古树名木有 655 株，虽说现代科学测龄甚为准确，但有些同庚兄弟该弄清出生时间吧？先到为君，早一秒也是大。没有人能来指证，没有一株树有确切的出生证明，即便族谱上有名录，也没有猴年马月的记载。例如，全旺管氏家谱说，村前红枫为先祖在元至大元年（1308）栽；开化苏庄余村余氏谱记，村里马尾松是 1805 年建周宣灵王殿时种植，没有月日；开化唐头村唐柏，该村宗谱讲，族祖方庚于唐天祐元年（904）定居此地时所栽；有的就连年份也含糊不清。七里乡际头坞罗氏谱载，清乾年间（1736—1795），祖先迁此，居地图有松树作标志，恐怕彼松非此松矣。

　　是以腰阔杆高评判吧？那三岁稚子和矮小瘦弱者肯定顶不起王的桂冠的。这应是硬性指标，可评选时也让人左右不是，拿几家同宗兄弟比比看：龙游官谭古松高 40 米，胸径 3.4 米，江山周村一松树高 45 米，胸径 0.52 米，开化林坞青松高 41 米，胸径 0.89 米，谁可夺桂？开化杨林一株红豆杉高 22 米，胸径 590 厘米，龙游严村有一株高 27 米，胸径 455 厘米，常山球川有株高于 27 米，胸径仅 100 多厘米，谁能站立鳌头？古樟中，全旺毛家村那株高 28 米，胸径 2.65 米，开化花山宋樟高 38 米，胸径 2.36 米，开化苏庄吴越古樟高 33 米，胸径约 3.5 米，安仁中央徐那株高 32 米，胸径 2.65 米，你说应当谁列榜首？然而，多年来，"樟树王"的金腰带一直扣在安仁古樟上。同科的尚且各具优势，难辨雌雄，不同科的更不可以己之长比他人之短啦。如开化余村马尾松高 39 米，衢江三藏寺罗汉松高 14 米，管村枫香 27 米高，石屏村称为"浙西杉王"高 33 米，而江山张村一株油茶树高 8 米，龙游乌石寺有株茶花高约 3 米，它们都百余岁

了，要与松树决一高下，真是难如上青天。再如开化吴越古樟胸围1162厘米，衢江大乘山两株金桂胸围180厘米，天天给金桂灌啤酒打激素也难鼓其胸啊。

比树冠，肯定有失公平，比价值，但有的强项在建筑，有的优势是药用，有的专长在观赏，又怎能拿出一个标准答案？

要不，按传统攀龙附凤的比法？龙游门墙村有株堂而皇之的"樟树王"，传说朱元璋被追兵紧逼时，在这里逢凶化吉，开化枧板有株皇封杉，因朱元璋在埋金银于此，栽树为标记。正德皇帝在江山遭叛臣谋杀，他躲避樟树下，樟树叶纷纷变为长脚蜂阻挡叛兵，你救驾有功。回宫后，正德御封，偏忘却树的模样，便指指椿树说"就这种树。"江山人就叫椿树王，并用椿树做栋梁。乾隆下江南时，在常山粘个铜钿在胡柚底上，便封柚王。不过，这些都是井里的月亮。倒是开化出过真皇木，这可不是无风起浪，请看清代开化教谕姚燮的《饮和堂集·皇木开山告文》："维山有木，工则度之；维工运斤，神则佑之。恭逢我国家兴建太和殿，巨工取材境内，所有本山杉木，一本丈尺环圆俱中绳墨。使臣入告而后，兹当起运之期，择吉今辰，开山除道，籍斧柯于匠氏，励胼胝之役夫，出此山林登诸朝。宁惟凭神力，克奏肤功。某为此先日致斋，班联僚属，洁蠲肥脂，用荐馨香。惟神正直聪明，应声如响。伏惟昭格棐忱，曲加呵护，展岸谷平陵之手，显滑轮默运之灵。勷圣朝万年巩固之隆基，绵我开一邑臣民之福。暇凡兹祈祷，统异神慈。"当年北上的皇木至今仍挺胸在大和殿内。皇木在明代多用楠木，要不是天启五年（1625）诏准废止采伐云雾山木材进贡，开化会有楠木作金銮殿的栋梁，钱江源头官台现有楠木群500多株。你说，皇木的子孙该不该封个王？

伤你脑筋了吧？仅仅在纵横百来公里的弹丸之地，选个树王都如此费神，要是扩展到五湖四海，七洲四洋，即便用五项全能计分评选，你也会不知所措。

论权贵，必提陕西黄陵轩辕柏，五六千岁！我不知道他的"御医"们能否验证身份。

论寿年，出生2500年前的有，美洲世界树爷红杉、曲阜古桧、广西全州樟树王、陕西勉县孔明墓前古柏、阿里山亚洲大树王红桧、山西晋祠周柏、山东浮来山古银杏、广西南山寺不老松等，你去查清它们的底细吧。

论受褒，橘树会翘大拇指："俺乃后皇嘉树！"林逋、张道洽肯定摇手："不！不！梅树才配称王。古今咏梅诗上千首啊！"

论名气，安徽九华山凤凰展翅一样的松，人称天下第一松；重庆万县伞塔般的水杉，早有定论是天下第一杉，为世界之最；享有"香气之王"的沉香树。还有论身材、论身价、论物种多寡、论生活中出场频率、论……别论啦！

没想到，为肉眼看不出变化的树评王也难以落锤定音，要是参加评选马王，谁敢担此重任？难怪伯乐不常有，真不知马也。

漫话梅花

　　喜闻邻乡张村开辟梅花园，便写短文道贺。

　　古人咏梅诗常常闯入眼中。宋代陈从古编梅花诗 800 首，说最早写梅花诗的人是晋宋的陆凯，他寄一枝花梅给长安好友范晔时附诗："折花逢驿使，寄与陇头人。江南无所有，聊赠一枝春。"南朝宋鲍照等 17 人写出 21 首咏梅。唐杜甫写过 12 首，李白却未留一首。然而，曾任襄州府推官开化张村人张道洽著有《实斋诗集》，写梅花诗 300 余首，确如其诗云"癖爱梅花不可医"，他梅花傲骨也真是出神入化："崚嶒鹤骨霜中立，偃蹇龙身雪里来。"张村人植梅，既是纪念梅花诗人，也为家园增设一处景观。

　　我到过几个梅花名乡，但不是刻意踏雪寻梅。在昆明时在六伏，虽听说黑龙潭公园古梅荟萃，有株从南诏移来的唐梅最为珍贵。旅经苏南，虽是落英纷纷的时期，还是到苏州邓尉山、无锡东山、南京的天下第一梅山转转，跑马思梅，也新认识几位梅友。苏州的劈梅，老梅树干居然一分为二；铁骨红，一是树骨色似红木质坚，二是重瓣色深红至凋谢亦不褪色；梅花山的别角晚水更为精品，幸好还几朵挂枝头。上前低头细看，花色如淡玫瑰红，形状如浅碗，花瓣层层叠叠，多达 40 来瓣，内有碎瓣，婆娑飞舞。

　　梅林，人们称之为"实力梅花香雪海，千树万枝浮暗香"。而对有些孤独寂寞的梅树，人们会为之编织美丽的故事花环。在无锡，听说南宋嘉定初，秀才蒋重珍家境贫寒。17 岁时应邀到雪堰桥张正甫家坐馆讲学。他见书房前有株枯死的红梅，很惋惜，就每隔三天焚香祈祷："蒋某若能登第，红梅当获再生。"也许是十月小阳春吧，红梅真的发芽、抽条、开花。过十年，他荣登金榜状元。为感谢梅，自号一梅心志、一梅讲堂。浙江国清寺则讲述一个抗婚传说。隋朝时临海白水洋村，学馆先生喜种梅，第一株开花时，妻子产下娇女，便取名梅女。年到 18 岁，貌美羞花，聪慧非凡。县令的独子坚意要娶，备丰厚彩礼上门求婚，杨家断然不许。县令少爷就要挟："后天花轿上门，不上就抢！"梅女决意出家，杨先生送梅女一包梅核，希望易地留芳。梅女在国清寺，用姜黄色丝线把七万字的《法华经》绣在银白的缎子上。一晃三年，县令少爷暴死。梅女告归，将丝绣经卷赠灌顶大师。大师手捧这稀世之宝，无以言语，为怀念梅女无量功德，将梅核种在寺右花坛，不几年，便香满古刹，至今仍亭亭玉立、清香四溢。

文人雅士吟诗作文，总借物言心，移情于物。梅花有铁石意志，斗雪怒放。陆游《落梅》称梅是"花中气节最高坚"，郑板桥赞扬"傲骨梅无仰面花"，林逋说梅花"众芳摇落独喧妍"，张道洽讲她"园林千树秃，篱落一枝横"，杨廉夫颂扬她"万花敢向雪中出，一树独先天下春"。梅花淡泊宁静，不争春宠。苏轼称其"寒心未肯随春志"，陆游说她"寂寞开无主""无意苦争春"，张道洽说他"每留孤鹤伴，不遣一蜂知"，毛泽东赞梅"待到山花烂漫时，她在丛中笑"。梅花冰肌玉肤，高洁无尘。徐霞客说"人与梅花一样清"，高启赞梅"雪满山中高士卧，月明林下美人来"，张道洽颂梅"肌肤姑射白，风骨伯夷清""清介终持孤竹操，繁花不梦百花场"。梅花引发万千锦文华章抒豪情、寄壮志。

是夜，梦游张村梅花园，雪后的清代瞭望台下到处是银装素裹，如琼如玉。在冰封雪压中，万株梅花竞相开放，玉蝴蝶素白洁净，宫粉梅淡妆红颜，朱砂梅泛胭脂色，绿萼梅恰似翡翠，墨梅似淡墨国画，龙游梅如卧龙盘云，徜徉梅林下，沐浴香海中。

原花梅年年盛开！愿梅骨代代光大。

1985年与李光宇（左）在天台国清寺

播种方寸地

　　架空层门前两三平方米地，原本是小围墙的根基，碎石捏黄泥，毫无生气。想用水泥浆铺平整，看着会舒坦点，可如火三伏是要暴躁的，而且如头顶一斑秃脸上贴张止痛膏，不雅观。总不能让它面黄肌瘦、垂垂暮矣，茫茫大戈壁沙砾上有骆驼刺，巍巍悬岩缝隙中有倒挂青松，难道它就无可救药？既有三五根毛发般的小草，就定能一生二，二生三。要使它焕发出生命的活力！敲碎它，掺些沙，别让它抱成一团团结为死党，水泼不进，再搬两畚箕褐土掺进去，围上几块砖石便成一畦地。

　　种丝瓜豇豆之类真是无污染绿色食品，但这不是自留地无自主权，况且社区是禁止的。种花呗，固然可以，可我没一丝养花常识，更没有耐心和细心。懒人用懒法，撒点五花八门的果核，听凭风吹日晒、阳光雨露，相同的条件，谁的适应环境能力强，谁的生命力旺，谁就占一席位置。公平竞争，我决不扶弱锄强，决不助爱除恶，只把方寸地当作草木田径赛场。来年春，两方地还是光秃秃的，难道那些果仁都患有不育症？绕地查看，在两块红砖之间冒出一丝绿色，是棵橘苗。众核皆死它独生，却是何故？或许，别的核仁半裸地面，没接地气，日光逼它们干瘪，霜雪压它们缩身，渐渐被剥夺了生存权。而落在砖隙中的橘籽，因风吹雨打由悬空落进泥土中，在砖与土的护卫下熬过寒冬，听到春风的呼唤探出头来。

　　于是在春节前，我掘土埋核仁。间隔埋下胡柚、椪柑、食用大石榴、观赏小石榴，一个坎放一个，埋进土里的还有枇杷核、桃仁，甚至让新鲜龙眼核、荔枝核也陪眠土中。春风再光临两方地时，绿色小苗不再是孤独一身，倒有几个方阵出场，齐刷刷一般高矮一般胖瘦。尽管，拙眼分不出各自的宗祠，凭当时安排它们居地的印象，没有大石榴、桂圆荔枝和蟠桃，也许是惯性所致，它们对原产地的环境有相当的依赖性，旅居别地总有水土不服，也许出于乡土情结，故乡的土地胜过异地黄金，不愿意流寓他乡，或许是有市场有身价需要派头。

　　日月起起落落许多回，小苗的长相有几分先祖的模样，分得清家族了。石榴叶鲜绿，较窄长，浓缩版的芭蕉扇，橘苗叶墨绿，如蛋形，枇杷叶似菱形状，边是弧线且有锯齿，正面黑绿，背面亮绿。再过些时日，同胞兄弟发生明显变化，有的粗壮高长些，有的瘦弱矮小些。为什么？大概和原种子的成熟时间饱满程度有关，积累的能量不同奋发向上的马力就有大小，当然从道理上看条件是同等的，老天不会偏心，我也没给某一株开过小灶，而事实各自得到的待遇是有区别的，由于房屋的阻挡、太阳行走方向的四季更易，雨天风速风向变化，免不了有失公允。毕竟是自然界，只会任性不能调控的。

　　随着年龄增长，它们更是各自依照祖宗的规律生长。石榴看不出再长高，枇杷树却往上猛窜，分枝长叶后的树冠，石榴总在两方地内，枇杷树却扩张三四倍。奇怪的是橘树变了性，不再杆粗枝逸，而是像竹一样一杆往上，还浑身长刺，更不想它结果啦。听说，橘柚树苗必须是嫁接过的才开花结果。土壤、雨水、阳光都有，但超越它自身生长阶段的程序就会失败。我种它只求有片绿色，不在乎收获果实。但是，只要科技试验，总会改变它的成熟条件，缩短过程，增加产量的，水稻种植就是榜样。

　　这方寸土地上，最让我怜悯也最叹服的是砖石间的那株不足半米的橘树。内人说它不生橘子斩断其腰，它就分枝横向发展，刚有点茂盛时，内人又无意识地误伤它，两个几百度高温的煤球渣放它脚下，烧伤面积九成啊！我们是难兄难弟呀。七岁砍柴，被伙伴失手撞倒滚下山，请邻居钳出脑中碎石，静卧一月；1971年彻夜不眠十来天，腰将坠席坐不起，咬着牙扶床档下地、挡墙壁进教室，失声就用粉笔代话上课；接着一年多进食便吐，体重降下20公斤，喘气短促，走百来米歇几次；教书十年间唯一一个休息的暑假，竟在家高烧近一个月，天天打针如杯水车薪，开学又去学校。难道它知我心：顽强生活，奋发向上！此根此心依在，生命就会绝路逢生，就会梅开二度，就会勇攀米寿茶年。

村口红枫

　　快到村了，远远可见数株香枫，那不是在挥手召唤嘛。虽说也是霜叶红于二月花，终因形单势薄，没有长沙爱晚亭红霞万重，没有北京香山锦缎高叠齐云，却不失流丹溢彩的妍丽，仍保持碎金满枝的魅力。不很稠密的叶子有的胭脂色，有的橙柚黄，有的茄子色，有的金子黄，有的浅绛，有的朱红，微风吹拂，万叶翻动，是离别之舞蹈，是回归之微笑，多么淡定，何等坦然。

　　数株枫树不知道谁是长辈谁是后生，从儿时听到的传说，似可辨识出长幼。

　　那棵半边枝挺叶茂，如风中大幡。传说是武则天登位时种的，树三四尺高时，户主的次子试刀削掉半边树枝。后来，这位老二要砍树换钱，老大反对，便对簿公堂。新任县令杨炯开审，他先放两支无毫的毛笔在笔筒，要老二先抽，讲定抽到无头的就不砍。老二输了又不认账，坚持卖十个铜板。杨炯征询老大意见后宣判：老大出五个铜板买下老二的半棵树。于是保存下这棵大唐香枫。

　　那棵封侯树怎么会雕个猴子？宋代村里有个余秀才，乡试多次都没得朱衣点额。其实，他胸藏万卷，三四十万字的科考书，不说倒背如流，也是滚瓜烂熟。同考的老乡，有位进太学考上释褐状元，有位是解元。他决心闭门三年，劈这株枫树一枝立誓：再考不中，断臂拒学。其父是木匠，攀树把断枝雕成猴，寄意封侯并高升。他50岁再赴贡院，果上黄榜，70岁官至三品。

　　再看那棵，树干上有方豪名字，下半截被无头的杉树撑着。明代刑部主事衣锦还乡时，到这里观山听泉，见这株枫树因土坎滑坡而倾斜，就挖棵小杉树，劈去上半截，用下半截把枫树顶直，又培上土，然后刻上名字。他对村民说，我这次阻止皇帝南巡挨廷杖，但还会复职的，此树能立，我就不倒。枫与杉还真互相依靠着长大。

　　那棵枫树根与众不同，好像一个人头枕包袱正熟睡。这树名还金。相传有位老农，早晨放牛时在这里见到一袋碎金。他想，昨天傍晚有人打老虎，听到铳响虎啸，在这里坐坐歇脚的人惊恐而逃，落下金袋也不顾了，命要紧。今天会来寻找的，干脆就坐着等。他天天晚上提回家，早晨又拎来，日复一日，年复一年，直到他枕袋长眠。金子的主人怎么不来拿，极可能是逃跑中猝死。据说，金子最后到慈幼局去，供养弃婴。

那棵是更生枫，树根三尺，大半无皮。原来是附近一户常年在树根下烧泥灰，使树根高度烧伤，有两年没有长出绿叶。农户烧死祖上种的树，愧疚不已。为表示赎罪的诚意，先按旧规宴请全村老少，而后每天早上提一桶水浇树，每当杀年猪或其他时节宰鸡鸭，都把血和毛倒在树根，每年植树节，用三牲祭树，全家人对树三拜九叩。第三年，感动了苍天，这棵树又发青争茂，葱茏可悦。

枫树饱经数百年风霜，仍昂首坚守这块土地上。你不计较脚下土地的肥沃与贫瘠，落地就安定地生长；子不嫌母丑是因为爱和孝。你不在乎雷电风雨的鞭打，有谁一生都在温室中度过，所有的苦难都是对生命的锤炼。你不张扬春夏的蓬勃旺盛，也不哀愁秋冬的萧条与寂寞，却安然地等待来年的萌发，谁都要经历起起伏伏的兴衰阶段，不因高位而跋扈，不因低落而沮丧。正是这种精神境界才能久盛不衰，正是这种处事风格才会永葆青春。

一片斑斓的叶子轻轻落下，掠过白发栖我手中，这是红枫给我的信笺。丝丝缕缕的纹路是否在暗示：别说人生连续剧即将谢幕，路条条、路漫漫。深深浅浅的颜色是否在激励：枯黄是秋叶的表象，红于二月花才是生命的真谛。古稀朝枚正是如日中天，拿起笔来，题诗红叶！

山风入树，飒飒作响，仿佛是一阵阵书声、歌声、笑声。只是分不清这声那声是谁的声音：八十出相的姜尚、百岁挂帅的佘太君、八十二岁中状元的梁灏、肯尼亚八十四岁的小学生马鲁格、德国九十七岁博士毕业的文德罗夫、印度一百岁获博士生达斯……

我默默地拾起几片颜色不尽相同的枫叶，铺在手上，忽觉得前面不是老树昏鸦板桥霜，而是宁静而平坦的五彩路。

爱 荷

　　这个六月，与荷花的缘分最足，刚在杭州西湖观赏荷花浓抹淡妆的清丽，回到衢州，又和友人一起，到围棋仙境烂柯山下，揣慕释迦牟尼降生时地涌金莲的美景，文始真人落地时其家陆地生莲花的奇观，接着到龙游志棠，体味《剥莲子》的诗意："绿玉蜂房白玉蝉，折来半露复含烟"，然后又到名不见经传的墩头村，村中数个荷塘并肩继踵。虽没有十里荷塘的壮丽，总也是碧水绿叶，红荷白莲，艳丽夺目。

　　我爱荷花，但不学莲痴杨万里。晨曦初露，他《晓坐荷桥》，品"荷珠细走惟愁落，为报薰风莫急吹"之韵；晴午时分，他《暮热游荷池上》，瞻"接天莲叶无穷碧，映日荷花别样红"之容；残阳将歇，他《暮立荷桥》，赏"荷花入暮犹愁热，低面深藏碧伞中"之态。即便是"午睡起来无理会"，也要"银盆清水弄荷花"，"数片荷花漾水盆，忽然相聚忽然分"，可高兴了。之后，还要"浸得荷花水一盆，将来洗面漱牙根。凉生须鬓香生颊，沉麝龙涎却是村"。

　　我爱荷花并不因帝皇所好，草民从之。相传，宋太祖早年推车贩运，冬日投宿孝感西湖村酒店，店里备菜已无，厨师即取客人车上的藕，洗净切丝盐腌渍，拌入葱、姜、香菇丝和面粉，用豆油皮卷成条形，切片油炸。赵匡胤感激道："豆油藕卷肴，落肚体通泰"。从此，西湖传下豆油藕卷一道名菜。宋朝孝宗皇帝吃蟹得痢疾，御医救不了他的命。后来一民间医生把鲜藕捣烂，冲上热酒，调匀服下，把孝宗皇帝的病治好。从此，皇帝更加喜爱荷花：宋孝宗命植红白荷花万柄于池中，并以瓦盆别种分列水底。皇宫内苑种植荷花的规模够壮观的。清朝乾隆皇帝几下江南，微服私访。有一次，他路过一池塘见荷花正含苞待放，恰似握着红拳，灵感顿生，出一上联："池中莲苞攥红拳，打谁？"纪晓岚赶忙应对："岸上麻叶伸绿掌，要啥？"甚为风趣。吟罢，两人大笑而去。

　　我爱荷花，也不为仿效骚人墨客，泛舟湖上，对荷当歌。固然，那是件趣事。听，古代文人作莲藕对，何其精湛。相传有两位文人赏荷，一位出上联：

"红荷花，白荷花，何荷花更好"；另一位即答下联："紫椹子，青椹子，甚椹子最甜。"下联椹子指桑椹。此联取"何荷""甚椹"同音，相谐成趣，且以甚椹对何荷，恰到好处。又嵌红、白、紫、青颜色用字，更觉光彩照人。更巧的是，"何"为"荷"字的一部分，"甚"为"椹"字的一部分，使得这一字形联在形式上更为工整。一人先撰："藕入泥中，玉管通地理（里）。"另一人撰道："荷出水面，朱笔点天文。"也堪绝妙。我可是胸无点墨，怎能口吐莲花。

我爱荷花，更不因为有《爱莲说》《荷塘月色》做红娘，而是缘于家住荷花塘旁。大热天上山砍柴，往往扭支荷叶盖头上，它可以做鱼儿伞，自然也好为我当帽，尽管荷叶如盘难贮水，但沾沾水戴头上倒挺清凉的。有时见蜻蜓轻盈地立在小荷尖尖角上，就用缠上蜘蛛网的罩去捕捉。至于泡如霜似雪的藕粉和莲子粥是想吃即有，不过我更喜欢吃荷叶饭。唐代文学家柳宗元在《柳州峒氓》诗中说："郡城南下接通津，异服殊音不可亲。青箬裹盐归峒客，绿荷包饭趁虚人。"荷包饭的制作方法是：以香粳杂鱼肉诸味，包荷叶蒸之，表里透香。荷叶有一种特殊的清香，人们除了将其用作荷包饭外，还用来制作荷叶粉蒸肉、香荷粥。荷叶粉蒸肉的做法是：把五花肉放在酱油和香糯米酒中腌渍半日后，拌上松仁末、炒米粉等，再以鲜荷叶包裹笼蒸即可。吃时去掉叶子，入口只觉荷香沁齿，别有一番风味。香荷粥的做法非常简单，将一张沸水烫过的鲜荷叶盖在刚刚熬得的热粥上，过一会儿再揭开翠叶，那雪白的甜粥就变成清绿的香荷粥。

或有人问，你就不喜欢荷花出淤泥而不染的高洁？这种借代岂能排斥。周敦颐把荷花标为廉洁清正，不与环境中的污垢同流，正是我的傲骨。人们用谐音言心，也是我之心愿。荷谐音和，和美、和畅、和平、和睦便随之而来；莲谐音连、联，连理、连心、连接、联合、联系、联谊也应声便至。于是乎，荷与尘世间三枚极美的思维花朵（儒释道）相通、相似，儒家夸奖荷花的君子之风、道家称赞荷花的淡泊之气、佛家的释迦牟尼，干脆就坐在莲花宝座上，遍施雨露，普度众生。由此演绎，荷便成为人间之至美。我有句自勉语，叫"刚正做人，中和处世"。我爱她高洁，中和的性格，更爱她不离故土、不嫌母丑的品德。沉寂的甚至有点浑浊的塘水，积淀的甚至带些秽物的塘泥，给荷花生命和力量，荷花不因众口交赞而变心易地，这不正是忠臣孝子之心吗？

人参般的萝卜

　　开化有首民谣，凸显一些地方的特产："城里亲家，韭菜黄瓜；对门亲家，胡桃山楂；音坑亲家，萝卜甘蔗；瑶田亲家，大栗柿花；金竹山亲家；竹竿竹叉；村头亲家，烧酒蔓花。"1959年，我从淳安桥西移民到音坑，常对小伙伴夸耀老家的大枣大栗大核桃，他们回答是我们有音坑大萝卜。抱来一看，愣啦。满以为玉米棒子那么大，想不到比我小腿粗比膝盖高，还细皮嫩肉的，横躺如只小白兔。切开分食，咬去松脆，嚼着汁多微甜，好像吃白糖棒冰。

　　秋冬季节，萝卜是菜中主要角色。在家里，肉骨炖萝卜块，萝卜丝炒牛肉，带往学校的菜筒里，除霉干菜外，经常是带鱼炒萝卜丝，腌萝卜条。有一次感冒，头痛鼻塞，嗓子干疼，咳嗽无痰，母亲就切碎萝卜拧出一碗汁，用生姜末煮，加点蜂蜜当饮料喝，果然很舒服。嘿嘿，萝卜还有这等功夫。岂止，岂止。《沈氏良方》居然让人觉得萝卜是仙药。王安石患偏头痛，久治不愈。一方士用萝卜汁加冰片，滴鼻即安。难怪乎，民间相传："十月萝卜小人参""萝卜胜梨"。

　　外出求学就阔别音坑萝卜，如今偶尔回乡也不曾谋面。是它赚不到钱被入冷宫？是它自身的退化而隐姓埋名？还是土地被异化，使他水土不服而退出？不得而知，或许与人参比病得一蹶不起。"小人参"只是个虚衔，可人家东北野山参、高丽参、别直参身价百倍啊。不都是地下生的根茎嘛！萝卜比人参更粗壮更高大哩。要说物以稀为贵，那好，要菜农停种萝卜呗。

　　别犯傻，切不可自绝其后。社会需要萝卜！那些一个铜板捏出三把汗的人喜欢萝卜，那些腰缠万贯，挥金如土的阔人也少不了萝卜。听听，古代有诗人赞美萝卜。宋代黄庭坚的五绝："密壤生深蒂，风霜已饱经。如何纯白质，近蒂染微青。"朱熹的五绝："纷敷冀翠丛，津润擢玉本，寂寞病文园，吟余得深龈。"元代许有王的五律："性质宜沙地，栽培属夏畦，熟登甘似芋，生荐脆如梨，老病消凝滞，奇功直品题，故园长尺许，青叶更堪薷。"前面两首写萝卜的生长外形。后面一首写萝卜的许多特点，一、二句，讲萝卜宜种土质和栽培季节。三、四句，点明萝卜既是家常菜肴，又是一种可口水果，且脆如梨。第三联，托出萝卜的药用价值（萝卜在中药中称为"莱菔"）。第四联说萝卜的叶子也可、切碎炒食，不应该丢弃。这首诗，艺术味甚少，似可称为科学诗，它与药物学家李时珍的说法相近："萝卜可生可熟，可菹可酱，可豉可醋可饭，乃蔬中之最有利益者。"

怎么样，口碑胜金杯，评价胜涨价！更何况，一些贡献大却名难见报的科研人员用八抬大轿高抬萝卜。看看那宣传单：萝卜还具有防癌抗癌功能。一是萝卜中含有大量的维生素 A、B、C，它是保持细胞间质的必需物质，起着抑制癌细胞生长的作用。美国医学界报道，萝卜中的维生素 A，可使已经形成的癌细胞转化为正常细胞。二是萝卜中含有的糖化酶素能分解食物中的致癌物质亚硝胺，可大大减弱其致癌作用。三是萝卜中有许多的木质素，能使体内巨细胞吞噬癌细胞的能力提高 4 倍。四是萝卜中含有丰富的粗纤维，能促进肠胃蠕动，保持大便通畅，预防大肠癌和结肠癌发生。

萝卜还有忍辱负重的品质。明明是壮汉，却被称作小人参。更有人视它是鸡肠小肚、生性妒忌，说他暗地里与人参作对，削弱人参的功绩。这是损害名誉罪，于是判决"不可与人参同食"。这个冤案背着上千年哪，但萝卜无怨无悔地给人参当助理。现代科技出面为萝卜正名：人参萝卜互不忌。历代本草都说，人参补气，萝卜破气。简直是冤家对头。事实怎样？人参补的是元气，萝卜破的气是胃肠消化不良所产生的真正气体——胃肠胀气。所谓元气，用现代医学术语解释，意指人体生理活动的基本功能。人参补元气，指的是增强整个人体生理活动基本功能。萝卜破肠胃的气，古今医籍均有记载，近代营养学家也研究证实，萝卜含有丰富的淀粉酶，能最小化而消除胃肠胀气。个别服食人参后胸腹胀闷不适，正是消化不良之故，吃些萝卜，反而增强消化，有利于充分吸收人参的补益成分，不可能将人参的补气功用消解。而且还减除甲状腺功能亢进的毒副反应。中医理论认为，补气不理气则气滞，在使用党参、黄芪等补气药时往往辅以枳壳、陈皮等理气药。而吃萝卜则有助于消化、吸收人参中的有益成分。

好想回第二故乡音坑去种萝卜，像萝卜那样，默不作声地强壮自己，又无人知晓地做点益民之事。善哉！善哉！

姜·葱·蒜

　　姜、葱、蒜三友，形影不离，天天结伴进厨房、上餐桌。它们不是同宗堂表，也非同门子弟，但本性皆温，虽会让人感到辛辣，也送上缕缕香气。

　　孔子桌不撤姜，所以其寿比当时均寿翻一番。《东坡杂记》载：钱塘净慈和尚，自言服姜40余年，故米寿而颜如童子。民间也有谚语赞扬："冬吃萝卜夏吃姜，不用医生开药方"，"冬吃生姜，不怕风霜"。关于蟠姜，还有传说。讲孙悟空闹天宫时，随手扔出个蟠桃，落在钱江源，化作蟠桃山。姓丁猎户到这里搭棚居住，挖出一串一串根块，有点像拳头，柔尖带浅红。一天，姓姜的货郎路过这里，途中骤降大雨，淋湿发病，肚痛、呕吐、下泻。猎户切根块熬汤，喝下病除。货郎当即买下一担：这等仙药，肯定很俏。果然，进市就抢售而光。从此，货郎卸担，不再东奔西走，而坐地批发。将根块取名蟠姜。姜被德国《彩色画刊》誉为"有助于激发人创造性的食品"。

　　大蒜，虽是客籍，由张骞携带到华夏的。它走南闯北，受百姓喜欢，只因有点点臭才失去好多粉丝。传说孙悟空在蟠桃会上大吃大喝，肚子胀痛。太白金星叫他吃几瓣大蒜。他说，大蒜不但理气行滞，还能治60多种疾病，埃及士兵吃大蒜增力壮胆，印度人吃大蒜增进智力，高丽人吃大蒜化坚去瘤，善莫大焉。悟空想带种到花果山，但下界路上关卡十道，盘查甚严，怎么瞒过？灵机一动，蒜塞肛门，于是，蒜就沾上红屁股的一点臭气。幸好，嚼嚼茶叶或吃几颗大枣、花生，可消除臭气，人们也只顾白玉不看微瑕了。据说在二战时期，英国政府购买数千吨大蒜，治疗士兵的创伤，使蒜成为宝贵的药物。嘿嘿，大蒜也有传奇。

　　葱，是土著。尽管，似乎缺乏让人起敬的军功，没有令人着迷的故事，也不见身价暴涨的奇闻，可它的缘分很高，五湖四海都有安居乐业之地，千家万户都会热情邀往，荤素两道都欢迎他的参与入股。宋代陶谷在《清弄录》中说："葱和羹众，味若药剂必用甘草也，所以文言曰和事草"，还有和事菜、菜伯的美名。你看，爆炒的瘦肉上，撒上些如玉的葱白；金黄的煎鸡蛋饼上，洒些翠绿的葱花；白净净又略带煎黄的豆腐上，铺些绿莹莹的碎葱；细细长长的面条汤上，漂浮些半翠半白的香葱；海鲜上蘸着带酱的葱丝。啊，别说看着会口涎直流，吃着会手不停箸，闻着会食欲大开，就是想到也会味蕾顿绽。

此三友，虽非师出同门，十八般武艺略有彼长我短，总体上难断一二。与其他派系比，他们有几项独门绝活。它们能调节色香，去腥增味，补脾健胃，且营养成分丰富。它们能灭菌解毒，假如三友联合办饮料厂，至少感冒病菌走投无路。它们能降血压降血糖降胆固醇降甘油三酯，保护血管。它们更是抗癌的敌后武工队，使用的姜油、大蒜素、葱素等武器，对一些食物中的致癌物质，有较强的杀伤力，对人体内癌细胞的据点，极具摧毁力。

好像有个定理叫同性相斥，而姜葱蒜却友谊天长地久，常常结伴上阵。它们的实力，旗鼓相当，可谁也不认为比他人稍强一筹，甚至高出一头，更不会像黄瓜与花生、狗肉与绿豆、粟米与杏仁，暗中抗衡相左。它们功夫了得，可历来站在周仓扛大刀的附属位子，从没想过自立门户，挤进菜肴三甲，是主菜还是佐料，毫不在乎。

姜葱蒜三友，我愿和你们饮血结盟！不说"有福同享，有难同当"，不说"不求同年同月同日生，但求同年同月同日死"，那些誓言发在嘴皮上，不刻在骨子里，只有三分钟热度，没有守信万天的意志。桃园三义士没有同日死，项羽刘邦干兄弟，为独享权威而操戈。我不求吃姜可美容，吃蒜会划算，吃葱能聪明，那只是利用字形字音寄托希望与祝福。我只想汲取你们的美德：利万物而不争，居卑位而守职。

辣椒当友

　　家在山区，自小会哼一首民谣："辣椒当油炒，番薯干当蜜枣，爬山当棉袄，过河当洗澡。"因此，从吃第一碗开始就亲密接触辣椒，久而久之，对辣椒疯狂热恋啦。虽然我不会在众人耳边喊：来碗辣椒，越辣越好，但还是被人发觉的。衢师毕业后20年，再度走进母校，当年的炊事员拉我去他家吃饭："没有好菜，辣椒是足的。"后来在机关食堂，炊事员看到我下乡回城迟，就买一把生的红辣椒下酒，有一次他专挑两斤朝天小辣椒炒好，让我赶不上晚餐时备用，没想到配碗稀饭就干光了。

　　有道是，辣椒是川菜的灵魂、湘菜的精髓、赣菜的天使。四川人辣不怕，辣椒加花椒又麻又辣，湖南人怕不辣，大都不加工，吃辣椒的本性；还有些独特的吃法，云南人喜欢把辣椒炸焦，做成糊辣，而且辣得很全很透，红辣椒外加蒜蓉、芥末、花椒、芫荽、姜丝，呵呵，真是辣性家族大会师；贵州人往往把辣椒腌渍浸泡成酸辣，海南人就连吃西瓜瓤时也要涂上些红辣椒粉。到过韶山、昆明、重庆，朋友们都带去要辣倒我，他们见我嘴上没嘘嘘之声，面颊几乎没有流汗之痕，一副木雕人似的毫无反应的样子，似乎有些惊诧。其实，我是百炼成钢啊。多年来，我一直用广东野山椒或北京小辣椒加生姜、大蒜陪同酒饭到三军司令胃府的，味觉神经改姓辣啦。身在辣中不知辣，但从未探究过辣椒的魅力何在。倒是朋友们零敲碎打地介绍些辣椒的身世与趣闻。

　　昆明的朋友说，公元前2000年，南美洲秘鲁等地栽培辣椒。15世纪末，哥伦布让辣椒分支欧洲。明代晚期移居我国，因其籍贯在海外，故又称为番椒。适当吃辣椒能为人体健康加分。匈牙利吉奥尔吉赞扬辣椒是红色药材，他从辣椒中提取防治坏血病的物质，获诺贝尔奖，辣椒中维生素C的含量，居蔬菜之首位，胡萝卜素及钙、铁等矿物质含量也很丰富。辣椒是抗氧化剂、是抗衰老的延寿丹，不过，过量食用又会伤肠胃、损口腔。

　　重庆的朋友说，史书记载，古代祭祀或庆典，要"击钟列鼎"而食，即众人围鼎，煮肉分食；三国时有五熟釜，锅分五格，如今日的多味火锅。火锅以清代最盛，清帝王冬季膳食每日必备火锅。嘉庆登基还摆千叟宴，有1550个火锅，规模该是登峰造极。重庆火锅以麻辣闻名，但非独家经营，火锅是国民钟爱，如台湾在大年初一要吃火锅，用七种料表意，芹菜，勤生财；蒜，会算；葱，聪明；芫荽，人缘好；韭菜，幸福长久；鱼即有余；肉寓富足。东北人用火锅待客是：前方飞禽肉，后边走兽肉，左鱼右虾，四周轻撒菜花。

韶山的朋友说，猫虽为相爷，可与人享受同样的食物，但它不吃辣。20世纪50年代，在上海流传着毛主席怎样使猫吃辣椒的故事：毛泽东问刘少奇和周恩来："你们怎样才能使猫吃辣椒？"刘少奇说："这还不容易？你让人抓住猫，把辣椒塞进它嘴里，然后用筷子捅下去。"毛泽东摆摆手说："每件事应该是自觉自愿的。"周恩来说："我首先让猫饿3天，然后，我把辣椒裹在一片肉里，它会囫囵吞枣般的吃下去。"毛泽东不赞成这种手法，他笑着说："这很容易，你可以把辣椒擦在猫的屁股上，当它感到火辣辣的时候，它就会自己去舔掉辣椒，并为能这样做而感到高兴不已。"对啦，毛泽东曾对李德说："不吃辣椒，不是革命者。"言外之意是，不按中国实际办事，就无法指导中国革命。这只是个借喻而已。其实，不论是亚洲，还是欧美，都有辣椒的行踪。印度称其为红色牛扒，贡布雨市更有美名辣椒之都，人均日食三四两辣椒。泰国人均食辣椒300克。美国的茄拉攀诺酒，正是辣椒酿制的，喝酒时还用辣椒佐酒。墨西哥以嗜辣闻名于世。匈牙利的海鲜饭，先用辣椒粉与咖喱粉拌和，上面还铺满红椒与青椒。真个是食辣成风。

我嗜辣成癖，似乎没有缘由，从小栽辣椒、摘辣椒、串辣椒、腌辣椒，近辣者能不爱辣？我猜想，许多人会怀有寻求刺激、挑战自然、征服自然的心情。这比捕蛇捕虎，更不具有冒险性，更具有安全感。

衢黄玉　红珊瑚

　　斗室忽地蓬荜生辉，没有雕龙镂凤的装饰、五彩交映，没有镶金嵌银的梁柱浮光耀金，只是案头多出一对宝石情侣：衢黄玉与红珊瑚，一个是大山的宠儿，一个是沧海的娇女。

　　衢黄玉，近些年才出山，一露脸就引人注目，受到玩石家的垂青，衢州市文联还给它安排一间集体宿舍。弟兄们欢聚一堂，和和睦睦，热热闹闹，那些高头大马的玉石，大多以原始状态或站或躺，观赏者可根据玉石形状姿态放纵想象，一些矮小瘦弱的，不少制成胸坠，上面刻有孔子像。据说，衢黄玉身价不薄，我不禁吟诗歌咏："河床山沟住千年，不见月老系红线。今日忽登雅堂上，一经雕琢万家羡。"

　　我抚摸着衢黄玉，心想它与其他矿物玉石比，有什么独特之处。人们形容和田玉、缅甸玉、腾冲玉、青海玉，总爱用晶莹剔透来形容，因为这些玉都有相当的透明度。衢黄玉则是色彩斑斓，即使透视它的心肺，里面也是橙黄绿青蓝紫，比万花筒更璀璨。它不透明，这恰恰让工艺大师偏爱，不透明的玉更适合制作工艺品，我掂着一块玉，对着明亮的地方横看竖瞧，把玩中不慎失手，心也咯噔一下：砸碎了，我怎么赔？低头去看，嘿嘿，它倒若无其事，原来，属于软玉的衢黄玉不是软骨头，它抗破损的硬度较高，可与翡翠拼撞一番。另外，它的润度与和田玉平起平坐，毫不逊色。轻轻地抚摸再抚摸，会觉得特别的光滑、柔软、湿润。

　　衢黄玉姓衢，宗祠在廿里，也许嫌山里视野不宽，一些黄玉想伴随溪水走向无限的大海，于是，一路摸爬跌滚，行至界碑，感到舍不得母亲河，离不开大山父。父母在不远游哇，便定居龙游兰溪接壤处，成另一支派。

　　然而，江水乐做赤绳子，把衢黄玉的倾慕之情传递给大海，大海派爱女红珊瑚来啦！

　　红珊瑚，我渴盼已久。多年来，我常唱那首电影歌曲："一树红花照碧海，一团火焰出水来，珊瑚树红青常在，风波浪里把花开……"但那时无缘相识，想象不出她的音容。只是从书上略知一点她的身世。原来是软体动物，在海水下二三百米生活。她高贵的很，能用清代二品官员的帽顶做卧室。官员和收藏家更喜欢用她显示自己的身份、地位和富贵。

眼前的红珊瑚是纯天然的艺术品。要说雕饰过，那海水就是雕塑大师。她像玉树临风的窈窕淑女，假如能幻化成平阳公主的话，她定是一代天骄、绝世佳人。她上下身符合黄金分割率定律，高矮胖瘦是国人公认的标准女性：身高一米六二、体重四十六公斤、胸微隆，可以联想到一对酒杯大小的乳峰。纤纤玉手交叉在胸前，张着兰花指，会让人联想到莹白瓷滴水观音。那双如同穿着短裤的腿，迸发出诱人的魅力。浅玫瑰的肤色里显露出细腻、光泽、柔韧。那界于瓜子形与国字形之间的脸蛋上，仿佛有柳叶眉、丹凤眼、笋尖鼻、樱桃嘴，漂亮至极。沉鱼的西施，落雁的昭君、闭月的貂蝉、羞花的杨贵妃，都设法掩饰自身的缺陷，而她完美无缺，她能使艳丽的花生嫉，她能使海伦等仙女自觉不如。当然，也得写首诗表示爱："团团火焰片片霞，纵使金山不及半。手捧南麂玲珑珊，陈放案头时时看。"

衢黄玉、红珊瑚，一个大山的宠儿，一个沧海的娇女，不期相遇，不管是前世有缘，还是今生相约，都是名副其实的珠联璧合，他们都身披云裳琥珀衣，光彩照人。他们都默不张扬，甘于寂寞。但一个充满山的强悍刚毅，一个饱含水的柔韧轻盈，一个伟岸挺拔，一个秀丽优雅。真是天生一对，地造一双。

一束阳光破窗而入，如聚光灯照耀着他们，是为之洗礼，还是拍照？

等待小鸟

夕阳西下，金光闪耀的阳台，渐渐地变得淡黄、灰暗。是鸟雀归巢时，可窗外怎有唧唧的鸟叫。声音中带着焦急、惶恐、孤单与凄凉。

想看看这位不速之客是何方族氏、长相怎样。急切地拉开门，门下框碰到我的脚尖，返回去撞着门框，嘭地一喊，弹回来又敲打我的额头。鸟儿如闻铳响，嗖地冲出阳台。

过好一会儿，鸟声又起。别再吓走它。我脱下皮鞋，踮着脚尖，躬身走到门后，从虚掩的门缝往上看。没见身影，又轻轻移步到窗后。栖息在晾衣竿的小鸟身材娇小，但很漂亮。头顶晃着一撮红羽毛，犹如戴有玫瑰红珊瑚的官帽，脖子有一圈白羽毛，像佩着银项圈，胸前羽毛仿佛是件黄马褂。小鸟啊，天已昏暗还不回家，是迷路吗？告诉我，送你去。是私自离家出走吗？这倒要劝你，在家千日好，出门一时难，金窝银窝不如自己的鸟窝，更何况，不结伴出行，容易受骗上当，被别人抓去挨刀子下油锅的。要么是和兄弟姐妹走散了，你在找他们？告诉你，找同伴是不能东奔西走的，想想事先约定在哪里见面嘛？或者回忆他们常去的地方，就在那儿等，笨办法最稳当。

鸟儿没理会，在晾竿上东张西望，摇头摆尾，或是来回走动，或是跳跃转体180度，或是舒展舒展双翅，或者用嘴在胸前挠挠。嗬，倒像在平衡木上做体操，好可爱。看来，今夜回不去，就在这过夜吧。当心，别摔下来。好想悄悄地把沙发垫推到晾竿下，真担心又要吓跑它。

一天、两天、三天，天天都来。想必一时是无家可归啦。就把阳台让它安家吧。这是做件慈善事业，对我来说，还带有忏悔。几年前，有燕子在阳台上筑巢，既不占地方又不用伺候，还有吉祥如意的兆头。有一日，我在下面拖地，谁知燕子排泄出石灰水样的东西落在我头上。顿时火从肝发，恶自胆生，此等霉气不是洗一洗头就能消除的。一怒之下，操衣叉朝燕窝狠戳，将它的老巢粉碎仍不解心头之恨，又站上梯子，用锅铲铲平，用抹布揩尽。黄昏，两只燕子在阳台上飞进飞出，飞出飞进，烦躁不安的样子让我怜悯。假如是人，懦弱者会拍腿哭爹喊娘，强悍着呼号寻觅。我好生后悔，燕子是志愿者，来捉害虫保丰收呀，可我因它一点失误，竟大打出手，抄它的家，逼迫他们流离失所，造孽啊！此后，再没有飞燕报喜临门来。它也是有骨气的哦，志士不饮盗泉之水，贫者不吃嗟来之食。

现在终于有赎罪的机会，要让这只孤单的鸟有个安乐窝。找个破花盆，下面铺碎布、海绵，再扔把棉花，我想这个冬天，它会是温暖的。奇怪，它不贪安逸，在花盆边站站瞧瞧，还是飞上晾竿歇息。莫非它觉得这种待遇太高？莫非它怀疑这是陷阱。呦，它们也总结经验教训。记得小时候就用骗的方法捕捉鸟，在鸟儿常常聚集玩耍的地方，摆上一碗剩菜剩饭，再装个竹罩，等鸟儿无忧无虑，欢欢喜喜啄食时，拉掉支撑罩子的树枝，鸟儿就乖乖束手就擒。然后尽情摆布，或剪短翅膀羽毛，迫使它只能跳不能飞，或用绳子系住它的一只脚，驱赶它飞，发狠了就用黄泥裹住鸟的全身，扔进火堆，嘿，不比北京烤鸭差分毫呐。

那就再给它造间房，总有你看得上眼的吧。捡些枯枝杂草，横架竖插地搭起鸟巢。我信心十足地等待鸟儿安睡。夜幕降临，鸟儿飞来。它先在晾竿上唱着跳着，似乎在试探有没有埋伏。它慢慢悠悠地靠近小巢，感到不会有冷枪暗箭，就跳到巢上扑腾几下，大概是检测这巢是不是牢固。然后，它把头钻进乱草晃荡几下，重新飞到晾竿。夜间，借月光看看，它正蹲着打盹儿。唉，好端端的窝，舒舒服服的窝，它竟不贪恋。也许，它受过骗，才保持高度的警惕，一年被蛇咬，三年怕草绳，更何况世上绝没有免费的午餐，利诱就是蒙汗药。也许，它婉谢恩施，拒绝救济，只爱自己亲手营造的家。

房间飞入小喜鹊

扑扑扑，扑扑扑，隔壁房间里有响动。探头一看，有只小鸟在飞旋，飞到窗前碰到玻璃，转向柜上歇歇。虽然不是专程来做客的，还得留下，让它陪外孙女豆豆玩玩吧。

关上房门，和豆豆一起捉鸟。鸟侧立墙上，我们同时跳起来，鸟飞了，豆豆却被我撞倒在地。鸟飞入桌下，豆豆翻身去抓，额头碰着抽屉。鸟停在床头柜上，等机会冲出包围。我和豆豆从两边上，鸟腾空而上，我们却头碰头、手抓手。我抚摸豆豆的头，她推开我的手："没事。"真怪，玩耍时，撞痛跌痛没反应，大人发怒时轻轻打一下就会号啕大哭。看来，教育小孩在游戏中进行为好，寓教于乐呗。千万千万不要老是板着包公的脸责怪、训斥。

鸟终于在豆豆手上。你看看鸟的模样吧。尖尖的硬硬的嘴巴，长长的软软的尾巴，穿的外衣，胸襟前是长长的白色羽毛，其余部分都是黄黄的。

它叫什么名字？喜鹊。俗话说，喜鹊叫，喜事到。它是来报喜的，吉祥如意啊！很灵的。我们村头河边有一排杨树，有次砍柴回家，看到喜鹊在树间飞来窜去，刚到门口，老师通知马上到县里参加夏令营，还去参观衢州飞机场。以前只偶尔见过飞机飞，只知道张积慧歼美机，这次可要看看摸摸，真开心。又有一日黄昏，从七里外粮站买米回村，见群鹊拥拥簇簇，叽叽喳喳，从小杨树飞栖到高杨树，回家就拿到衢州师范的录取通知。尽管，谁都知道，不见喜鹊喜事照有，可大家还是乐意说喜鹊报喜。你说，小喜鹊会给我们报什么喜？"报老阿舅要给我带小弟弟来吧？"但愿如此。

本想剪短双翅，但不忍心，便用绳缚脚。豆豆拽着绳，让喜鹊飞来飞去，如同放飞活的鸟风筝。手掌一松，喜鹊闯入玉兰树密密麻麻的枝叶里。还要躲猫猫？幸好有线索。豆豆跳了几下，没抓着缠在枝杈上的绳头。搬个凳子，踮起脚尖，抓过绳头，硬是把喜鹊抓到手上。

喜鹊饿了吧？它也该休息休息才是。给它造个新家。那个纸板箱，剪几个孔做门窗，端个小碟子装点米和水，就做自助餐。看来，它对这个家不习惯。把它头按到碟上也不啄一粒米。听到外面鸟叫，就飞到气窗上乱叫，不知道是呼救还是要同伴来玩。

看它好忧忧郁郁。在箱子里里外外蹦跳，静不下心到碟子旁，啄一粒米，又摇摇头离开。还不时发出两声长叹。

看它好孤孤单单。没有林间的柔枝绿藤，让他像杂技演员那样扑腾翻跃。它也不能站在高枝独唱，然后四周有伴唱有回声。

我们有了玩赏的痛快，可它却在凄凄惨惨，悲悲切切之中，于心何忍。它在思念美好的家，惦记天天一起唱歌跳舞的伙伴，它的父母兄妹，左邻右舍也正在四处寻找呢。

豆豆，让它回家，回到自由飞翔自在歌唱的天地中去。

"好！"豆豆抚摸着喜鹊，往它嘴里含块巧克力，解开绳子。望着远去的喜鹊，豆豆挥挥手："希望还来做客！"

喜鹊停在玉兰树枝上，回头清脆地叫一声，似乎是说："会的。谢谢！"

鹤兮归来

初识小谢，为表真诚，递来身份证，家址松鹤巷，我想和衢州百岁坊一样，是白寿居民很多的地方，松鹤的字与意，我是六岁就知道了。

家前大药店仁德堂，小时天天去，里面有老朋友：一对相思鸟，一只鹦鹉，那绿色的燕尾服具有绅士风度，红红的爱说话的小嘴让人感到乖巧，相思鸟身材秀气机灵，鹦鹉的模样俏丽英俊，都很可爱，当然，鹦鹉更讨人喜欢。你进门，它就说："欢迎！请坐。"好亲热、好悦耳。胡老板就跟鸟学家似的，介绍鹦鹉模仿人说话的秘密：它喉管的鸣肌和人的声带相近，声带到舌尖的长度，人有六寸，成直角，它不到5寸，是钝角。胡老板说，可惜桥西镇地皮紧，要是多买些地皮，造个后花园，种几株黄山松，养几只仙鹤，那就更优雅啦。现在只有堂前挂幅松鹤图，希望人人健康长寿是医师最大的愿望。虽说会读会写松鹤寿，可年少怎会注意这个词儿？只是听说他英年夭折时，真希望有鹤伴他归来，可没见着，也许鹤太遥远，云是鹤家乡嘛。

直到20岁才在北京、杭州一些动物园内结识鹤。俗话说，若要俏，一身孝。鹤全身如梅似雪，是那么纯纯洁洁，清清白白，一尘不染啊。乱睡草窝，随地拉撒的鸡，在鹤面前，确显得龌龊、猥琐，难怪人们要造个鹤立鸡群的词语，鹤行走时，跳着轻松的步伐。鹤单脚独立时，好似芭蕾舞的小天鹅！鹤又是温驯的温和的温柔的。也许正因为鹤的洁身自好和平淡无欲，才成百禽中寿星！才成为高贵廉洁的代言！

我想到衢州籍名相赵清献。你记得"一琴一鹤"的成语吧？那是赵清献入主蜀地时，只携一琴一鹤简车上任，得到皇帝嘉赏，于是鹤成为官员清正廉明的标志。一些衙门正堂画有白鹤翱翔在海涛与红日之间的天空中，清朝一品高官，朝服胸前锈鹤，冠顶上是红宝石，状如鹤的丹顶。看来，凤凰不在，鹤代大王。据说，赵清献致仕返衢，鹤仍是随从。可惜，那北宋之鹤，早已不知何处去。我却因此喜欢上白鹤。常常挥毫书写：松鹤、琴鹤、闲云野鹤。还有刘邦诗句："鸿鹤高飞，一举千里。"陈胜说的"鸿鹄之志"。在古代鹄也指鹤。这里说有抱负的人会用冲天排云的鹤比喻高远之志。

我把身份证还给小谢，看看那一身洁白无瑕的衣服，说："你是从松鹤飞来的白鹤。"小谢说："我喜欢小苗，永远年轻，充满积极向上的意气，或许长成迎客松迎接白鹤作伴，或许长成红梅，欢喜喜鹊报佳音。我喜欢珊瑚，在海面下生活，不抛头露面，不显山露水，却是珍稀之宝。"我说：春苗是绿色的，欣欣向荣，无限生机无限活力，很好。珊瑚鲜红鲜红的，象征旺盛、热烈、朝气、充满热情，很好，在清朝，还在二品文官的头顶光彩照人啊。但鹤可以给人更多的联想，神仙多乘鹤，所以叫仙鹤。鹤在国际上被誉为湿地之神。鹤代表孝，晋代陶侃为母守孝，两过路客陪吊孝后化鹤而去。鹤又是知恩图报的灵物，东晋《搜神记》写道：一鹤被射伤，哙参养治后放飞，鹤后衔明珠以报恩。你对父母不是很感恩很孝顺吗？鹤在国人心中是十分的尊贵！超群的吉祥，无尚的荣耀！你就以鹤作比吧。

那年夏天，小谢乘飞机回家。我目送飞机缓缓地稳稳地穿入云间，似乎幻化出一只只仙鹤展开长长的翅膀，轻轻地上下拍动，那高昂的头高扬着逆行千里勇敢的旗帜。那里面有赵清献的鹤，有陶侃奇遇的鹤，有隐士林逋的鹤，有两汉路乔写的以舞谢主恩宠的鹤，有汉代高陵牧子的别鹤，有武汉的黄鹤，有作为仙人骐骥的仙鹤，有胡老板祈望的健康之鹤，有我期盼冰清玉洁的鹤。都远走高飞了吗？都一去不复返吗？

鹤是候鸟，是栖息沼泽地候鸟，气候适宜时还会回来的，鹤兮归来！驾着彩云归来！

为人献蜜终不悔

你童年时，也喜欢捕捉蝴蝶吧？它们身穿五彩长裙，翻飞花间，时而是蚌壳舞，时而是孔雀开屏，好招人惹眼。可蜜蜂，瞪着大眼，瓮声瓮气地唠叨，叫人心烦。更让人畏惧的是它要蜇人，被它刺到，轻的鼻青脸肿，重则中毒，谁还敢亲近它？近些年，我已移情别恋！因为行至万山大叔长鞭一甩马车飞抵"青松岭"，走到"刘三姐"家乡的田间，游览老当益壮的湖北荆州，观赏后起之秀的福建三明，都会遇上养蜂的老乡，听说到不少蜂与蜜的知识，渐渐地爱上蜜蜂啦！蜜蜂是制药师，它们汇集各种花粉，配制成保健品奉献给人类。你、我、他都品尝过那沁心透骨的甜蜜，享受过蜂产品的神奇疗效。

你或许试过：当身体感到有些疲乏时，当酒醉后低头耷时，当熬夜使情绪亢奋而又想去梦乡时，就冲杯槐花蜜喝喝，之后，会心静神安身轻。那是因为蜂蜜中果糖、葡萄糖、维生素以及钙镁磷等微量元素含量很高，能迅速改善血液循环，补充大脑营养，调节神经。

你可能见过：有人咳嗽时，把雪梨切片，或榨点萝卜汁，再渗上枇杷蜜或梨花蜜，能清热化痰、消炎止咳，有人积食胃不舒服，就喝下半两蜂蜜，疏通肠胃里的交通堵塞。

你是否听说：蜂蜜有以柔克刚的能耐，有人生热疮、痔疮，用菜花蜜调蛋清外敷退肿。有人皮外伤，用蜜汁洗涤和包扎伤口。有人用蜂蜜调醋抹脸，是蜂蜜有修复裂肤、护肤美容的手艺。

你肯定知道：蜂蜜和蜂胶含有20多种黄酮、氨基酸，胰蛋白酶，这些天然物质能调节内分泌、激活免疫细胞，增加血红蛋白，舒张血管，所以，逢年过节，人们要给长辈送蜂产品。

但是，我们不清楚蜜蜂的辛劳程度。养蜂人说工蜂的生命只有三四十天。他们非常珍惜时间，一生都在忙忙碌碌，出生头三天，就当小小保洁员，洒扫庭除，然后做保姆，给幼蜂喂养花粉花蜜。第二周改任后宫奴婢，分泌蜂王乳伺候皇上。第三周用分泌的蜂蜡建筑蜂巢，还真是艺术珍品，就像袖珍版的火岩原生柱状节理石。同时做好酿造蜂产品的第一道工序，捣碎花粉，加浓蜂蜜。第四周换岗到卫戍部队，保卫家园。当高温冲击卵室和蜂蜜库时，他们组成防护掩体，不断扇动翅膀，冷却蜂巢。若有老鼠入侵，这个集团军的数万战士群起而攻之，翘起尾巴，举刺反击。他们真是舍命保家，在击中侵略者就战死沙场，那刺就是生命之根。尽管，老鼠的坚牙利齿能咬断铁丝，但在蜂群的强大攻势面前，只好坐以待毙。工蜂在生命的最后半月里，更是东奔西飞地采蜜，他们采集时既各务其责，又互通信息。联络的密码是舞蹈，蜜源离蜂房若在百米以内，则跳圆舞，距离远就跳镰舞。跳舞，多么轻松，何其惬意！我们万万没想到，一只工蜂要采花蜜 10 千克才能酿出 0.5 千克蜂蜜，这就要出动 8 万次，飞行 16 万公里，相当于绕地球 4 圈的路程。许多蜂的双翼都被雨打得千疮百孔，被风撕得褴褛不堪，可他们无怨无悔。正如罗隐诗所写："不论平地与山尖，无限风光尽被占。采得百花酿蜜后，为谁辛苦为谁甜？"

为谁？为你、为我、为他、为人类！当我们端杯喝蜜时，也吸取蜜蜂的美德、蜜蜂的精神！

泥墙下的蚂蚁

　　尽管，蚂蚁是善类，不是恶徒，但我是又恨又怕。有一次，爬上松树砍松枝，这对小樵夫是家常便饭，是最省时的。没多久，一队黑蚂蚁浩浩荡荡地爬到腿上来，巴掌拍打右腿，左腿上又痒痒的，抓左腿时，右腿又起红疙瘩。不一会儿，侵占半个身子。赶快下地，找到个尺把深一米大小的泉水坑，憋水沉底。不知道蚂蚁是不是会游泳，反正，都被浮在水上，探头时也没见它们，大概随水流去。还有一次，拨浪鼓到家门口摇一阵，我就拿出一大把鸡毛换糖，货郎铛铛地敲糖铲，就一块，没小指么大。我咬一半，留一半等下吃。等想到时，发现糖被蚂蚁扛到泥墙脚小小泥洞口。我马上抓把泥塞住洞口，还填进几块小石子，就不信，他们不怕活埋。第二天看见又有许多蚂蚁在洞口进进出出。连小小蚂蚁都斗不过，还算什么男子汉。提来热水瓶往洞里灌，烫不死它们才怪哩。

　　此后五十年在城里生活，又都在二三层楼上，似乎忘却蚂蚁，或许蚂蚁不记仇，没有一路追杀。偶尔从书角报端获悉它们的轶事。例如，项羽自刎缘于蚁。韩信料定项羽会败走乌江垓下，便用蜂蜜在地上涂来涂去。蚂蚁闻蜜群至，赫然呈现大字："霸王魂归处。"项羽见此长叹："天绝我也！"便拔剑割颈。还有蚂蚁怎样走路。科学家们发现，活动在大树之间的蚂蚁，常把树皮啃出一条条凹槽，通过凹槽可走向各处。有了这样的公路，蚁群就不怕风吹雨打，行走时既安全又方便。而活动在地上的蚂蚁，它们会就地取材，利用沙粒来修筑自己的公路。此外，当蚂蚁在狭窄的公路上列队行走时，科学家们观察发现，它们在常来常往的十字路口都筑起圆环形的建筑物，放上自己特有的交通标志。这样，当蚂蚁队伍交叉而过时，就会绕过圆环建筑物而各行其道，谁也不阻碍谁前进。在爱沙尼亚的原始森林中，人们发现一座蚂蚁城。蚂蚁城有1500个街区，每区住着100多万只蚂蚁。蚁窝一般以松毛和小树枝为材料，搭在靠近树墩处，窝与窝之间有道路相通。窝的大小和高度都有一定规格，远远看去，颇为壮观。蚂蚁很讲究血缘关系，随着子女的成长，到一定时期，它们就要分家，但是亲属户住在一个街区。

叶落归根，人老思乡。想回老家将泥墙木柱的移民房修缮一下，以安度晚年，便约白蚁所的小王回故里。

打开书橱，冲出一只蟑螂，愤而追逐，东一脚西一脚，总算踩死它。我痛心地一本本地翻书，看看有没有被蟑螂咬伤，或留下蟑螂卵。等翻过一叠书，不见死蟑螂，难道复活潜逃？书橱里又冲出只蟑螂，我左追右赶地结果了它。等我捧书晾晒回房，看见一只蚂蚁急匆匆离开蟑螂尸体。

小王说，今天让你探秘蚁穴。不多久，成群结队的蚂蚁到达，有的衔蟑腿倒退，有的用头顶蟑推进，有的在蟑两边拱抬。猜不透，报信的蚂蚁为什么不独自享受？它们为什么这样通力合作？它们也因义结社有福同享？这个猜想谅无人能解。

在蟑尸半露的洞口，小王用细竹签挑开几粒碎沙土。我用高倍数的放大镜随竹签指路俯察，听着小王讲解。入口处有几只步行走的蚂蚁如门卫，瞧，工蚁与门卫的触角碰一下，这是检查身份证。往下看，铺有碎叶细沙的地方，是它们的取暖房。再下面左边是仓库，刚才的蟑尸就储存这里。对了，南非农民就利用蚁仓贮种。在南非，蚂蚁被用于帮助农民收获一种非常细小的用来制作药茶的种子。这种植物种子的传播范围非常广，靠人工收集种子非常困难。黑蚁把这些种子收集后贮存在蚁巢里，人们可以很方便地从蚁巢中获得种子，一只蚂蚁堆有450克。

哦，蚂蚁也可为民众办事。小王纠正道，应当是人类利用蚂蚁，还有非洲和南美洲，军蚁被用来替代缝合针。当地人将伤口的两侧收拢压紧，用这种蚂蚁的口器扎住伤口的边缘，然后剪断它们的躯干，把头留在伤口上直到伤口愈合。小王接着揿死几只蚂蚁，来一群同伴把死蚁拖进洞去，难道也做存粮？小王说，不。它们不像蟋蟀，同胞死后要当饭吃，它们是安葬啊，这么通人性讲感情。赶快拿起放大镜趴下观察。它们抬着死蚁，在取暖室附近安放，大概算是公墓之地吧。

有儿时伙伴进屋，我问及他人。伙伴告诉：一对双胞胎在狱中，兄弟分家后，大哥拆建时，在楼梯基石下捧出一罐金条银元，小弟要平分，这是太公遗产，他也有继承权。但嫂嫂坚决不同意，当时是抓阄分房的，属命运。于是拳打脚踢，刀起血流。另两个堂兄弟，本来为墙基有积怨，又为电费多付深化矛盾。一日，大哥见堂弟家的鸡老吃自己的谷啄自己的菜，就放些鼠药。结果又惹来锄头扁担乒乒乓乓，都躺在医院里。别讲了，好令人痛心。

我默默地往蚁穴倒进些蜂蜜，又培上些沙土。既是对过去用水烫的赔礼，也是对它们和睦家庭的奖励和敬意。

鲫鱼蜕变成金鱼

有数十年不吃新鲜鱼肉，因为就业之初在深山教书，农户轮流供餐，要吃新鲜鱼肉，必须早起跑八公里。大家知道老师不吃，就少了这个辛苦。我也因此对鱼十分陌生，什么鲫鱼、草鱼、桂鱼、鲍鱼，根本分辨不来，对鲫鱼只是有所耳闻。农村鲫鱼汤、鲫鱼炖猪蹄发奶，似乎是常识。还听到《金荞麦煮鲫鱼》的传说：李时珍一日山里采药，遇洪水淹石步墩，他不敢贸然过河。一位壮实青年便主动背李过河。李时珍碰到青年手脉，断其有疾，开个药方。青年觉得吃五谷杂粮的人总有个毛病，还是省下抓药钱买油盐吧。才过半月，青年病倒不起。李时珍马上挖来金荞麦，又请人抓几条鲫鱼。他说雨湖村的鲫鱼和别处不同，背脊草青，腮边金黄，尾鳍比一般同类多两根刺，能温中补虚，与金荞麦同煮服用，三剂治好严重的筋骨病。

前不久，外孙女梁骁买来两条金鱼，问我金鱼是什么鱼蜕变的。答是鲤鱼。她说"恭喜你答错了，是鲫鱼"。反正没有人会做实验证明这一答案的真伪，我就编个鲫鱼变鲤鱼再变成金鱼的新传说。

鲫鱼是淡水江湖好汉，祖祖辈辈住华夏东南部，都不曾到西北高原观光，确是一大憾事。鲫鱼生性活泼好动，不作文质彬彬足不出户的书生，而爱做手持三尺剑浪迹天涯的侠客。每有急雨拍打水面，乌鱼、鳗、鳝、泥鳅一股脑儿往泥里洞中钻，它总用鄙视的目光怒瞪，那些伙伴简直就是没出息的胆小鬼。鲫鱼兄弟们却是在疾风暴雨中举办运动会，有的跳水上芭蕾，有的翻腾空跟斗，有的比赛立定跳高，有的练习三级跳远，有的在花样游泳，有的潜水时误闯水草的封锁网，甚至被绑得严严实实，别说他们没有缩骨术，也不会用气功，但会凭强壮的体力，暴烈的脾气挣脱束缚的。

鲫鱼很有志向。长江黄河这两个保姆来自黄土高坡，去保姆老家探访在情理之中。说什么千里迢迢，每天原地踏步或在弹丸之地慢跑，不也日行千里，何还远行见见世面？别担心空气稀薄缺氧，别的同类能生存，我们也可以去适应环境的。

鲫鱼是顽强的。不论是吴淞启程的，还是塘沽出发的，都坚定地逆流而上，穿过一片片淤泥地带，蹦过一处处激流险滩，翻过一道道堰坝，躲过一次次渔网，不说是历尽千难万险，总也经过千辛万苦。在龙门做最后一搏，更是决心与毅力的考验，是成功与败退的决斗。一回回蓄力猛跳，一回回摔落原地，又一回回咬牙跃起，又一回回碰壁而还，百折不屈！

总有些能力超群的跨越龙门。它们脱去青衫，换上赤红的战袍，要改名。背上有一排36片鳞，故叫六六鱼，因鳞有十字纹理，有叫鲤。背部纯黑色是长期日晒雨打的记录，腹下淡白色，是长途跋涉中磨砺的见证，纺锤形而侧扁的体形，是征程遭受水两面夹击的说明，而长度增长到几十厘米是奋斗中成长的标识，从鲫鱼冬日厚实到鲤鱼夏天的强健，是成功的奖赏。

鲤比鲫漂亮多啦。于是，鲤鱼改门换庭，有的走进富丽堂皇的御花园安家，有的到富户后花园的小池定居，成为最早的家鱼。直到1917年中南海还有几条河南进贡的黄河鲤鱼，条条都有一米长。从此，只见一双双羡慕的目光，一句句赞美的词语，一只只纤纤玉手的指指点点，一片片石榴裙的飘飘停停，间或聆听亭中的琴韵萧歌。不必再与惊涛骇浪去搏击，不必再受手鱼鹰鸬鹚的威胁，只在舒适的涟漪上轻歌曼舞，只在安逸的环境里追逐嬉闹。没有忧愁，没有辛劳，快哉乐哉。正如唐代章孝标咏叹的："眼似真珠鳞似金，时时动浪出还沉。浪中得上龙门去，不叹江河岁月深。"

有道是，我不能改变环境，就改变自己去适应环境，古往今来，都是适者生存。人们追求修长细腰的身材，甚至发狠地减肥，鲤鱼也得跟上变化的观念，过去希望又长又胖，可满足人们的食欲。如今只求吸引更多的眼球，就得使自己变得苗条娇小。多谢苍天的理解，多谢时光的帮忙，终于变成掌中玩物，登上大雅三宝殿，还有闺房，差点的天井中的瓷缸，高等的是水晶柜，比在曲江池、揽泉、西子海，条件更优越，位置更耀眼。血统没有变，姓改为金啦！是物件中身价最昂贵的啊。你知道骚客是怎么赞美的吗？看，明代瞿佑挥毫写道："散如万点流星迸，聚似三春濯锦舒。"听，明代朱之蕃吟诵："清池跃处桃生浪，绿藻分开金在熔""群鱼漫尔同游泳，伫见飞空化亦龙"。

外孙女将金鱼放在玻璃柜中，还接上皮管给柜换水通气。金鱼晃晃大脑袋，摇摇宽尾巴，沉沉浮浮，侧泳回身，不只是逍遥的快活，还是显摆的娇气。我拍打水面，金鱼装聋作哑不理睬，又撒些红红绿绿的香饵，金鱼慢慢悠悠地游来，反正是囊中之物，有谁来争？过会去看，两只金鱼静悄悄地躺在水底，胀死了。

怎么会这么脆弱？金鱼可是鲤科家族的，更是鲫鱼的直系。鲫鱼、鲤鱼，在垂危翻白时，冲入一股新鲜水，就会恢复正常活动，纵然是剖腹掏尽脏腑，它们还要挣扎蹦跳一阵。金鱼，是抛弃鲤鱼家族的拼闯？是丧失鲫鱼勇猛的基因？猜不透，说不清。

七十闪回

求学求为人师表，
就业就暗定高标——
中和作团结的模范，
肯干作勤事的榜样，
干净作清廉的标兵。
虽说路途遥远，
毕竟尽力前行。
回看半生淡淡事，
录下几个浅浅踪。

执教时独特的"四不"

　　老师与同学谈及我，少不得说："不用功，凭聪明读书。"开化中学初六三届四个班的前三名，我经常拔头筹，从不站第三。另两位考上金华二中，犹如重点大学预备班。显然，我读高中只加一点油，能轻松跨入北大、清华的门槛。可我没听校长、班主任的读高中意见。之所以坚意报师范，没想到教育兴国、为教育新一代而努力，觉悟没那么早熟。当时只有简单的事由。一是1951年五虚岁入学就当小先生，五年级时，班主任重感冒，叫我代课。觉得当老师，挺光荣。二是要重新迁出户口。1962年，因父母精简农村要随之下放。到农村必然下田。盛夏割稻，我落后一大截，戏称为挂太公太娘，多次流着眼泪硬拼。自知只能握笔杆，没力挥锄头，而读中专是要迁户口到学校的，鲤鱼再跳龙门。

　　整整当过十年孩儿王，很丰富的生活，可回首一望又显得机械般有节律极简单。除教政治夜校，辅导农村业余剧团印象较深外，大概主要有四个不，这是我独特之处。

　　不依教本。现在统考，不按部就班地教，考试会有麻烦。我教小学时没统考，改变顺序无妨。我是坚持学制要缩短，教材要改革的，早出人才对国家多贡献，又节省教育成本，何乐而不为？在毕业生由政府安排工作的年代，考虑就业问题可理解，在自谋职业的年代，中小学少读二三年不会造成就业压力，况且高中毕业还可进行年把职业技能培训。手边有三封信，是对我教改建议的回复。金华地区教办："根据学生实际情况，灵活运用新教材，这是很好的。"1971年11月，省教材编写组语文班："您对三篇课文提出的具体意见，都是很有道理的。"省教编组数学班："您在信中所谈到在算数第五册教学中的三点，我们认为，根据你们当地的实际条件和学生的知识接受情况，对省编教材灵活使用，完全是可以的，如有的教材可提前教，适当地增加一些补充教材，删去一些可以省略的教材等。"根据毛主席"五七指示"，我致信县教育局，建议乡村初中增教农技知识、城镇中学增教工业技能教学。我特别举办一堂算术教改公开教学课，读数不搞循序渐进，直接进行万位读数法，遗憾未得到同事们的认可。调文化馆后，儿子滔5岁，我按自己缩短小学就读时间的方法教，十分成功。潘滔7岁上学的通行证是：多位数四则运算，朗读三年级课文，入校后跳过二年级，增学英语，成绩第一，怕他压力大，没跳过四年级。高中阶段在几个平行班中一直数一数二，17虚岁进重点大学。

不遵旧法。主要是数学教学上，在小学是改变教材秩序，在初中重改教学方法。读初中和师范时，数学老师都挺好，自身水平高，学生也易懂。自己教数学时，发现他们的欠当之处，讲例题是放大机式，看书和看黑板只是字号大小变化。

讲例题，不论是计算题还是证明题，从结论开始，进行推理分析、逐层寻找解决问题的必需与已知条件、破解未知条件的因素。从条件开讲到求得结果的综合法，只解决同一类型的题目，而我的教法是传递放之各类题目而皆可用的思维方式，前者是完成一个一个单元教学目的的规矩，是给一条条鱼，我给予的是解惑的技巧，是渔具与捕鱼的方式。

另外。我对学生错题梳理出几类犯错的原因，每周末一堂课进行作业讲评，且不是老师一言堂。我是每类做错的学生指定一人板演，先请犯同样错误的学生评，再由做对的同学评，这样，做错的得以纠正，做对的得以巩固，还有抓两头促中间的效益。平日讲课没有课本以外的题目，作业都是在课内完成。而周末讲评课，我会从自己初中时买的几何题、代数题中找一个与讲评内容密切的题目，这是给掌握知识较好的"小炒"，作业做错的在重做后愿意练习更好。前半堂课扶弱，后半堂课助强，不会使成绩好的为成绩差的做陪读，比较公平合理。后来，考入浙大的周荣之父曾对我说："潘老师，你讲课的确很好，只是没有课外作业不好。"直至前些年，几位学生还一起谈论，"潘老师教书方法特别容易懂，课外又没有作业很轻松。"当然还用列表法、歌谣法、比较法作为学生巩固知识的技巧。

不带教本。在音中曾替病休语文老师代课，照样进教室不带教本，必须事先基本会背。一是给学生做出记忆知识的榜样，我的数学备课笔记上有解题，为人师表嘛。二是腾出双眼观察学生，与学生交流，课堂上没有学生用课本挡着连环画等现象。代课的示范朗读是边走动边背诵，管你是前排还是后排，时刻在我的视线范围内。数学每堂课一个重点知识，一个例题，还要带书？我不带教本上课曾遭人质疑，会不会云里雾里乱说一通。陈金水曾是音坑中学领导，他收到状告后，在窗外偷听几堂我的数学课。他是赞不绝口。开始来个病号很担心，没想到

小潘主动肯干，还文理都有相当水平。说真的，我徒手画圆、画角度，学生用圆规、量角器检验，几乎全符合标准的。住房里有块黑板，每晚我都是徒手画十多遍，熟能生巧而已。

不揩黑板。因为粉笔灰会影响学生健康，特别是前排的，所以我是下课用湿布揩的，有晾干时间。上课揩黑板不但浪费授课时间，还会干扰学生注意力。课前对板书有很严谨周密的设计，板书重点难点关键点的先后次序、位置以及色彩，有完整的布局。

传输书本知识不难，但要学生容易接受快乐接受却很不容易，照本宣科难以奏效的，犹如编导要排练前有对白的脚本，有舞台调度图，还考虑音乐、舞美。备课就是综合排兵布阵的过程，是把握大局思维能力的展示，也是技能技巧纯熟程度的亮底。

当班主任三招

当老师的大多干过班主任，"文革"十年中，就近入学学校多，我就动员过客栈、林公山两个生产队办小学，教过菖蒲初中第一届一个班学生，老师缺，更要兼班主任。1971年上半年，我一个人教初中，总不能推给教室做班主任吧。下半年到东坞小学，4个年级2个班，只两个老师，逃不脱当学生领队。调音坑中学时，教育局指示潘玉光只做半个劳动力使用，有人转告校领导是要求调个数学老师兼班主任，看看我弱不禁风的样子（从128斤降到80斤），很犹豫。别让人家为难，主动找领导接令。于是教十年书当十年班主任，也产生独自的教学管理招式。

不督班，促自律。人性都向善，知是非的，之所以犯错是缺乏自律自制的本领。班主任别当狱吏，要悉听尊便。在放任中学会自我收敛，在野性中渐归理性，老师是有心栽花使花发，让学生无意插柳柳成荫。每次自学课前，找三五个"氟"性格的学生，给他们一点"安定药"，或是表扬或是提要求，至少会有半小时的镇静时效，通常是在课后或第二天课前，要学生自我批评。我主要是用自省自查自纠这个定身大法，使学生走上自觉。我不向其他学生要"情报"，这种做法副作用会损害学生光明磊落的童心本质的。此方药效显著，音坑中学叶德田老师问："为什么天天早晚自修就你班里安安静静，秩序井然？"答曰："功夫在诗外。"在东坞小学时，新教室窗玻璃没装上，而寒冬即至，我想利用星期假日装好。当时开化至菖蒲是早晚各一趟客车，周五晚进城裁玻璃，周六晨回校，教学与装窗两不误。事不凑巧，客车在离校10里地"罢工"，本可按时上课，这下必定误点。我挑着百余斤玻璃回校，大约迟到40分钟。然而，走进教室，学生都在看书。一方面养成自学习惯，另一方面对从不食言的老师的信任。该上课时，另一位老师说："大家都回家。潘老师肯定不来，星期六还不到自己家去？"有几个背起书包要走，班长姚海丹站起来说："潘老师讲来就一定会来，等客车到再讲，先自学。"

不责备，重引导。孰能无过？谁都会遭遇批评、责备。但不要当众指责，或许伤其自尊，或许成为墩不烂的老牛筋。所以批评最好是谈心方式，用委婉话语，切忌硬刀砍硬柴。学生作业错题，我不打×，那反而是挡路虎，改用问号，是温和的态度，商讨的口气，促使学生思考、重做。偶尔碰到自学时妨碍旁人的事，只拍拍肩摸摸头，此时无声胜有声，点穴似地让他一刻钟内不乱动。即便有关品德的事，我也不单刀直入，让人家颜面扫尽，反会推向恶化的悬岩。应当像扳道夫将他们思想的列车引上正轨。在菖蒲中学时，一个学生从我抽屉里"偷"1元钱，本想装聋作哑，反正一天的工资，少抽三包红金飞马烟呗。转念一想，小时偷针，大来偷金，必须追究，免铸大错。但不可正面强攻，要迂回包抄。我在早自学时说，你们要买菜买文具，钱不够就到我抽屉里拿，不用打招呼，等回家拿钱来放回去就行，要是家里困难，不还也没事。过几天，那个学生把钱还来。在音坑中学时，忽有一学生告状："某人偷我的钢笔，一是他手脚不干净，在原来班里受过批评，二是他今天使用的钢笔和我遗失的一样。"虽非证据，却有"嫌疑"。我马上去教室，小洞不补，大洞吃苦。既有"前科"，就要为他竖立正途的路标，不能当头一棒，强悍的北风只会使人紧裹大衣，而习习的缓缓的春风让人脱衣。我说，有同学的钢笔掉了，谁捡到下课交给老师。××交笔时，我还鼓励引领他拾金不昧。

1973年至1976年，张铁生交白卷、黄帅日记对学生有相当影响，一些学业成绩差的更感到读不好没关系，有个别的打算退学。普通人都有懒惰性，且往往压倒勤奋，再加这股风，怎么能板着面孔打学生屁股？还得引导。我在教室墙上贴上伟人语录："文化课学好了，到处有用""要建设就要攻克科技堡垒"等，组织批判"读书无用论"，我也作"文化与革命"的发言。要学生们周日问问长辈是读书好还是不读书好。讲有人不愿当壮丁，村长要他送封信到乡政府就行。他不识字，信上"人到壮丁到"的字，他还认为是村长替他说情哩。还用逆向思维法说，张铁生并不喜欢交白卷，他写一大篇话是申明在农村太忙，实在没时间读书才无奈交白卷的。你们现在有时间读就应当好好学习。黄帅若不读书，能写那么好的日记吗？

不偏食，增副课。天天语文数理化，时时语文数理化，犹如餐餐大鱼大肉，会使人生厌，甚至怕的，必须用副课调味。另外，少年时都能学好的时期，不教就偏食产生营养不良，多学些副课，起码为他今后业余或晚年生活丰富多彩，更何况或可成为一些学生的事业的铺路石。在音坑中学我教数学，却常常利用下午学生自主时间讲副课，油印楷书笔画运笔法给学生并指导书写，赏析李白《秦王扫六合》等诗词。毛主席的《重上井冈山》《鸟儿问答》公开发表，就写出鉴赏给学生讲解。我当班主任必教体育课，锻炼学生奋勇争先的意志，排难夺胜的信心，团结协作的精神，强健敏捷的灵气。这个磨砺过程中，学生表现出来的有个人兴趣爱好，老师正可投其所好，融洽关系，增进信任。我组建学校乒乓球队，训练三个月，叶志庭就拿下城关区初中组第一名。所以，队员们很听我的话。另一班的球员上课摆弄球拍，班主任要没收，你争我夺，还动手动脚。老师"获胜"，令学生写检讨换球拍。这是极难达成的交易。我就先向老师要来球拍，再交给学生谈看法，然后带学生向老师道歉。副课是激发学生积极性的兴奋剂，是管理机器的润滑油，也是多开辟成才之路的探测仪。

一个严以律己、知错就改，又有多种技艺的学生，走上社会必定成为优秀人才，不论干哪一行，不论在哪个单位，都能成绩显著，都能收获上司的欣赏，同事的称赞。

本拟写几句多关怀、不淡漠。师生情谊厚，利于教育，但属师德，严格意义上不是班主任的管理方法，不当班主任亦会表现爱生如子的。有位通校生发疟疾，留他和我住并买药，有位学生感冒，就买馄饨给他吃，有位住山顶的学生因雪厚未上学，放学后上山陪他进校，有位学生爱打乒乓球，我就给他买一块，做这类事似乎是不假思索的，又是偶遇的。关爱学生是老师的一个基本素质。师生关系若达到兄弟一般更好，这种平等关系最利于教学。在菖蒲初中讲到没有鬼，夜间就有泥沙扑打房间窗门，还有怪叫声。居然是几位学生跑出5里地来考验我的胆量。在音坑中学，我房间里摆有七八个盛菜的竹筒，用餐时围在一起，多像一家人，和气如春。

作文学事业马前卒

　　1977年9月，我告别初中数学教本，以文教局文艺干事身份到文化馆上岗。主职是组织文学创作，还是做手种林园唯我事，育就桃李归他人的园丁。是主职绝非一职，要支付大量时间干其他事。在文化馆，贯彻联产承包责任制、宣传新婚姻法、军民共建俱乐部、夏收夏种都参加，县里调演会演、配合中心的宣传、节日晚会肯定要助理，业余剧团、俱乐部活动要去指导。1983年9月至1993年在文联，既承担志书五分之一责编量和审校稿，还负责《开化民间文学三大集成》《开化政协文史资料》的审稿，要指导许多单位的文艺类活动。如1979年9月初，儿子进城入学第一天，华埠文化站叫我去商量国庆演出节目的修改，用晚餐时，儿子在房内哭，我站公路上等班车。1988年8月15日，早上去大路边五一机械厂评选书画摄影，晚上回城担任县工会的演讲会评委。这就必须贡献休息这块时间的自留地。例如1983年1月，妻子住院结扎，我第二天是党校青干班结业考试，《工会通讯》《开化电影》的主管到医院请我修改、校对业余作者的文学作品、影评稿。虽然很忙，但对文学骏马的背鞍衔蹬却从未歇手，编发文学书报刊240万字，组织文学创作60次。

　　受命之时，诸如洪根达、陈述、姚志元、余伯奋等老作者，都马放南山，"文革"中在省刊上发过诗的东星（徐开明）、洪加祥调往外地，一批喜爱文学的新秀尚未破土。组织群众创作，岂可匹马孤行，必须造成群马奔腾的声势。对老作者或致信或三顾，催促他们重披战袍。就连1946年在《新华日报》发过诗的郑仕魁也再度出阵。再如有年腊月雪天去访常茂林，漫天皆白，车到半途返城。我就在尺把厚的雪中步行8公里到大溪边林场，可他在区里开会，便掉头8公里才见面。知道他想看《高老头》，回城后买来寄给她。他后来在《散文》等传媒发稿。同时注意相骥，经常到邮局分发房"侦查"，经常向好读写的人询问，看到有收报刊信件的人，听说某人喜欢动动笔，就跟踪追寻，或写信约稿，或登门拜访。很快结识一批正在修炼文学的朋友，并在县总工会支持下成立青年工人创作组。

兵马有了，就得开辟演兵场，开始自己刻印《山风》。1979年国庆30周年，便创办铅印《开化文艺》（1984年改《钱江源》）。在组稿上，不守株待兔，不等米下锅，和作者保持密切联系，收到来稿及时复信，不让作者感到石沉大海，或鼓励或商榷修改。比如，叫作者运用对照手法时，最好用水涨船高法，少用水落石出法。对一段时间没投稿的作者及时去信询问，或提供写稿思路，或点题约稿。编稿中，对头一二次来稿，只要在主题情节、人物、语言诸方面，有一方面尚好的，诗作中一二句有诗味，就尽量修改刊用，为作者刚刚燃起的热情鼓风。例如，一位矿工的小说，写贪污的会计与一些权贵深交，一直受到庇护。在打击经济领域犯罪活动中，认为前头还有华容道，便继续隐瞒罪行。题材好，只是主题显得悲观，正气欠充盈。我干个通宵来个扁鹊换心，将二万余字的稿子改成四五千字，并以"醒"为题刊发。再如"丑姑娘"，原来较长，枝蔓也多，我几次列提纲提建议，改成小小说。还有篇小小说"卖冰棍"，结尾是几个少儿抢乘客掉地的钱，我觉得还是引导儿童向上为好，改成儿童捡起钱去追慢慢离站的汽车。这两则小小说都在金华《艺术馆》上发表。再如一位医生写出第一篇杂文，我感到用两味中药对比很新鲜，就建议更换一味中药，深化一点主题，此稿在外见报，这为他写作快马加鞭，他后来在《健康报》等报刊发过一些杂文。摘几段作者信中的话吧。"你对拙作不厌其烦地多次提出修改意见，还送我稿纸，实在使我感佩。""彼此未见过面，你能为我回信，审改稿子，使我难以平静。我一定要作出成绩来感谢这种关心。""搁笔多年，可你每年都来信索稿，我为你的耐心和热情所感动，故寄上近作。""编辑同志，你在百忙之中为我修改稿子和回信，使我初笔者得到关怀与温暖，受到启发和鼓励，为我以后向文学道路迈进打下良好的基础。"报刊印成后，凡我知道喜欢写写的人都会卷寄给他，这也是一种助跑。到1983年筹备文联时，开化有35人为省地报刊的副刊园地添枝加叶。

1984年后主持县文联会务8年，仍自兼责任编辑。为扩大园地，缩短作者发稿时间，既办16开杂志，又增4开报纸，还每年编一本文学书籍。另外，1988年与省电台联办《开化十年间》。1991年在《东海》刊一组开化散文"绿色的云"。1992年9月始在市文联15个月，我自筹印刷费与稿酬，将一年两期的《浙西文学》办成季刊，通联约140人次。

在组建队伍上，还注意预备队的培养，自1984年起连办7年暑期少年文艺讲习所,文学、书画、音舞各一个班,年年有150多人,还举办中小学生多项文艺技能比赛、"六一小荷奖"等19次。

我之所以年年出报刊,是觉得它具有凝聚力和扩张力。会刊与书籍是座立交桥,它四通八达,维系各种艺术门类的作者。他们经过这里走向自选的目的地。虽然不可能人人都大步流星地登上名家大师的高台,但毕竟能提高艺术修养,丰富业余生活,提高生活质量。会刊与书籍是座百草园。它包容百草万木,不论是落叶的枣树,还是开花的栀子,不论是月月红的玫瑰,还是子夜一现的昙花,都可以在这里欣欣向荣。虽然不可能每种花都艳压群芳,每棵树都成为栋梁之材,但即便是株小小的野草,也能装点春光。

作品是收获的果实,但必须有个花期,即创作活动。活动的花朵越多,其果亦丰。主事开化文联8年里是月月有活动,组织座谈会、作品加工会、写春联等47次,组织外出观摩、笔会、听课22次,举办书画摄影展35次,学生文艺比赛19次,参与其他单位的文艺评奖45次。《东海》的程帆、鲍文清、汪运衡、张望,《江南》的丁凡、余小源,《浙江工人报》沈健,《西湖》胡丰传,《解放日报》阿章、唐铁海,《红岩》谢宜春,北京的叶廷芳、任彦芳、彭名燕,峨影郑锦涛,《浙江日报》洪加祥,浙江诗人陈云其、李曙白、赵焕明、燕翎、陈剑君,金华与衢州作家叶林、徐家麟、东方涛、庄月江、陈定謇、陈峻、洪筱阳等,都到开化讲过文学创作知识。组织全市重点作者参加的有:1986年8月在古田山开的《江南》笔会,1987年8月与省作协联办的绿色笔会,1990年8月的《江南》笔会,还协助组织1993年6月的航埠橘海笔会、10月的文学座谈会。组织人数最多的一次达1300多人,那是1986年11月,邀请抵衢讲学的叶廷芳、任彦芳、彭名燕到开化辅导,我同时开设两个场所,文艺爱好者及机关干部在县人民大会堂,开化中学学生在县剧院。在集中讲座之外,还会安排编辑与重点作者个别交谈。如:丁凡到时,约孙红旗,沈虎根到时,陪他去星口林场看常茂林,胡丰传到时找樊禹雄谈稿,鲍宗元到时专程去古田山和韩武生谈长篇小说稿。

要使作者创作热情保持恒温,应当进行护理。要有适当的激励措施。文联成立,就建立委员档案,记录每位会员发表与获奖情况,据此确定来年订报、资助外出参加创作会,如医生徐坤三赴京参加卫生文学创作会,计生委干部邱建华首漂钱塘江摄影创作,文化站干部吴晓林到南京艺院学一年,都与作者单位协商请假并承担些费用。设立小奖,如辅导有成效的园丁奖,某个艺术门类首先上省级的开拓奖。如 1989 年 12 月给徐谷青根雕艺术开拓奖。1987 年 2 月，我拟出奖励办法希望县里颁奖，王建华部长向书记汇报后，决定设县政府文化成果奖。受命起草文件，对教育论文、体育比赛、新闻报道、文艺创作同时奖励，起较强的推动作用。

要为作者排忧解难。建材厂余思祥因两人住一室，写作欠安静，我去和厂领导商量，便调成单人房间。一位驾驶员要写中篇，没时间，去给他请半个月创作假。有的作者希望能调调单位，遇有机会就推荐，经我拉线搭桥调成好几个，主要是单位领导爱才。农民姚志元，我也试图到文联做合同工，找劳动局几次，确实没办法才罢。

有时还要为作者挡挡风雨。有一次诗词创作会上，汪金土一叠诗中有"理论是灰色的树"诗句，一位领导指令要整顿创作思想，我反对上纲上线去批，也怕整垮一个作者，就找宣传部副部长汪安乐，请他为我撑撑腰。在组织省电台《开化十年间》时，请郑越华写开化制药厂。文中对新老厂长交接时间没写清楚，老厂长找我几次，责问为什么将他任职时发明的产品写成后任的功劳，要作者当面道歉并登报更正。我一再声明是审稿不仔细，我认错。1989 年 3 月 4 日，他说要上法庭告作者，我回答，文中无一字损伤你的声誉，是告不赢的。同时，请宣传部长王建华去安抚熄火。1989 年 5 月有位教师去海南岛领诗歌奖，学校无人知道去向，最后分管副县长顾根发来问我人去哪里了。我回答："去领奖了，4 月 29 日替他请过假。"于是，连旷工的小处分都没有。

虽然，学生时代作文常为老师当范例讲评，初中方兴老师点评时高度评价："我教语文几十年，未见过这么好的作文。在作文这座大山上，潘玉光爬过半山腰，正朝山顶攀登。"为栽桃育李，为做好主业和兼职事务，只有冷冻个人爱好，所以变成文学创作的缺粮户。只是 1994 年无职稍空，在《光明日报》《市场报》《江南》《江南游》《联谊报》《衢州

1993年在市文联办公室

日报》《鹰潭日报》《农村信息报》《浙江林业》发表20多篇短文，寒酸的
很。以作品论，不足挂齿，但对自己笔耕的搁置，精诚作文艺群马的马前卒，博
得广泛的社会支持好评。

参加编志

　　在地方志书年鉴的编写家族中，我没正式名分，只是兼职，却又是司职时间最长的事务。1980 年秋始责编《开化简志》，1984 年责编《开化风俗志》，1985 年 5 月至 1993 年底，我在文联日日要开门，月月有活动，年年出书刊的情形下，八年无偿参编《开化县志》《衢州市志》，责编 80 万字，审读史志稿 8 种 150 万字。2002 年 4 月后再度转战志鉴阵地，主持编纂《衢州市政协志》《衢州市交通志》《开化公安志》，参编市志（鉴）等 10 部，责编约 300 万字，审读其他史志 24 部 1000 余万字。参与编志足足 20 年。

1987年审改《开化县志》

　　1985 年，衢州设市时，拟调我到市文联，开化县委只同意既主持开化文联，也协助市文联，时间各半。11 月正式投入《开化县志》编纂。县文联头三年是"个体户"，已超负荷运行，完全可以只承担兼职副主编的审读一事。县志办 9 个专职，连我 10 人，全书包括人物、丛录 22 篇，我责编文化、人物等四篇，还改定政治篇，将原进度表改为提前半年。1987 年 10 月 27—29 日评稿，1988 年 1 月修改完成。有的同事想回单位或调岗，我和胡东、胡志东挑起校对的担子，12 月校定。县志办解体，该专事文联会务，但 1989 年 12 月参加省方志会议（萧山），1990 年 9 月 6 日受县府办委托参加市志工作会，这就自然而然又不明不白地继续扛着

《开化县志》评审会后合影

县志办的任务，临时代办变成常务执事。1991年，两次阅市文联的市志创作章初稿，又为《衢州市志》提供人物传和各篇章的开化资料几万字。1990年为《衢州市群众文化志》提供部分开化资料。1989年4—5月，上印七厂将志书送到，见有错，宣传部长王建华嘱做更正。我约夏锡畴同细读一遍县志，7—10月，制定《开化县志》勘误表（刊二轮《开化县志》）。同时，编出开化县情知识竞猜题，和毛金钱、杨善情、张伦同编《开化风物》，11月，作终校。

任何人办任何事，都无法达到十全十美，所以应多看多听多问，兼听则明。有个教训，挑选开化入志人物时，没有时间查阅府志、史书，致使南宋著名军事家余玠落榜。幸为市志供稿时，多翻翻资料，终于补上余玠事迹。编开化县志时，十岁的儿子潘滔问金庸小说中开化余五婆起义，然而开化无记。在辽宁出版的历史大事书中证实此事，很简略，就我杭大历史系倪士毅先生，获知余是比方腊迟20年组织开淳边界摩尼教徒起义的农民领袖，使开化志书增添一英雄。1988年7月，我到杭州联系出版后，县政协文史办洪根达说解放开化的部队可能是十六军四十七师。可以充耳不闻，开化一直是记十八军的，谁能怨我？不过，必须对他说与历史有个准确的结论，这就是责任心。查1949年6月县军管会给地区的报告提及十六军，又查当年军事地图，有十六军过境却无进城标示，再阅1988年《浙江党史通讯》，有"十六军解放开化、常山"一说，再寻四十七师徐仲禹回忆录，没讲打开化。我觉得是其他团吧。原开化人民武装部队队长郑仕魁曾告知，命令他接收县城的部队当夜撤走，传令者是县政府机要员程云。恰程云从四川寄党史办材料，上写："5月4日下午，一四四团政治部主任申进接见我，并写一张委托开化游击队暂时接管的证明，该团就离开了，接着十八军来开化。"至此可以做结，但希望有更多的证据，继续向老干部调查。一日遇公安局贾文海问之，得意外收获。贾说："当时和我同一病房有个十六军的，现是江山酒厂书记吴炳勋。"我马上请党史办主任毛善清、史志办主任黄心耕和江山对应单位联系，很快得到回话：吴是十六军四十八师一四四团的，解放开化当晚，部队进军，他因伤未去。一个误传30年的要事终得澄清。

参与《开化文化志》编纂过程，纲目制订，稿件组织，寓外文艺人士的联系，部分校对与审读，只在后记中说县志办指导。

参加两轮市志修编。1990年8月7—11日讨论《衢州市群众文化志》。9月6日中餐时，我进办公室见有一纸：下午到衢州开市志会。我拜托同乡吴章福代办自请同学共进晚餐事，急忙赶往衢城，代表县政府接受供稿任务。接上手就抛不出去了。1990年4月、6月、10月、12月，参加四次市志会；1991年1月，

1993年6月25日《衢州市志》评稿会全体同志合影

市志办议入志人物传名人事，回县向政协、科委、教育局了解。12月参加市志人物传评稿会。傅春龄告诉打报告给副市长詹士升，调我到市志办，但头几天叶继革部长通知我春节后到市文联上班。1992年9月调到市文联，正遇文艺创作章没有得到市志办认可，要重写，又落到头上。

1993年6月22日至7月5日，各单位撰稿人集中到南街市委党校修改志稿，我应邀参加24—26日市志评稿会，朱子善请我修改"南孔·文物·名胜"篇。1994年，又约校对市志人物、科教等6篇。去年，市政协原秘书长叶培尧告知，那时想调我去市志办，因朱志正要退休，市政协没安排我职务。

虽未专职从业志鉴，但仍兼职办事。2002年，为省政协志供稿，4—8月，审读评议《华埠镇志》《衢县志》。2004年3月，市志办主任韩章训请我邀约些人讨论市志续编规划，从此参与第二轮修志。推荐副主编卜树鑫、周文钊、刘炘、陈云汉，审议凡例、纲目、行文规则、审读年鉴、商议音像版。2005年5月，卸文史委主任之职后兼市志副主编，因市政协要编《衢州文献丛书》，领导多次动员辞职。9月坚辞副主编，但市志的事继续做，10月开始撰写市志人物传、市志·政协章，校对府志标点，评议音像稿，还审读《衢州市军事志》，写出读稿意见，提供志稿未写的一些战事与军界人物资料，该志后记挂文史委之名。

对市志音像版，我几次谈过结构意见。2005年1月提出三个方案，一是分工业立市、借力发展、特色竞争、关注民生四大块；二是分八专题：古老之城、富丽之乡、商贾大市、繁华之埠、科教强区、育英圣地、文献重镇、军事要地；三是按时段。4月专题讨论时建议：1.片头用钱江潮交代钱江源，片尾用火车、飞机，喻高歌猛进，急速起飞。2.音像志实际是大事连缀，要用空镜头加画外音综述过渡，解决点面结合问题。色彩基调用绿色，历史黑色，新景彩色。3.结构三部分：环境与历史；物质生产；精神文明。政治能单设更好，无录像资料就算，可以在文明中表现民主在扩大。讨论时还零碎提些意见，例如：加强农民办厂与职业教育，体现时代特色；增加古建，仅廿八都是承担不起历史文明的；必须大量用衢籍院士、科学家镜头，只一个举重冠军和一个演员是根本不能代表人文荟萃的；领导画面要大为削减，市志毕竟不是新闻报道。我还按原拟名城之光、图

强之路、人文荟萃列出分类取材纲目。在前年审片时，我重申以上意见，学弟李土根也说了较大改动的意见。胡锡明委托改写时，我向原执笔者打过招呼，要融入自己的一些主要看法，作补充调整，同事钱道本、王苏兰、刘炘、徐水坤、汪洪才都认为有较大的提高。

对《衢州年鉴》编纂，我力主设置人物传，增加社会与民情条目。我会在组稿启动时就发邮件强调，请撰稿人从大事记选取为民惠民的要事扩写成条目。要给民间自发活动三分天下，以体现民本，特别要关注与民生密切的事，民众受益面广、参与面广的事力求多写，民间自发又得民众欢迎的事要列进来。

总纂几本志书。2004 年 9 月 23 日，政协常委会决定编志，由我总管。一本五十万字的志书，从组稿、校对到出版，只 6 个月时间，创最短编志纪录。我既不挂主编总纂之名，也没有加时补贴，忍着长期干咳和颈椎疼痛，加班加点地赶，元旦拿出初稿征求意见。拟纲目时，我考虑几个关键事项：尽力避免目录标题出现重名重词；内容选择以亲民为主导，以委员为主体，以经济建设为主线；不按委、办纵式分工记事，而是分列三大职能工作和四项日常事务，体现整体功能；为体现政协性质，当记各民主党派、商会、衢属县级政协，强调各单位记围绕履行市政协职能的事，属市政协统一组织的事只略述，以避免重复；鉴于 20 年里委员都康健，无人物立传，而人物是志之魂，政协又称之为人才库，便设人物简介篇，记载各行各业中成绩显著、贡献突出的委员事迹。

2008 年，王信与邵子千推荐主编《衢州市交通志》，我很快确定编纂构思。交通志可依社会分工，分公路、水路、铁路、航空、邮政、管道诸门类，可以照逻辑分类，横排为基础设施、运输设备与组织、交通工业与交通建设、交通教育、科技与环保、交通管理。我采用后者，因为：1. 具有栏目稳定性。运输方式现有四种，但不是各县五脏俱全，有的只二三种，而交通局职能不因缺少运输方式而改变，还是要建设施、搞运输、管理交通秩序与安全。这些固定的事决定志书纲目的相对稳定性。2. 更具易检性。他人查阅资料，往往是找某个方面的。如查运输量，在社会分工列门类的志书中，就要东翻西找，而照逻辑分类则集结一地。3. 更具有逻辑性。从交通运转程序看，首先要有基础设施，否则怎么运，管什么。有基础设施就必然要运输，没有主管部门也要运，这个主体永恒的。继而当写运力、运量，路桥养护，车船维修，不然运输会终止。这就势必产生交通企业作保障。紧接着自然要写企业。以上所有人财物都需要管理，这个运转的轴心，置中间位置是恰当的。所有活动的结果会凝成文化，文化又会反哺事业，故设文化篇。而先进人物既是推动所有活动的力量，又是活动成果之一。他们展现的科学教育、精神道德、制造的器物、著作，则是文化的高层内容，故最后设人物栏目。另外对大事提出几条原则标准：具有首创意义；事关全局发展的节点；非常事、突发事；益民效果显著事。次年 8 月拿出初稿。2010 年 4 月送出版社。

2010 年 8 月，开化县公安局程佳良邀约总纂《开化县公安志》。他们交付两本初稿，一本是 1985 年程福池编的 11 万字，一本是记设市后 20 年的，余省躬执笔（38 万字），要求两志合并并延至 2009 年。两稿结构不一样，必须先重拟纲目，按公安的主体与条件，执法与成效分类，再考虑其方针是预防为主，防打结合，便列为六篇：机构与队伍、后勤保障、治安保卫、日常安全、惩治犯罪、立功创模。另外，认为这是人民公安志，捕快、国民政府警察局摆在正统位置不甚妥当，但不能剔除，终究还是公共安全的组织，就改为附录。我在打字店坐七八天，把两稿移民并村，一页页一段段地整合成一个初纂稿，并写出各篇的无题小序，列出应补叙的年份及内容，提出大事记只占全书 1/15 的主张，标注"减肥方法"，有的删去，有的案例移至正文某处。对一些表格标明合并的方法。2012 年 3 月评稿会前，我改动百余处，评审会后，根据省公安厅胡军等人评审意见，作调动与修改。经梳理润饰送出版社后，更是逐页逐句地阅改一遍。

我是编修志鉴的老童生，1980 年后的编志队伍，或许是最早报到的一批，实际负责组、编、校及审读数量在同期同行中（我还另有主业），恐怕站我右边的没几位。可叹不善于思考论理，只是独臂勇士，何足道也。仅为做事记账而已。

2010年10月《衢州市志1985—2005》编辑合影

推动书法

　　五虚岁，淳安县桥西区小破格招我入学，从此与毛笔结缘。二下年级时，执行八周岁上学的规定，唯独留下我这个小先生。可学校天天有三三两两的居民"击鼓"，词儿都一样，"最小的好读，我的孩子也要读。"学校将我改为坐教室门里旁听，但学校还得天天"升堂"。无可奈何花落去。休学一年多，每天写几十个毛笔字。

　　1962年，开化县中小学生书法比赛时，我正发疟疾，时高烧时寒战。我坚信一定会名列榜首，不肯错过机会，就颤抖着手写一幅交上。结果得初中组优秀奖（全县2名）。奖品《柳公权玄秘塔》字帖，陪伴着共度几年的课余时间。在衢州师范，书赛每每折桂，实习外加教书法。同时，自学吴述郑《汉字书法教学》，还在尉天池《书法基础知识》封二写上顺口溜："挥笔苦战三春冬，勤奋作路攀高峰。主席语录成字帖，喝令书坛荡春风。"少有拿云志，白发尚未酬。找个托词是公务繁重，事忙恨无分身法，哪有精力去执管？然而却尽力推动开化及全市的书法事业。

关注书法教育

　　我非专业书法工作者，却不论在何岗位都关注书法教育，不求个个出众，但愿整体提高。20世纪60年代，就读衢州师范，教育实习时，老师必额外叫我增加书法课。20世纪70年代，在音坑中学教数学，我要为本班学生辅导书法。1984年，兼衢州师范开化教学班书法课。12月，与县总工会联办职工书法培训班一个月，每晚教学。主持文联会务八年，连续七年举办暑期少年文艺讲习所，开写作、音舞、书画三个班，每班五六十人。1986年兼职衢州师范书法教师。1996年兼衢州电大师范班书法教师。退休后任衢州老年大学书法教师。

　　教学中，从来不照搬他人碑帖，而是边教边编各种书体教材，后合编为《汉字结构解》《三体部首》两帖，楷隶书三种书体集柳赵、米王、曹全张迁六种字体，利于比较特点，兼收并蓄。

组织书法活动

1984年，开化县成立文联时，书法爱好者无几人，没建书协。那时期，金华地区群艺馆章寿松约义乌金鉴才、兰溪陈永源和我商议过青年书赛事，我便以书法鸣锣，促文联亮相。经发动组织，县级机关、工会等团体，医院等事业

1987年10月，赴郑州观摩全国三届书展归途中在少林寺

单位，茶厂等国营企业数十个单位都开展书赛，此起彼伏、红红火火。从书记、县长与政府职员，到职工、农民、学生，参加面很广。

8年里组织举办书画影展35次。组织书画比赛16余次，组织县外交流观摩10余次。有几次挺强势的：1987年3月初，陈璋琪、邱建华和我带上书画作品45篇，摄影作品35件到上饶市铁路工人俱乐部展出，俱乐部顾主任及文艺干事王建不仅尽力组织人员观赏、交流，还商定免收场地费和代付住宿费。上饶地区文联负责人张泰民、帅经芝特邀当地书法、美术、摄影的全国委员和江西省会员钱永瑞、黄永勇、余竞吾、谢晓嘉、黄河九以及钟志刚、谢鸣和等同志进行座谈。他们表示真诚的赞赏和坦率的指教。《赣东北报》文化科长刘治安参加座谈会并发消息。1988年1月，在浙江展览馆支持下，赴杭展出书画摄影作品，邀请浙江的一些知名专家莅临赐教。1987年10月第三届全国书展时，在征得一些单位领导同意下，组织李建林、汪永平、李华、郭群策、吴学智到郑州观摩。1985年，我和浙江省美术家协会李大云联系，请省美协和省书协约请老师来开化指教。10月23日在全省文联工作会议上，李大云引我与朱关田相认，确定元旦至春节间成行，开化派车接送。不久，关田告知，省文联派车，这样可以多到几处活动，辅导的面更广些。于是，本来单独到开化的行程作了调整，先衢州而后江山，最后开化。1986年2月初，郭仲选、吕迈、朱关田、金鉴才、杨西湖、周国城、郭牧、孙钊、章建明首次莅衢州辅导。当时，我在衢编校第二期《浙西文学》，开化无人安排，立即回开化找华埠华康药厂吴根桃、食品公司胡万炎、开化中学吴祖才、硅厂许月明、翁志军、胡志华、五一厂申仁泰、徐元吉（与张伦同去）商定议接待时间、地点。市区活动由市文联安排，江山程序由江山文联方炳炎定夺。我陪

省书协一行先到江山四都宣纸厂，然后进江山城，到开化也一切照商定进行。在五一厂时，天突然零零落落飘来雪花。关田怕大家封在开化，临时决定次日清晨返杭。那夜，大家挥毫到二三点钟，郭仲选准备洗笔，抬头看看我："啊呀！写了几天的字，竟没有给你一幅，赶快补上。"次日早上，他们在零零落落的雪花中返杭。这一来为衢州书法界吹响集结号。4月在江山开省书协理事会。发展10位衢州的会员，为衢州书法事业奠定基础。1989年4月，与县电力局联办会省电力系统书法赛。5月，刘自强、李建林和我去杭州接省书协同志评奖，郭仲选、吕迈、朱关田、金鉴才另有任务，无法进山，刘江因家里安排到装电话，难以抽身，杨西湖、陈必武、徐家铮、黄颂贤，市电力局夏文秀、杨昕专程抵开。

1995年春，张志攀转达章寿松建议，能否组织全国知名书家作品在衢州展出。我就与吴海松主席商量，然后得到郭学焕书记赞成，他南来北往开会，服务员不是写衡州、写徐州，就是把衢字搞得断胳膊缺腿，邀请各地书家书展，对扩大衢州影响，推进书法事业都有益处，当办。他表示市政府出资1万并成立临时性书展办公室，请吴主席再筹些资金，得到鸿基实业公司姜祖峰赞助。全国名家书法展开场了，通过省书协征得名家作品开展。

1999年9月下旬，孔府将在文化节开放，孔祥楷问我能不能举办《论语》书法展，作品馈赠孔府。我离开文联6年，与书法界联系少了，加上自己荒耕砚田，怕没有号召力，再说，单枪匹马组织大型书展很繁很累，而且连装裱、布展只有一个月！国庆前夕将论语一条条理出来，分别寄发给书家。孔祥楷请省政协文史委主任步柏俦联系朱关田，我和朱关田通话、展出时间都在休息日。省书协主席郭仲选、副主席朱关田和刘江赐大作。省群艺馆章建明，刚从外地回杭又马上去他地参加书法研究会，也利用在家小憩的时间题书作品寄来。郭学焕、章寿松、方元、严传浩、汪济英、湖南书协副主席周旭、湖南书法教育家彭飞、江西丁士俊、杨学贵很快惠赐墨宝。市书协王克，毛嘉仁、范列、张良生等很快送来作品。各县书协主席李建林、王阳君、刘鸿才、张志攀、盛自强和书友们都全力支持。常山、江山、开化三县书协主席利用休息日把裱好的作品送到衢州。10月底展出99幅作品。事后，省书协原副主席吕迈和全国书协会员陈永源还来信致歉，因病住院未能书写。次年五月初，省书协秘书长杨西湖抵开参加钱江源采风还说："很抱歉，我在外面开会，回杭州看见信，但时间过道了就没写。如果早一点晓得，省书协也会帮你多弄点作品。"2005年9月，又组织衢州孔子文化节的前奏性书法展，上海沈鸿根、南京陈仲明、重庆卢德龙等赐作品，这两次，我邀约外地的国家与省会员参展作品占一半。

　　偶尔捉管，书法作品在《市场报》《光明日报》《书法导报》《中国书画报》《浙江日报》《联谊报》《衢州日报》《衢州晚报》《大江南北》《华夏诗书画》等20来家报刊上发表。在《书法与教学》提出汉字结体分类以独体、并列、重叠、环抱四类为宜的观点。书作上书法网时，有人评称"震撼"。

1995年12月，衢州市书协一届六次理事会常山留影

关注开化土地革命史料

在菖蒲乡执教时，姚志元说起郑仕魁、丁慈组织人民武装队的事，到音坑中学任教，听说读经源叶华当过红兵去延安，也听父亲谈过方志敏、朱农到过淳安桥西，对前贤先烈的崇敬之情就生根发芽。特别是阅报中读到粟裕回忆抗先队一文，便感到开化是早年高举革命星火之地。1977年秋，刚到文化馆就向档案馆查询相关材料，读到1959年关于红军活动座谈会的油印本，尽管人事不完整，但毕竟有部分知情者的线索。他们所见所闻所历的革命事件，就是开化光辉历史的家珍，应当搜集起来，或可缀成珍珠塔。没有指示、没有任务，就凭自己为衢师争朝夕远征军队旗题书的口号："踏着红军的血迹奋勇前进"，这也是人生旅途的路灯，书写红军的功绩，弘扬红军的精神，继承红军的事业，创造美好的未来。

1978年冬，我和华埠文化站洪根达到下庄，欲访老红军刘桂元，偏遇他在杨林三柏亭喝喜酒。又赶赴杨林，在田间和刘老座谈。他谈到开化第一个党员程石根和红十军第二次打华埠，中共开化第一个支部书记傅家富和油溪口"十八兄弟"会，中共白沙特支书记黄水才开辟赤贸之路，中共张湾支部书记张观喜和打开化、打球川，张德清组织贫农团和担任化婺德县文化部长等。1979年3月14日下午，去桐村乡政府看户口簿，见有程福清，是黄柏坑的油漆匠，常年在外。但没人说他是老红军。我委托熟人确认后告知，1983年5月准备到程老家住，下车获悉他又出门了，1984年再去却惊闻谢世。

1978年，下乡转道原先任教的音坑中学，林文治老师给油印本《红军政治工作条例》（交开化县文管会存），并陪同访藏主中村乡瑶田村程其荣。了解到一些小老程活动和红军打开化那天的准备事宜，继而去中与打开化时侦察员叶孝全交谈。1979年1月26日，到音坑乡三早坂了解休宁县委军事部长张春娜事迹。1月23日、2月22日到林山公社花桥、石桥了解舜山方光荣等人事迹。10月12日至16日，我与洪根达到马金访问当时县委通信员韩（姚）金水，接着去开婺休中心县委驻地何田乡福岭山，请当时儿童团团长江光金等几位老人座谈，还拜访柴家的独立团战士方樟龙。掌握些宋泉清、江小妹、余云凤、张春娜及俞宝香救护红军战士詹仁清情况。也到横翠庙看过红军留下的标语：贫农起来，打土豪，分田地。

田头采访老红军刘桂元

1986年，老红军周黎明从昆明回白渡探亲，1984年、1986年，长虹老红军邹奎圣回开化，都作过访问，还到大溪边墩上余根成家，听他忆在华埠参加陈毅部队事，看过他负伤返乡的证件。我要他保管好，会有用。

1979年3月12日，我和洪根达前往桐村乡徐家村住宿，约请陈孝礼、徐卸苟等老人座谈，他们讲述抗先队主力与浙江保安团在前山交战，红军三打王坂、建立赤色宜易线。4月9日至11日又去齐溪。1980年，和马立强同去张村采访邹金丹，她介绍抗先队小歇张村。江小妹脱险与被捕、树范地下支部与小老程的事情，还拿出珍藏的红军饭袋和红军用过的锯子（交文管会存）。1983年3月15日、5月初、9月10—14日，再与洪根达去杨林、长虹、库坑、池淮、油溪口访问老人，其中定居杨林后江的江西籍红军战士程××，对抗先队途经开化作了较详细的叙述。抗先队侦察排长宋泉清是开化根据地的中坚，他组织独立团的主力，他引领邱老金革命，未理清其履历与掌握更多事迹很遗憾。

1978年初，约开化游击队负责人郑仕魁写《洒扫庭院迎黎明》，他告知陈毅在华埠演讲时，常山邹鼎山知情，华埠舒剑秋当记录员。我便致书邹老并获得回信，1979年3月12日去舒家不遇，11月6日到舒老家访问。1980年春，《浙江日报》陈旭明、实习生邹勇确定刊用拙作《华埠老人忆陈总》，再到华埠核实，看工尚弄（原谢家弄）外墙标语：团结　致共同抗日。路遇赵禄喜先生，他肯定是春节期间。后来查万年历，确定为2月。1980年底，拟编《纪念开化建县一千周年》，我请叶长庚、叶华等老革命写回忆录。1984年、1990年，组织作者写开化革命史的纪实文学，编成《芹岭星火》《红杜鹃》，支持韩武生写出长篇小说《血色凌晨》。拙作《抗先队失利的教训》《新四军开化整编》《地下斗争和经商活动》《衢州地下党创建的特点》等文章，分别见于《大江南北》《古今谈》《衢州社会科学》等刊物，及《薪火相传》《衢州革命故事》，还参与开化革命史图片展，纪念碑碑文等事。

尽管，不能像老战士那样以一当十，可我拿一份工资，干两个人的事，也是

努力践行着红军精神，但在那个年代，我可能不敢参加红军，随时会抛头颅洒热血的啊！我胆很小，即便加入，被捕受刑会变节，连打针都怕痛的呀。相比之下，更觉得老革命的精神崇高，人格伟大，值得歌颂，值得仿效。

就业文史委

1987年，开化政协洪根达告知：市政协文史委调我。我清楚，这是终点遥远的长跑。时身兼四职：文联掌门、县志副主编、县政协文史组副组长、民间文学集成办副主任，市里对应的三个单位都在调。1993年，我在市文联，自筹印刷费与稿酬将每年两期的《浙西文学》办成季刊。春，应崔铭先、祝瑜英邀约为市政协名城《衢州》写稿，10月5日，程平平告知调政协。我借2000元付清办刊费用（不是承包，个人未得分文），并将组织来的稿子一一退还，然后走进政协机关，直到退休。

组织文史征编与相关活动。初进门，也想轻松轻松，之前10年是超载运行，工作量相当于两个人的事，这个惯性没让我急刹车，仍坚持肯干干净自励原则，高效优质的自我要求，以期无愧于民赋的薪水，组织的信任，我拟定目标：征编超前、静事搞活、联谊要广。

征编。征集、编校文史图书是文史委完成主席会议与常委会任务（如组织发言稿与提案、专题调研、集体视察、安排主席约谈会等）之外的主要项目。前两届文史委大抵是每年定一本书的主体内容，分派任务请各县级政协文史干部协助征稿，聘人编校。我却从选题、编校到寄发，乃至封面构思几乎独立完成，既不增加同仁的负担，亦抓住办事的操纵杆，有主动权，还能节支。

首先列出10年征稿课题表，三亲（亲历、亲见、亲闻）资料是主课，辅之以历史研究，现实建设报告，拓展征稿内容与征集渠道。每一门课下定8至10本意向书目，每年同时征二三本书目的稿件，成熟一个收获一个，所以，主事10年能成书20本三四百万字。《燕明笔记》在省政协文史图书评奖获全票为第一。在编务中增收节支年均近一万元，自己未取分文。傅春龄多次称赞："我很佩服小潘。我当主任时编的书在全省政协算多的，没想到小潘比我更多，还亲自编校。"

搞活。文史图书征编，几乎都是案头事务。属静态的，静水会腐，唯动才活，因此，我注意组织活动，并参加与衢州文史相关的事务，营造积累和运用史料的氛围，推进事业。

组织本委活动。主席会议要求各委每季一次集中活动，而文史委不要市政协派车与补贴却年活动五六次。一是会议。凡年前我会用信函或口述转告报载当年百姓最关心的十件事，以便委员议政更切合民意，更抓住重点，然后集中谈谈意向，确定几个题目与撰写者。有时则议议征稿难度较大课题的破解。如欲编《寻根问祖》（衢州姓氏源流），先复印各县县志姓氏，分一个个姓剪下，寄给有关研究人员，约写稿子。为扩大发行，增印数量，还与委员徐文荣、韩章训达成资助意向。1995 年 10 月 9 日，1996 年 8 月 14 日，1997 年 4 月 17 日商议 3 次，后由鄢卫建、刘国庆个人编写《衢州姓氏》，我仍校读两次并提出 10 多条修改建议。2002 年征编《衢州名人》，给本委委员及其他文史研究者各撰写四五位的名单，既保证稿源，又避免多人写一传主。二是视察调研。这是委员议政的基础，知情的渠道。到三门源、廿八都、梧桐祖殿、明果禅寺考察古建筑，到药王山、关公山、乌石山等地考察发掘文代资源，到乡间探讨唐代杨炯、宋代状元留梦炎，明孝贞皇后等历史名人成功事迹与生存环境关系，到档案馆、博物馆、图书馆商议史料的征集、保管与利用。既对当地发展谈谈设想，又积累资料作大会发言、提案的事实依据。

组织服务社会。一是提升园林文化建设。2000 年 3 月，集体为府山公园钟灵塔创作铭文，根据庄月江、傅春龄和我草拟的三个稿子讨论，修改成为一个铸字的短文。2001 年 3 月，为县学塘及亭拟定亭名、碑文与亭联；4 月与市诗词学会共同给府山公园亭阁撰写楹联 60 余副。2002 年 11 月，两次集体到斗潭公园，审核修改地面石刻城池图等。2004 年 6 月和 11 月，又与诗词学会联合为南湖西公园拟亭名作楹联。10 月，我和庄月江专程赴杭商议府山公园孔子讲学群雕模型，对雕塑家提出三条修改建议。一要体现孔子讲学原状，二要用春秋时衣冠，三要依 1984 年邮票上孔子像为标准。二是传播文史知识。1997 年 5 月，与《衢州日报》联办"迎港归爱国家爱家乡历史文化知识竞赛"，我翻阅市志与党史书籍，列出许多古往今来衢州之最，然后拟成上百道赛题供报社选刊。2001 年，在市电台支持下，开设党史讲座、民俗讲座专栏。2002 年 12 月到蛟池街居委会讲名城衢州。三是协助其他单位与史料密切的事务，1999 年 10 月讨论图书馆举办名人展的名人及资料；2001 年支持《衢州日报》辟衢州史话专栏、《衢州广电报》辟三衢历史回放专栏，组稿数十篇。4 月 13 日到华埠指导镇志编写，次年 8 月又对《华埠镇志》初稿提出读稿意见。2002 年 3 月，两次讨论博物馆关于衢州历史陈列大纲。6 月 18 日评议《衢县志》。2004 年 3 月讨论市志编写方案，9 月讨论市志例言，11 月 9 日讨论市志纲目。2005 年 1 月商议市志音像版、人物传的入志人选。

联谊。一是纵向联谊，即在政协系统的联系。（1）按照主席会议规定，文史委联系民盟衢州市委与开化委员小组。我较为注意发现和指导重要大会发言的形成。如，1998 年参加民盟几次会，在全会前交流提案、发言意向会上，朱益民说准备写建议创办大学的发言，我予以力挺，并建议他写深写全创办大学的有利条件，最好让领导感到不用市政府花钱就能办大学。之后，我又向崔铭先秘书长推荐朱益民向大会口头发言，"这种符合科教兴市，利于衢州学子，而政府没有列入议事日程的事，更应当作为重点"。那两年，外地与衢州洪灾甚重，我几次约请开化小组写出关于钱江源生态保护的发言稿，正月初五，又和开化政协金学余商量稿子与写法及建议内容，形成优秀发言稿。（2）完成省政协文史委布置的任务。1995 年，通读衢州市、县政协文史资料前数十辑，选取社会与历史价值较高的文章数十万字，送省政协编《集粹》备选。2002 年为省政协志提供衢州政协资料。参加省政协文史会及地市政协文史协会 14 次。（3）对所属政协文史征编的指导。除到市里开会外，各县级政协轮流做东举办文史协作会 10 多次。对衢县编《橘海》提出编辑意见。开化政协无专职干事编《开化水利》《开化政协 20 年》，应叶德洪副主席之请作审核和校对。柯城政协出首辑文史图书，应吴永康主席邀约修改 10 篇。二是横向联谊。主要是指和非政协组成单位、非政协委员的联系。（1）与兄弟单位联谊。严格的政协三亲史料，是各民主党派成员、无党派民主人士的回忆录、手札、日记笔记等，根据衢州新设省辖市和列入国家名城的实际，我实行三管齐进征编，就必须获得许多单位的支持。征编《三衢新姿》，不但请城建规划单位李邦勤、邱金水到政协商讨，还走访市、县一些城建局和建筑公司，和不少乡镇有信件往来。编《故园情》则与台办侨联接洽。编《峥嵘岁月》，获悉离休干部开会就前去发动，1996 年 11 月去常山、1997 年 1 月到柯城、衢县，1998 年还到市黄埔同学会上去动员。征编《衢州水利》，不仅和市水利局卜树鑫、童观寿联系，还到碗窑水库等地约稿。征编《通衢》，既和郭学焕厅长、杨才古和毛建明等领导联系，还到下属企事业单位约稿。（2）与文史爱好者联谊。这是稿源的一个支流，还能获得一些史料的信息。每出一辑文史图书，我会寄送二三百册给文史爱好者和寓外人士，既是对他们支持文史工作的感谢，又使稿件或信息不断流。例如，廖元中看到《新民晚报》说上海图书馆有侵华日军记者写的浙赣战役，立即告诉我，后来去复印一本。吉林通化宋宏琦寄来衢州河岳联中和衢州《勇士报》印刷厂的回忆录，补衢州史料之缺。辽宁林维凤来人来信谈写令尊衢师校长林科棠、大姐维雁烈士传记。方文伟送来大办钢铁小高炉群及铜山源工地照片，江山蔡怡馈赠大量20世纪六七十年代照片。我希望有天王塔照片，也有位老人送来，成为复建最标准的图纸。康夫送我战友回忆首任衢州地委书记燕明的书，阅后猜疑燕明在衢工作笔记犹存，便与燕夫人联系，得到几百万字衢州解放头几年生产与剿匪的第一手材料，真实翔实，千金难买！《燕明笔记》摘录成书后，在1999年5月10日，童效武主席，路红主任，方林荣和我将书送到燕夫人家中，17日又举行纪念燕明座谈会，并把厚厚的原始笔记送交档案局。还通过钱牧申，郑胜达获悉衢县共大初创情况，通过杨典喜下乡笔记知道董炳宇在20世纪60年代下气力抓柑橘生产的事，这些在政府文件中是找不到的。真是孤掌难鸣，众手易擎。

机关工作，肯定会有临时指派的非文史公务。退位后两年还做着一些事。一是志书方面事。如校对《衢州府志集成》部分章节，校对年鉴等。二是参与《衢州文献集成》编辑，与毛玉琴合作点校《东家杂记》，与刘炘、刘卉、潘滔共同点校《北山小集》40卷。

市政协就业12年，在主要岗位职责上，组织活动60余次，责编文史图书三四百万字，就个人组织活动次数与年编辑量而言，在同期同行中或在一甲，保持就职文联时站在前列的记录，虽然有自己的发愤精神，但更感谢组织的信任，赋予充分展示组织能力与专业水平的舞台，更感谢社会各界及同仁同事的支持，馈赠工作的加速器。

市政协会议休会出场

让评工资　让住房　让市级荣誉

　　儿时就晓得，让人不吃亏，让人会得福。成年后学会遇利忍让，遇名谦让，事事礼让。古代奉伯三让君位给季历，伯夷、叔齐为互让君位，竟外出饿死，至高无上的权利，享不尽的荣华都拱手相让，草民之间有什么可争要夺？

　　工改之前，加薪不是普降喜雨，而是规定名额，集体评议确定人员的。20世纪80年代初加薪，面还较广，文化馆有8个指标，符合条件的9个人，要筛掉一人，谁会做这个难人？又有谁不想加一级工资？起码是半个月的伙食费呀。

　　论业绩、讲人缘，看看先后同事评价。文化馆长马立强到市文化局任职后还说："小潘把开化群众创作搞得热热闹闹，真是一将难求。"1983年考察我时，文化馆副馆长的孔兰芳对部领导说："小潘品德优秀，工作勤奋，善于团结人，组织能力较强，文艺水平也行，是非常好的文化局、文联领导人选。如果挑毛病，就是嘴笨一点。"江一舟说："都像小潘这样工作，根本不需要领导。"沈敏骅说："小潘的为人和工作，没啥闲话好讲。"张伦说："潘玉光公心多了些，善待自己的心少了点，做什么总先替公家和别人着想。"邱建华说："开化要有两个潘玉光，文化事业就哗啦哗啦上去。"张南坡说："小潘该当劳动模范的。"杨素云、钱金花、叶长鹰都讲过："小潘是个好人。"华埠文化站韩文昌，我联系较密切，马金文化站程振忠创作与演出上有事召我必到，剧团调来的汪宇明、樊禹雄、季航远，我编过他们的小说、诗歌，而且汪、樊调入有我撮合之力。后生陆苏军、汪蔚廷、吴德良进文化馆，我是主考。显然，我加薪是稳坐钓鱼船，但当时我好像是52.5元，属高工资，因为66届师范毕业生补薪，又在新教师2%提薪中获准。我不是领导、不是党员，可以不攀专门利人的高峰，不必吃苦在前、享受在后，但知道临财不争，跌得起股的传统，所以在落针闻声的会议上，我毅然表态：不参评！一场无声的持久战悄然结束。上报后，主管与审定部门在机动名额中排入鄙人。

　　过去不用买地房产的方法给经济命脉补血活血，城镇住房很廉价，记得10

多平方房间1角左右，可较为紧张。进文化馆住在楼梯口小而噪的房间，李大云调省美协腾空，正欲搬入，剧团季航远调来，理当礼让。马立强搬到妻子张萍所在的学校住，朝东明亮干燥的一间让有家属的人住，我只带儿子住靠山阴暗潮湿的房间。后来，剧团一人调馆，他在剧团住房安排别人住，两人竟打架争房。我一听说就清理四五平方的走廊间杂物和儿子住进去，化解了矛盾。不久发现二楼图书馆超重，我索性把床铺搬进编辑室，杂物间交图书馆使用。1983年9月，筹备县文联，我只花公款30元在旅馆过渡一个月，就腾出文化局杂物间入住，前面是厕所，后面是电影公司食堂，县委书记程渭山见此情景感动地流泪，他在机关干部大会上说："一个科级干部，妻小都是农业户口，只住八九平方米房间，又黑又暗不通风，但他没有怨言，不提任何要求，只勤勤恳恳地工作，这种精神，十分可贵。"据说，县老干部活动室腾空时，渭山指示，"给潘玉光，谁都不要争。"在推荐非党副县长时，听到我在提名之列就说："看看他是不是党员，要是非党就定他。"公安局打电话给我："程书记都批示给你女儿农转非了，你自己怎么还不打报告来？"组织部副部长叶松茂对我说："下一届你当县政协常委，再下一届再上个档次。"后来，县领导换房，县府办主任杨善情让我入住，可新调文联的人要求进大院，我再一次让房。1994年调市政协无住房，原单位再三催我让房，只得到政协礼堂后面杂物间暂栖，前半夜老鼠吵闹，后半夜隔墙宾馆锅炉房扰乱，一夜没合眼，头晕脑胀，摔下天井，右臂大结部粉碎性脱臼。

让市级荣誉。那时，评市劳模、市优秀共产党员时，开化县安排10个名额，宣传系统只1名，而宣传口有好几支大队人马。作为貌似庞大实则很小的文艺组织者，去竞争夺冠，简直是想抢天鹅，可我居然连续两年夺标。也许业绩太显眼，就连《衢州日报》庄月江也说："潘玉光在开化文联是最辉煌的时期。"县志属兼职，实则代主角，论工作量人均两篇，我却责编四篇多，从分工看，有的主管审读与评议，有的只管组稿与编辑，而我从组稿、编辑、校对、评审到出版，乃至发行、勘误，每一道工序都做，使县志提早半年开印。在文联，我挂帅且为先锋。年年出书刊，我一直自兼编辑，调入的同事从未干过文字行业，总不能欺侮人吧。文联每年编印书报刊超20万字，除韩华荣协助编过第一期《钱江源》杂志、邱建华、汪金土、胡志东编过几期《钱江源》报纸外，基本上是独立完成的；月月有活动，热热闹闹的动态会务是众所周知的，外地同行也佩服。江山文联主席方炳炎说："小潘的工作，是职位比他高，文化工作时间比他长的人都干不到这个程度的。"上饶地区文联帅经芝到江山交流，方炳炎郑重推荐：

"你们该到开化看看,小潘的工作很出色。"帅主席两次专程到开化。天天要开门,休息时间的坐班是对自己的要求,一则午后往往有乡下作者来转转,晚上与周日是城里会员有空来聊聊,二则正常上班时间要处理有明确时限的事情,休息时间进行编校与通联,这样细水长流、交替办事才能从容地一手抓住两条鱼,三则会员各有所在单位的岗位职责,业余创作就多安排些周日为好。再说,文艺活动大多是配合节日开展的,节日又多在休息时间,所以,我几乎没有度假日,就是春节三天,我也自己值班。有一年除夕,下班去车站,末班车开出,就和儿子走路回明廉家。走出 8 公里时,遇到小学同学刘金尧开车回家。初一 9 点,又坐到办公室了。1989 年 2 月 5 日下午回家吃年夜饭,6 日下午到图书馆商量书画展,7 号与 9 号,拜望回家过年的《东海》程帆,《浙江日报》陆训,湖南省书协副主席周旭。8 号在图书馆举行迎春书画赛,11 号参加机关植树后,给书画评奖。13 号商量供电局书赛事,14 号举办县委机关书画展。有时确想在家待一二天也难。县志讨论立传人物那天,胃疼得坐不住,人家到会场了,要听我介绍人物事迹,能不学焦裕禄打桩出场? 1989 年 3 月 15 日,亲友进城报父危,没找到我就请邻居转告,我和张卫东、徐增沅商量钱江源音乐创作会事宜,晚上 10 点半回住宅和次日 7 点离家,对面人家没见着我。约 8 点亲友再入城见我,但与张、徐约定 9 点同去林业局,我不能一走了之,等到向他们作过交代赶回家。尽管,毛金钱派统战部郑志祥开车送,但父亲还是在我到家前半个钟头谢世。儿子进城上学第一天我就下乡,儿子高考 3 天,杭州叶舟到开化商议《开化风物》54个版面设计,我是 7 点陪至晚上 9 点过。1990 年 12 月 21 日,母亲西去,只有半天回家匆匆安葬,19、20 日,在衢州参加市志编纂会,22 日赴杭州出席省文代会。

同一时段,我演两场主角,还客串配角,东一榔头西一棒,也得用精力花时间去敲打啊。有友戏称我是公用秘书。县政协文史组,文史图书由洪根达组编,我任副组长要写稿与审定。民间文学三大集成,原拟我当主编,调整、修改、审定自然要多做些,开印前,责编上门请我坚决不当主编,我就让出职位。有一日 11 点过,妇联张春仙要我复写誊抄 5000 字材料,三点钟上车送出,不找托词,干吧。有天晚 7 时,县人武部詹叙喜到文联,"帮帮忙,写个桐村人武部总结,明天早班车送金华的。"我只得不去开家长会,马上看资料,理经验,想结构,写个通宵,把 5000 字的申报先进材料送到汽车站,然后到开中向儿子的班主任道歉。1999 年 5 月党史展和一次抗日展的前言,也是我写。宣传部编劳模事迹材料书,我参与县里组织和撰稿,1993 年在市文联还参编这书。1991 年 4—

5月，县总工会，团县委分别组织《党在我心中》《团徽在党旗下闪光》的演讲比赛，要我改十多篇稿，还到埂头辅导演讲。我强调三点：一是讲理或叙事，要选普遍关注的以引起情感共鸣；二是文当如山有起伏，讲理的注意逻辑的层次转折，叙事的要有情感的变化，语调上要平稳调，昂上调下降调相间；三是适当运用形体动作，别把演讲当话剧。他们组团到市里比赛时，我也成随行人员。1990年10月，老龄委要我改三篇稿。1989年，几个单位联举县情知识竞赛，要我拟文化类题目，还做出好准答卷。实验小学要我为庆祝老区获批大会写个献词，晚上写几个钟头吧。

七十回首，翻翻日历，罗列些旧事，绝无邀功请赏之嫌，没有再度出山进爵的一丝希望，没有进京受奖的资格。只是证明鄙人在职时的的确确蛮拼的，无论讲工作量、工作时间、或是实绩，拿个市级荣誉是货真价实，再往上推谅也够斤两。所以，宣传系统联评时，连续两年都荐举我。

第一次评上市优秀共产党员，大家离开会场时，教委黄国解说："可惜××校长马上退休，没有机会了。"我立即表态："那就让他先上，我还年轻。"大家没有坐下重议，我找宣传部方庚初等领导，坚意撤换。第二年又一致评上市劳模，王建华部长特地到文联叫我不要再让。我明白，凡事不过三，连续两次谦让，谁还赐予第三次？再说劳模退休还能加钱。但总觉得自己一直高速超载地奔跑，压根就没想过荣誉的光环职务的利益，要不然，含冤被挪掉乡校负责人的椅子，被挤出中学到村小，还会带病努力教学？看别人后来居上晋级提薪，自己戴三四顶桂冠却原地踏步，子女也没农转非，怎么愿意担当双倍的任务？我负轭勤犁的动力，保义舍利的根子，讲情是感谢组织的信任，感谢人民赋予的薪水。讲大道理，是积极践行领袖教导：一个为人民服务的宗旨，相信党和群众的两个根本原则，革命、工作和他人的三个第一，不为名不为利不怕苦不怕死的四不精神。为证明这情这理不是唱高调，就再让吧。于是不写材料上报，自动放弃。

忽想到"舍得"二字，这如水火、天地、阴阳，相克相成。无数前贤，以舍得作座右铭，或舍安逸而成大器，或舍个人安危，得民族之大义，或舍一己之利，得天下之康乐，舍恶而得仁，舍欲而得圣。舍得是深厚的智慧，是高尚的精神。

严律己 保清廉

在同样的温度下，蛋能孵化为飞禽，鹅卵石却不能。事物总是内因起决定因素，环境有促进之力。在抗腐上，只要时刻严格律己，必能永保清廉。因为不会见官家硕鼠日肥而垂涎，甚至步其后尘，不会见他律松弛而乱心，直到敢越雷池。我一生要求自己：干净、肯干。这是了解我的人们公认的。我是这样保洁的。

寡欲。任何动物都有物欲，这是自然属性。鱼不以饵为生，却因贪饵之念而遭捕。谚语云："人一半是天使，一半是魔鬼"，倘若放纵无底洞般的欲壑，得陇望蜀，当上皇帝想登仙，势必变成恶魔。有如一点火星，始灭则安，任其蔓延会成火灾，有如气球，直往里面灌气，超过弹性限度必炸为碎片，贪是逆风举炬。行凶、腐化、掠夺、战争都源于一些人的纵欲。想作天使，就给自己戴上控欲的紧箍咒。唯养成寡欲本性，方能临钱财而不争，奉仁义值千金。

寡欲之大者表现为让皇权，中者如杨震夜拒黄金，小者不染指公家油脂以

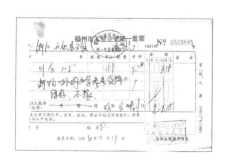

润唇。别人的东西不要动，这是孩提时家教的规矩，成年就业后自己划条警戒线：绝不借公沾分毫。应公费支出的只会少报或不报销，可得到的待遇会迟享受。

业务用品会自费，在音坑中学教数学时，我兼自己班体育课，还首次组建学校乒乓球队，要买两块稍好点的球拍无可非议，而我和主力队员都自己买球拍。买《初等数学》也自费。后来改行组织群众创作，自兼文艺编辑，因为从头学起，订阅《编辑之友》《名作欣赏》，购买编辑、校对知识的书，报销名正言顺，尽管自存这类书似可不必，但还是自费买。

绝不顺手揩油。不论在学校、文化馆、文联、市政协，都代管过多多少少的

公家图书，也没造册移交手续，借阅是自取自放。我绝不因书籍无胫四处走而顺手挟本回家。市政协有《汉语集称文化通解大典》，16开718页，知识性趣味性较强，令人垂爱，发信到出版社，首发书店邮购未得，私藏于家也只有天知地知我知，我认为这就是窃，切不可为，就自费复印装订。我每年要外寄公家书刊几百本，但组织同学联谊会的信件，向友人寄送个人著作，都自付邮资，尽管市政协收发员封万有是衢师学弟，交他寄谅没有闲话。即便是辛劳应得的钱，也是

少取与放弃。1993年至2003年，在编务中增收节支年均万元，没有提取分文劳务费。

同时注意避嫌。虽说身正不怕影子斜，不避无妨，可避避更会泾渭分明，不致猜疑。组织书画展总有数十次，都要装裱，自己也有受赠书画需装裱，但从不搭车，都是另择时间另选店，且大多留退休后处理。单位添点书籍，我会在发票上注上书名，报销时与出纳核对并在扉页与切口盖上公章。打印或复印材料，凡自存或个人稿件，都在打字店办理。

循规。规章制度是他律，严以律己者有定力，即便孙悟空不画个圈也不出圈。过去，"贪污和浪费是极大的犯罪"一句话，犹如门神坚守国库，而十八大之前30年是数十个文件管不住一张嘴，上上下下许许多多掌印者张开血盆大口，狼吞虎咽地挥霍民脂民血，倘若人人循规蹈矩又何至于此。

接待前有个定语公务，非公务接待就是走亲访友式的接风饯别，当私人埋单。我掌门开化文联时，曾约驻城机关的衢师校友相聚，若说感谢一些部门对文联的支持，可算正当开支，而我自付钱。有一次，某县局长到开化办事，我请他吃饭并邀校友作陪，可算作公务，可我认为实际是校友聚会，必须自理。在市政协时，招待外地来衢文友，要开发票报销可以蒙混，但我甘愿自

己负担。好像1984年有规定，宴请时酒烟不上桌，烟我都是自费的，酒也有没报销的，其实，我在文化馆时就这么做。2001年前后，两次到开化政协替他们审校两本文史图书，我是不吃公务餐不要编校费。

照财务规范，要正式发票才能做账。我也遇到白条或收据，通常是垫付而不

报销。1986年，市书协要我买简报，10元钱的收据，我转身扔进垃圾箱，反正不报销。有时是自己记一记垫付公务支出，有时也要同伴证明，但不去报账，一是让别人感到是公家出的，不欠私情，二是备忘以对家人说明钱的去向，记不到说不出会让家人生疑发生口角的。

车旅费的报销，我只在规定以内处理。因为先是单身在城里后又当领导，下乡出差就多些，下乡用餐或在食堂买饭菜票，或向农户付伙食费与粮票，按实际餐数报销。单独出差县、乡、村，我不要公务用餐。在市文联，我自筹印刷费与稿酬将《浙西文学》办成季刊，每期都送到各县，用餐自行解决。一次11点到江山，在小店用餐后下午上班时到文联，毛持群说："怎么能这样，你不吃公家的就到我家去嘛。"下一次就去他家。夫妻分居，每月报两次路费，文联领导同意我每周报，我不报，即便是周六顺道送杂志、星期天参加常山书协成立会，也不加报。在市政协，有次宁波开会住宿100元超标，填单时就先扣自理20元。

依规矩，经请示后办事才可报销，我有先斩但不后奏，自行做主应自付。1980年在华埠办文化干部培训班，我要求增加的烟酒自掏钱。在市政协，市电视台拍文史委专题报道，我自费250元制光盘，但不报销，没有先得许可呀。就连单位口头要求，我也遵守。1994年，女儿潘渊读市政协办杭商院函授班毕业，主持者说：要学校找工作的另交3000元。虽说假如由校方找，也是同事间帮忙，不交钱无妨，可这毕竟又是学校与家长的关系，我不能搞特殊。尽管女儿是自己考进中国银行的，我也没向学校退钱。

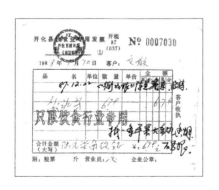

遵纪守规最高境界是执槌时与独处时的自觉行为。1971年上半年，我一人教菖蒲初中，文教局拨下每月20元的办公经费，不要做账上报，翻翻保存40多年的票据，证明在没有任何他律时也自律守廉。1983—1986年6月，我独木支撑县文联，但仍守身如玉。一方面注意避嫌，因我要搞书法而单位不买宣纸，自己抽烟时不报销烟。1988年秘书长陈璋琪为会议买条烟，多下几包我用了，所以，接待外地个别来客用餐不报，注明抵那条香烟。另一方面注意照章行

事。例如1986年春，两位文友力主编武打小说小报出售，我想，文联付印刷费本不违章，但印数增倍，由赠阅变销售，有悖于以往常规，再说，售不出去就势必浪费，赚着钱又如何分配？没有明文规定。我建议以承包试之，得到赞同。考虑到书刊易售小报难销，就和他们共同承担赔钱风险。刚起步就遇禁售红灯。幸好还结余七八元钱以聚餐了结。实际上节省公款四百元，承担了发票上本属文联、文化馆支付的《钱江源》《芹江》及信封的费用。

节支。严以律己者必定把人民视为衣食父母，十分珍惜他们所赋予的血汗钱，不会把行政事业费当做是上面给自己的赏钱随意乱花，更不会作败家子，老三开店用老四的本钱，亏本无丝毫心痛。节俭是人民传统美德，节省公款开支，靠道德规范自律，也是清廉的另一种外在形态。厉行节约的原则铭于心，践于行。

"废物"重用。县文联初建前后几年，会从其他单位拿来旧信封再用，徐坤三还以此写短评刊《金华日报》。几十年来，过手的反面可用的纸多再度复出，或做草稿，或再印校样，或为随想备忘录。

能省的尽量省。行万里路以增阅历，人之所好我亦然。然而主持县文联8年，只参加上级单位组织的外出3次，北京摄影展、广州书画展、云南民俗考察（记得报销时出纳钱不够，我又接到调令，便扔掉九十元车票）。没有外出参加过创作会，就连很想去的1990年北京大学书法研究班因时间长而没去，1998年12月浙江日报社散文研讨会则因非文史业务而未去。自兼编辑不雇人、出差常坐夜车都为省点公款。汪金土说："老潘这人，花公家的钱像要他的命，花自己的钱和人脉很慷慨。"

应有的待遇迟享受。主持文联时，领导要我家里装座机，直到调离还没装；在市政协，我是任正处一年（2000年春）才使用手机。而因家事用单位座机，此生只两次：1989年夏，回答儿子高考是否愿意服从调配（省招办未打通），1989年3月因父去世借车回家。1993—1998年，我是两地分居，但周末往返衢州—开化，从未要求小车接送，有几年还不报销车费。

或问人送钱如何办？答曰：即便收下合情理的也奉还。有两友感谢推荐一点业务，要付酬劳，我拒绝，就在喝喜酒时各给1000元，我都加200元寄还。在职时第一次收到春节购物卡500元，马上挂号退还。还有暗还，有友委托我代办编印，送来4瓶酒。我叫承办人收他一半钱，另600元我付。不但没影响感情，反而增进信任与友谊。王建明、陈璋琪、柴薪等友人说：老潘比有些廉洁干部还廉洁。所谓水至清则无鱼，是物理，而非人情也。

拒腐保洁并非难事。按民间讲一是要眼睛大些不要贪小，会要针必贪金；二是要记住被窝里吃荷包蛋别人也会知道的。一个绝名利、弃享乐、忘生死的人，怎么会追逐蝇头小利？纵然是面对金山银山，也会认定，区区身外之物，如烟如云，何足道哉！

掌门三宝

　　本想写为帅的品质，比如列宁《给代表大会的信》，建议调开斯大林总书记职位，因为他粗暴会造成分裂，换一个人应当较为耐心、较为谦恭、较有礼貌、较能关心同志、较少任性。这是一种可能具有决定意义的小事。毛泽东要求领导不要开钢铁公司，学会绵里藏针，柔中寓刚，要善于团结反对自己并被实践证明反对错了的同志。我列出过提纲，权利是时代的操纵杆，领导掌握方向与速度。管理职能，一是计划与措施，二是指挥实施。领导决策的思路是主观能动与实情的统一，是心与物的结合，但又必须有前瞻能力，跳一跳能摘取，过高是冒险伤元气，落后如拾物泄志气。领导方法与艺术：静态的管理形式要改变集权制，以公平、量化的事进行目标管理，以责、权、利明确的制度管理，是授权式而不是派工式。静态的组织行为是选能。唐太宗说，能安天下者唯在用得贤才，不才，虽亲不用，实才，虽仇不弃。动态的组织行为是协调，有纵向的内部调节、横向的外部联系；服务，授权后为下属工作排忧解难，并进行督促检查、补偏救弊。也在一次学习会上专谈民主：德法两器，一个规范行为，一个制裁恶行。民主的重点在建章立制。法应淡出阶级性，强调社会性，公平与正义，但要严官宽民，严制章与执法者，不要用党政处理的割须代替，取消政治犯，以终身监禁代死刑。没有人人平等、公平，则不是完整的民主。用一个量刑法则可，一个坐标，纵的是危害国家、集体及他人的程度，横的是量刑标准，公正且简明。民主要强化统一战线，多党合作，独裁生祸。假如蒋介石不独霸朝纲，在1945年建立政协与联合政府，没有内战，就没有海峡问题，没有中美隔阂。民主要营造监督的环境，广开言路，媒体辟专版刊谔谔之声，揭发官员有误不属诽谤，若献良策，重赏擢用。民主活，国家昌！

　　久思仍藏抽屉。此言一出，过于张狂，喝山泉，讲海话。还是谈点当好鸡头牛尾的感受为好，而且三言足矣。

　　一是和谦待人。人有高矮胖瘦，有强弱勤懒，但都以个为单位，是平等的，应如兄弟姐妹平起平坐，掌门只是长子大姐，代行严父慈母之责。所以，要宽厚为怀，和气当春，谦逊作基，方能聚心合力。

要维和。对同事不论亲疏，不凌不欺，同事间有口角之争，不偏不倚，劝和为要。不搞批斗。大约是 1968 年，学校成立革命委员会，成员三人，一个是原校长，一个是造反派领头，还有一个是民选代表。我沾着新老师的光，与大家尚未建立亲疏关系，全票通过当委员，县里发文为第二把手。由于校长与造反派领头已结芥蒂，议事会抬杠，我倒成为执槌者。有人提出某男教师是地主，某女教师破坏军婚，要批斗。我调查后认为，男教师划成分时只十八虚岁，且从未在家参与剥削，既非地主更无血债，不当批。那位女教师是读小学时，学校开展和"最可爱的人"通信活动，她给同村的志愿军战士写过几次信，根本不是谈情说爱。后来那个战士背弃原来婚事，和女教师少儿时代的通信毫无因果关系，绝非"破坏军婚"。我否决两个批斗靶子，并强调，小学教师不可能成为"走资本主义道路当权派""反动学术权威"，就别再批来斗去。1969 年春节前，菖蒲与溪口两公社联合办公，在溪口初中开会时，主题是小学下放村办教师回乡任教。我向公社书记汪启合建议，趁机会脱掉挨批老师的白马褂。老汪当即委托我主持会议，解放溪口卫生院长汪崇芝和菖蒲一位女教师，至于一位东阳籍老师因戴现行反革命帽子，暂缓一步。会后，我要求回老家教书，但两个公社党委决定：潘玉光担任两乡学校负责人。由菖蒲公社党委詹章书、方章水传达决定并动员留任。但我还是悄悄地准备回家，在县城棉布店门口偏偏碰上汪启合、杨田乃。老汪命杨接过我的行李担。老汪说："要走也等入党再讲。"

1971 年上半年，菖蒲初中语文老师到杭州学习半年，我成了大包头，一个人教一个初中班。期间，在杭老师来信，开头只提到部分老师姓名。公社里两位造反派要据此批"派性"。我不同意，一则该老师在县里受处分到菖蒲任教的，旧账不应再算；二则信只是点到老师不全，并无挑起派别斗争的煽动性语言。"七一"前，我正写入党申请书，那二人趁党委主要领导在县城开会时，突然关我一夜隔离审查。说是"踢开绊脚石，开展斗批改"。命写检查，决不动笔，正确岂向邪恶低头！次日上午集中全公社教师批斗我，尽管头天个别动员，但没一位老师亮舌剑。被那两人催逼发言的王树茂却说："小潘是从不搞派性的。"大概是郑红芝老师给领导打了电话，城里开会的公社党委张寿春、胡耕田、汪天瑞决定立即停止批判会。这说明领导与老师都支持我力主团结教学的，尽管下半年还是排挤到东坞小学。

在家乡音坑中学时，教语文的叶老师讲了句什么话，一位小学校长抓住辫子要批判。公社分管教育的老段和我商量如何妥当处理。认为要叶老师在教师会上做个自我批评完事。当时我没头衔，校长身体很差，常不在校，他和我是村头区两个公社的学校负责人，彼此较了解。在马金开全县教师会议时，全区推介一位大会发言人，领导和老师公推我，因我病得讲话上气不接下气而换人。他离校时由我当临时代办。比如民办教师姚某考上师范，是我签字盖章的，中学年终总结是我写好送公社的。

要兼听。不论是对我提出的计划与文件有修改意见，还是另有补充建议，只要他人说出来，我必定吸取一些，肯定和鼓励同事的主动性。

要公平。我几十年来，对学生、对同事、对上下级都一视同仁，也得他们的好评与尊重。例如1992年，我参加省民俗考察去云南，也安排同事出外一次，花相同经费，以文补文中支出。市电视台要录我做文史的事，我改为录集体，题作走进文史委。

二是严己宽人。对自己要求很严，同事大抵不会过于松弛，人都有些进取心，至少是从众心理。自己胡来，守规矩的也会传染上贪、懒、散，是抵制，是无可奈何。自己坐得正、行得稳，才起标杆作用。

例如，我要求文联天天开门，不让会员吃闭门羹，按上中下旬安排值班，实际上节假日、星期日、晚上都是我值班；我自费买编辑、校对的业务书，却会借钱给摄影干部买好一点的相机；有会员外出文艺进修，短的半月，长则一年，文联资助，我很想参加北大首期书法培训班，最终未去。

严以律己高境界是推动揽过，或者受到上司批评时也不推责任。例如我受到叶部长几次责在他人的批评，"你怎么不服从领导，不去参加舟山文代会。"因为要求5月12日前，上交乌引工程资料、《浙西文学》终校付印，去舟山肯定完不成。5月1日在家校对，韩华荣相见时说："你还这么忙！老潘，你工作干劲，真没天谈，又不讲名利，待人和气，很难做到的。"叶部长叫陪同袁一凡用餐，我借故逃脱，他说"连我叫你吃饭都不去。"这之前，问过三次，别人三次叫我不陪。有次年会将结束，要发的挂历还没拿到，我参加市志会议后到场，叶部长说："这应是你的事。"事前，我问他人两次，他人要我别管。烂柯书画展开幕式到场人数少，叶部长问："你怎么不组织些人？"之前我再三询问，他人说："约定了，会有人的。"当时我没做任何解释，只得让自己给领导不良印象。再如，审《衢州影像》片时，我谈修改意见，执笔责问："你为什么不早说？你也是副主编！"事实上，此前我三次在他出席的会上讲过。我没当众辩解，宁可自己失面子。

智者千虑，必有一失。每个人做每一件事不可能白璧无瑕，再追求完美的人也偶有不足，或是被他人误读，难免背后有指点。说得对的作为日后的参考，非而当是吾师，非而不当的就装聋作哑，或成防疫苗。同事之间会有牛拗角，双方向自己说的话，切切不可转播实说，那会扩大矛盾，也不要当面锣对面鼓的调解，要另择时机另选方法去调和。

三是带头多干。人们常说率先垂范、以身作则、身先士卒，榜样是最好的老师，榜样的力量是无穷的。用俗语则是，干部干部，先干一步；干部干部，甘于吃苦；火车跑得快，全靠车头带。鸡头牛尾式的掌门，顾大局却不拿全盘决策，要使用人却不任用人，犹如战役中的营团长，要有策略要指挥连排长，更要冲锋在前。只有带头干、多干些，同事才服帖。

开化县委要我兼县志副主编，心里不很乐意的，因为调市文联，儿子可以进衢二中读高中，自己创作会有时间有机会，职别能上加工资，缓解家庭经济状况，但还是服从。县志办专职8—10人，志书22篇，我主张将工作进度提前半年，并主动再兼责编，我组稿编校四篇，后又重写政治篇。我主事文联会务，用余勇但不贾地修志，却承担四分之一任务。在副主编中，我的审读意见与修改也是最多的。

文联各协会负责人在就业单位有本职责任，文联掌门仅仅联系是不到位的，应当几乎代行其职，至少是起参谋长和助理的作用。我就是基于这一原则做的，许多活动是我倡导并直接组织的，减轻协会负责人的负担。对驻会人员，虽然有分工，但最费时费神的文学创作的组编校自己扛着，他人分管的事，其组织作品、评审、布展，还是参与的。

掌门的带头多干，还应当有破题意识，或称敢于标新立异。开化文联办的事，或许还有一些在同期同级同行中最早的，甚至是独特的：走访革命老区，编写红色故事；乡村采风，编写地名等故事集；刊物上开辟家庭文艺竞赛；和省文艺单位联办活动；到上饶、浙江展览馆办书画摄影展；邀请寓外文艺家回乡展；广泛发动企业单位开展文艺比赛；组织会员观摩全国书展；经常给会员提供外地征稿信息；资助会员进修、培训；颁发县文联、县政府文化成果奖；给上年在外发作品或获奖者订报刊；举办中小学生多项文艺比赛；开办暑期少年文艺讲习所。

我没有轰轰烈烈的壮举，只组织些平平淡淡的活动，我没有沸沸扬扬的名

声，只埋头冷冷清清的编务，我没有风风光光的位置，只俯身做些实实在在的琐事，却真真切切地得到同事的赞许，的的确确听到老友的惦记，大概就是勤勤恳恳做好这三点。

谋事要有预

谋事人一般都会对目标、线路、办成的条件，受挫的可能及补救措施，事前有成竹在胸，即便是探险者对将到之地一无所知，也要在起步前作出几种猜测，岂敢贸然胡闯？一个不知彼岸是桃花源还是虎穴狼窝？再加上没有船与桥，又不知水的深浅缓急、河床是泥是石，硬就青蛙似的叫嚷着扑通扑通跳下水，那不是白痴。反正，先预之事易立且高，不预之事如盲人瞎马临深池。所以每接令箭，必先规划，明确基本的方向与路径，或谓笨鸟先飞。

1983 年春到金华开文联工作会，江山方炳炎、衢县李光宇。董朝才书记要求各位回县汇报，有条件的建立文联。会上我提出似可不必，因服务对象内容、目标与文化馆大体一致，多建个机构有叠床架屋之感。回县汇报，县委决定成立文联。9 月 8 日宣传部副部长汪安乐主持筹备会，确定我挑起八百斤担。既非组长，也不知道谁当县文联的家，但仍尽力尽心筹办。9 月草拟工作报告，了解各艺术门类业余作者情况。10 月，起草县委领导在成立大会上的报告，列出出席会议名单，印制会员登记表，拟召开首次文代会请示及文联工作决议，请衢州文联杨典喜代办代表证。原 10 月底开成立大会，由于县级机构改革而推迟。多出些筹备时间，就临摹党章结构制定文联章程、提出文联班子及各协会负责人人选，拟评奖条件。

文联成立，由我主持会务，思考如何让松散的群众用体能五指合拳，觉得凝聚这支 3322、7086 部队，既要有阵地战、又要有运动战，还要有宿营地，故确定对自己工作的基本要求：日日要开门，月月有活动，年年出书刊。工作方针是毛主席提出的在普及的基础上提高，文联重在提高，但离开普及就会成无源之水，就缺乏群众观念。一场战役，单靠几个战斗英雄和一个尖兵班是谱写不成凯歌的。1986 年，组织决定增编。三人成众，如何众志成城，这个胶合剂就是大家都依规矩行事。于是，制定几个规矩，或许是首创，当时没有什么参照。我对文联人员的基本理念：是组织者不是作者，是战场指挥员也是后勤部门的马夫、

伙夫，是当家人更是全家的仆人。1987年4月《钱江源》上刊文联规矩。

开化文联工作人员守则

各务其职是发挥主观能动性，保质保量按时完成工作任务的原动力，职业道德是工作"百尺竿头，更进一尺"的发射器。为落实"五爱"社会公德，加强职业道德的建设，改善社会风尚，特制定本县文联工作人员的"守则""职责"和"编辑《钱江源》的原则意见"，并予公布，以便在群众监督下促进本会工作人员圆满并且出息地做好本职工作，从而使我县文艺园地出现枝繁叶茂、花红柳绿的新局面，使我县文艺人才的百船千帆在艺海上鼓浪向前。

一、文联是党和政府联系文艺界的桥梁，文联人员要自觉地坚持四项基本原则，坚持文艺为人民服务，为社会主义服务的方向，指导文艺工作者按党的文艺政策进行创作。要明白，即使星座也离不开轨道，否则会陨落。

二、文联是团结文艺工作者的纽带，文联人员要作团结的模范。对任何专业的和业余的文艺工作者都要平等相待，和睦相处，不能为丛驱鸟，为渊驱鱼。

三、文联是建设社会主义精神文明的重要力量，文联要成为文明单位，工作人员要作"五讲四美"的模范。德者，才之帅也，有德斯有文。

四、文联是文艺工作者的服务部门，文联工作人员应做他们的马前卒、孺子牛，为他们在创作道路上前进铺路架桥。不能作文化官、不能摆架子，恭谦是一种高尚品格。

五、文艺源于生活且高于生活，生活是文艺之母，人民是文艺工作者之母，文联人员在组织创作活动，审理稿件要自觉注意题材应来自人民的生活，要体现人民的优秀品德和高尚精神，从而激人奋发，催人上进，引人从善，见贤思齐。

六、文联是协调机构，与其他单位和各协会洽谈工作要商讨态度，不能命令式。敬人者，人皆敬之。

七、文联是文艺创作的业务辅导部门，工作人员必须努力提高自身的业务水平，增强辅导能力，才者，德之资也。更要善于发现、热情扶植文艺新苗。十步之内必有香草。唯我为高，就会不识泰山。

八、文联是非经济生产的单位，更应发扬艰苦创业精神，履行勤俭节约原则。要少花钱，多办事、办好事。须知俭以养德。尤其要注意节省人力，努力培养锻炼独立完成工作任务的能力。

九、文联是群众团体，应自觉接受群众的监督。遇有批评，要在半月内与对方交换意见。人人都会产生偏见，大家都严于律己，宽以待人，必能释疑，谅解、和好、和气生才。

文联工作人员的职责

一、组织联络室。1. 组织重点作者创作和重点作品的加工。2. 管理艺术档案。记录文联活动。3. 组织与外地的文化艺术交流。4. 做好会员的发展和推荐工作。5. 出席非文艺创作业务的会议。6. 管理财务、公物、文件及其他资料。7. 组织举办暑假少年文艺讲习所。8. 做好本县的横向联系，如联合举办活动、走访会员及其所在单位，给大中型作品作者请创作假。9. 在集思广益基础上安排工作并督促、检查。

二、创作编辑室。1. 美术编辑联系美术、书法、摄影协会，其他协会由文学编辑联系。保证各协会每月提供重点作品若干件。2. 组织群众性的文艺创作竞赛，以便披沙拣金，发现人才，进行辅导。3. 编辑会刊。4. 做好纵向联系，向会员和其他业余作者组织稿件，为他们提供信息。5. 组织书法、美术、摄影作品的展览。

《钱江源》的原则意见

1. 坚持"二为方向"，体现革故鼎新、褒善贬恶、颂美鞭丑。报刊的主体形象是新、善、美，即艺术之真。2. 作品要尽量表现山区、林区、老区的地方特色。3. 每期必发新人新作、少年习作，并适当组织点评。4. 坚持"双百"方针，发表作品的题材要广泛，风格、形式要多样。5. 积极主动地组织稿件，不要等米下锅。复信、修改意见要及时、热情而率直。6. 编辑一般只发作品评介文章和创作辅导资料。7. 普及但不能低级，虽为本县业余作者的习作园地，争取发质量较高的作品。8. 本刊发表和推荐的业余作者的处女作，为省级以上报刊选用，酌情给责任编辑及对该作品提过好建议的人员奖励。9. 可以利用文艺宣传本地新产品、土特产及经济建设新局面，既为振兴开化经济服务，又可争取社会关心和支持文艺创作事业。10. 文学专版要争取每期都有本县的民间故事或风物传说，收集资料依原样，发表应艺术加工，不变则灭。况且，口耳相传之时，传者也必作加工。

由于文联人员立足做人梯，普及以营造氛围，提高以催产作品。本单位编发书刊量多，在外发稿量也逐年增多，1988 年，文学 60 件、书法 9 件，1989 年，文学 75 件、书法 10 件，1990 年文学 90 件、书法 16 件。横向比数量是落后的，

但比作者与作品的增幅大概属先进的。更可喜的是充满文人相亲的温和，在换届会上县领导讲话的初稿中，我写上一段加强团结的要求，程渭山书记删去，他说开化文联很团结，不需要讲。

1992 年到市文联没有头衔，仍以主人翁的姿势构想规划。山借风云动，我笔记本上有十几个地方文联的经验，有办好文艺刊物的高招，也考虑文联普遍存在问题与对策，然后做出些设想。

在内部管理上，要放有度，活有序、管有法。对文联人员或聘用人员要定职责、定任务、定时间、定报酬。工作分工实行三个一：一个内务、一个组联、一个创编；联系协会是一个舞台（艺术表演）、一个展厅（造型艺术）、一个刊物（文字艺术），实行轮流值班和每年轮岗制。我还草制《岗位职责》《考勤月报》《值班记录》表，力求使人人主动开展工作，使会务相对有节律，内务与外勤平衡，重点与一般并行，组织辅导与个人创作兼顾，以至管理上纵向畅通，横向协调，内部顺展，成效上活动频繁、队伍扩大，作品增多且质量提高。

对《浙西文学》意欲办成浙西文学园地、三衢文艺窗口、新作者起飞的跑道。不仅要有大宴席，更要开专列，按题材分绿色文学专集、科普文艺、民间文艺、法制文学专集等，按体裁分小说、散文、诗、曲艺、影视、报告文学、译作、评论等，按其他标准分女性文学、少年文学、处女作等。

我的主导思想是立足经济建设，发挥文艺功能，抓住重点，多出佳作。为此罗列出三条主要活动路径，一是常规的纪念性节日活动，不只是国庆元旦春节，拓展到植树节、教师节、护士节、环保等，间隔进行，推动行业文艺，从而发现与培养新人。二是为经济建设中心服务、宣传名优特产、著名品牌、优秀企业，与企业联合举办厂庆，可以搞电视专题片，写纪实文学、报告文学，厂歌与音舞曲艺专场，摄影书画图片展览，既使各个协会参与服务中心，产生现实题材好作品，也可以使文联及各协会有资金保障，通过联办到联谊会，进而组织创作基金。三是人才培养，帮助会员函授或进修，组织骨干外出取经及体验生活，每季或半年一次重点作者会，举办重点作者作品研讨、专场展览展演展销、一届出一套有各艺术门类的丛书。

这个计划，因调出而成哑炮。1993 年春，童效武副书记提议调我到报社，汪锡华、庄月江、王集法、徐晓谷都向我表示意外与欢迎，叶继革部长留我在文联："你很适合做文联工作。""你安心在文联，我当主席时间不会长的，半年左右。"庄月江叫我别到报社占别人的位子，本可实现中考作文上我的第一志愿，结果欲跨进而止步。同时，吴海松、崔铭先、祝瑜英动员我去政协。1994

年1月2日，我在笔记本写道："据王建华说，程平平讲，童副书记说本拟潘为文联副主席人选，既政协要，他乐意去，该同意。小范说：陈才元旦前在毛翔先家中说，本公布副主席、党组成员，潘要去没办法。崔铭先兄早有转告：他与祝副向叶继革商调时，叶说：潘要安排副主席的。到口的不要却去等，何哉？一择业、二让路、三其他因素。淡泊明志，淡泊延寿。"文联任职我是心知的，章寿松退休前有晚到办公室整理东西对我说："你是来接替我的。"2014年9月30日晚餐时，陈先生说："那时有人打我的黑报告。我和小潘都是主席人选考察对象。"

最终，没搞新闻搞旧闻。不过，文史倒是与社会需要、历史价值粘贴得很紧的事业。改换门庭，又得另砌炉灶，毕竟不是野营，三块石头扛个锅了事。于是，围绕多编搞活的轴心勾勒出《三届政协文史工作的大体思路》，目的：存史，文化积累，为史志编纂补缺纠错作参考；资政，从史料中悟出安邦、治国、富民的策略；教化，树正气，敌歪风。在征编方针上是"三亲"史料（回忆录）与名城研究相结合，人文史料与经济科技史料相结合，既在热火朝天建设土壤里开探矿石，又在书海中淘金。确定基本目标：每季甚至两个月一活动，一届出书6—8本。然后，列出十年征稿意向表，列出百年忆旧的三亲课题20来个，又列出编研性的《名城丛书》：三衢胜迹、衢州孔氏、旅衢名人、衢州之最、衢州简史、衢州宰相、将帅、状元、清官、尚书。正因有明确要求和具体打算，所以虽然独木持撑，10年编出20本350万字，组织活动60次，还审读他人编辑的史志9种250万字，作为个人组织活动与编发数量，纵向比是前两届（傅春龄、朱子善当主任，姜方友任专职副主任）的两倍，横向比也屈指可数。

假如不是有五年早知道，而是当木偶，别人拉一下，动一下，或是脚踏西瓜皮，滑到哪里算哪里，怎会有工作硕果？

勤事：40年 > 60年

这是什么不等式，怎样解题？此非猜想，而是事实。鄙人就业40年，可以说是干完60年的活。

我原拟分配在衢城新华小学，离校前夕讲"林彪脸上没肉心里恶毒"，幸运的是驻衢师支左的田排长不给戴帽子，同学近90，没有一个提议批斗，只是改为回开化任教。那时儿童就近入学，村小都是复式班，而且是一个人一个班。一般白天有九个钟头围着学生转，早晚两头备课改作业。教初中大约2位老师一个班。我在和其他同仁相当之同时，又有些不同之处。

1. 乡学校领导班子三人，一位原校长，一位群众组织头头，我是群众民主选举的代表。实行回队任教，校长回故里，溪口和菖蒲两乡党委决定留我任学校负责人。这就会多点行政事务，例如：晚餐时接到广播通知马上到公社开会，就得打电筒翻山岭赶去，那天白天听说打虎未成，实在胆战心惊，真的遇上老虎，我可不是武松啊。再如到客栈、林公山偏远村，和生产队商量办学与教师报酬，是课余办理的。有人说某老师属地主，我只有在休息日到六七十里外的村去查实，证实，没有参与剥削不作地主，就免除不应有的批判。一位民办老师有机会招工去煤矿，我星期日找他办理手续，免得过期作自动放弃。

2. 在菖蒲初中时，另位同事赴杭州学习半年，我一个人教一个班，幸好是普通师范毕业生，文科、理科、文艺体育都略懂一点。

3. 在东坞小学，晚上兼夜校老师，早晨要教村业余剧团演员学唱京剧，春节前个把月夜夜排练剧目到一二点钟。

4. 在东坞牙痛半年，吃药打针都无效。导致严重失眠，乃至扶墙进教室，开口发不出声音，继而反胃二三年，只喝点流质维持生命，住房到教室百来米路要歇二三次喘气，我一直坚守讲台。文教局照顾我，调到音坑中学，并嘱学校按半劳力分配任务。我坚意要当班主任，还上12—14节课，还自告奋勇当学校乒乓球队教练（坐藤椅上指导）、编学校黑板报、组织学生周六下午义务劳动。事实上，还是干正劳力的量。

1977 年 9 月至 1983 年 8 月，就职开化县文化馆，组织辅导群众文学创作。馆领导抽调在农田建设工地，馆里也难有平衡的每月每周的工作指标，我就自制考勤月表，每天记事。时正处低谷，仅有的几位发过作品的老作者已马放南山，新作者尚未破土拔节。我是冒酷暑踏霜雨到各乡镇和许多企事业单位，去结识文学爱好者，联络起二三十位文友。值新中国成立 40 周年之大庆，创办《开化文艺》（杂志、报纸均有，1984 年改文联刊物名《钱江源》），独立承担组稿、编辑、校对、寄发。继而促成县工会青年工人创作组。到离岗时，编发《开化文艺》14 期，有 30 多人在省地发表诗 73 首，短小说与散文 30 篇。每年数百件来稿——回复（只杨林一来稿，丢失地址未复）。不让作者感到稿件石沉大海，对初踏文学路的新手，尽量扶植作品发表，给他们顺帆的风。

同时，还注意搜集民间文化和土地革命史料的调查。民间故事整理可算作是下乡的副产品，《开化文艺》上未署名的大多出自拙笔。革命史料调查倒有心栽花。在音坑中学教书时读到粟裕回忆文章，为抗先队途经开化而惊喜，一进文化馆，就到档案馆询问，获悉 1959 年红军活动座谈会与会人员姓名及居地，于是在主要职责之余走访老红军战士，以期整理成书光大之。1980 年前后健在的老红军都一一拜望过，唯 1927 年在江西加入红军的程石根，我三次到桐村未遇。另外，致信叶长庚、叶华、周黎明、邹奎圣等寓外老红军，请他们写回忆文章。直到党史办成立，才慢慢撤出，只做热心人参与之。

此外，演出非我主管，而事实上充当导演助理。演出文字脚本的产生、修改，躲得开吗？到一些单位商借演员、到乡村业余剧团指导剧目创作、排练，年轻人，应当多跑跑。那时候，常要配合中心搞文艺宣传、节日庆祝晚会、省地县区搞调演、会演也很频繁，这种文化馆的"双抢"季节，通宵工作，连续作战是家常便饭。例如，为宣传十二大排练节目，事前赶出节目，演出队排练时，我或是改待排节目，或是看排练效果，排练暂休时间，又要根据导演意见和新的设想修改节目，那一周只睡十四五个钟头，连续伏案最长 44 小时，两次 36 小时。又如有次全县会演前，馆长通知第二天同去登云编排竹马舞百旗山，副局长次日要看王国其小戏的修改本，为两全兼顾，通宵改好 40 多页的剧本交局长，马上和馆长下乡，排练到夜深，又是 40 多小时没睡。

或许由于单身在城和年轻些，派员参与时日较长的工作，多为首选。下乡"双抢"、贯彻联产承包责任制工作组、共建民兵俱乐部、党校青年干部培训班，手边还有草拟的宣传婚姻法试点总结、农村俱乐部汇报提纲。春节前，会到

有业余剧团地方看看，有一年年底，通知到金华地区群艺馆拿春节演唱材料，16点获悉，我连夜去取，第二天8点前回文化馆，马上寄送有剧团的地方。至于午休接待乡下作者，晚上与城里作者交谈是常事，如时为县农机厂领导的徐增沅创作歌舞节目，在午休和子夜商谈。

1984年后主持开化文联会务8年，头三年还是独木支撑。县内外不少会议要到场，夏天双抢和冬天社教要下乡，兄弟单位举办的写画唱跳之类的活动要参加。我又力求文联月月有活动，年年出书刊，天天要开门，节假日，会员有空来访，不能让他们吃闭门羹。即便春节三天，我也值班。有年除夕，下班后无客车，和儿子走20里回家吃年夜饭，第二天9点又到办公室。为亮牌子、造氛围、促创作，相当繁忙。但我仍兼业余编辑，而且除编发约40期《钱江源》《浙西文学》报刊之外，还增编专题书籍10本。我认为，活动是热烈的花朵，书刊才是沉甸甸的果实。那些年的组稿、编辑、校对，太多在休息这块时间的自留地上来耕种的（记得出版社编辑是年20万字左右，组稿、校对要减编发量）。还组织文艺创作活动百余次，其中有市外作者参与的6次。另兼县政协文史委和民间文学集成办副主任，编审《开化民间文学三大集成》《开化文史资料》2—5辑。还有偶尔飞来的分外事：学校来请为老区命名大会写个献词，夜间花三四个钟头完成；人武部来"麻烦你写个桐村人武部总结，明天早上送金华"，干一个通宵，还送到车站。

同时兼开化县志副主编，虽无劳务费，工改也加不上薪，但任务是最重的，既负责编辑四五篇，又和其他副主编一样组织评稿与审读全志，又比他们多项全书校对。还主动承担解放开化的部队番号及余五婆起义的查核，订错补阙。这就将原出书计划提前半年，是十个人的半年啊！并且指导帮助《开化文化志》编写。县志办撤销后，更单独承担县志办职责，为《衢州市志》提供各篇章的备选资料，为《衢州市群众文化志》提供所需的开化资料，阅读《龙游县志》稿，参加省市方志会议，还和夏锡畴完成县志勘读表（刊2010年版《开化县志》）。

同事熟人的评价更可信服。林山乡书记华寿军（现开化政协主席）未认识我时，在参加考核科级干部后，回乡里高度赞扬我。1992年春，县人大主任方秋华说："你调走，对开化文化事业是个重大损失。"县人大副主任杨善情、县政协副主席陆惠良都向领导要求让位给我。县文联秘书长陈璋琪说："潘老师待人诚恳、和气，工作计划性强，办法多，样样事带头干，每天工作12个钟头。跟他做事，蛮紧张，但很舒畅。这样肯干又廉洁的领导，我从来没见过。"汪金土说："老潘既喜欢搞群众运动，又会搞协调平衡。现在这批作者，不管谁冲出去，都不会忘记他。"徐薛明说："我文学创作的启蒙老师，一个是外国名著，一个是潘玉光。"余金华说："潘老是我们大家尊敬的老师。"胡志东、汪建平、汪路明偶称"恩师"。听书画界李建林、胡志华、吴晓林、汪永平、朱运昭、傅小鸣、吴建其、张继民、鲍土根、陈旭初、江一舟说，他们相聚，必定会谈起潘玉光当主席时文艺活动的盛况。门卫老汪几次对我说："天天白天上足 8 小时班的人，大院里只有你。"县志办同事陈仲一在 7 点一刻吃早饭时，多次到办公室赞叹："人家偶尔几天提早上班是有的，像你天天价早的人没有，真不简单。"常茂林说："小潘和县委办的灯是长明灯。"

1992 年 9 月至 1993 年 12 月在市文联就业。虽没职务，仍主动勤奋干事。主事编辑，我自筹印刷费和稿酬，将每年两期的《浙西文学》办成季刊（当时，丽水、椒江、舟山三文联季刊 2—4 人，嘉兴文联双月刊 3 人，宁波文联月刊 8 人）。还编纂《衢州市志·创作篇》，评志并修改一篇，征集 12 万字的乌引工程资料，组织一期散文专辑稿（因调离，退回作者），出刊《学生写作》两期。大约和 140 位作者有约稿、阅稿意见的信函。市文联同事陈才评议说："潘玉光工作量大，但认真踏实，极端负责，所以成绩显著。"吴征卫说："潘玉光于事肯干，对人真诚。"杨典喜说："小潘待人真诚，为人实在，能力也强，这种人大家都喜欢的。"林国镇说："小潘里里外外一把手，出门能组织社会活动，坐下能进行文字工作。"

1994 年 1 月到政协搞文史资料，我暗暗自勉：先辈在油灯下砚池旁，尚且能留下汗牛充栋的史料供我们了解和研究历史；如今，工作条件优越更应当多生产些地方文化产品以存史、资政与育人。尽管政协组稿比在文联困难得多，我便采用多项专题同时征稿并逐个击破的方法，保证多出书，争取出好书，并将文史工作推向社会。主事 10 年，从选题、组稿、编辑、校对、撰写前言后记，乃至封面设计，负责编发文史图书 20 种二四百万字（同期同行大多年人均 18 万字），较前十年约翻一番。领导要求各委自主调研每季一次，而文史委平均每两月一次，为提升园林品位、为旅游发展、志书编纂等献绵薄之力。此外，还编过《衢州政协》、修改大会发言稿、编会议简报、组织书画活动、为省政协文史委供稿、接待来宾等零星临时事务，还增收节支 10 万左右，自己未取分文。

在政协，我提为副处和转正处，是全员推荐的。社法委主任胡敏说："老潘是劳模式的人。如评劳模，我肯定投票。"崔铭先秘书长说："我们要来的，还会错'要不，我会要求不兼文史委主任，让老潘早上一步。"提案委主任李生良说："老潘编那么多书，还省钱，真好样的。"农业委主任毛忠兴说："在政协，哪见过像老潘这么忙的人。"郑康法秘书长说："老潘实在是好同志。"经科委主任卜树鑫说："老潘，是潘老师呀。"言外之意是为人师表吧。有一年，主持政协全会发言稿审定的王光潮说："老潘办事又快又好，他改的发言稿我不用增删一字。"《衢州日报》副总编辑许彤在一次政协会上说："很怀念潘玉光主持文史工作的年代。"报社鄢卫建、陈定睿说："老潘把文联工作、文史工作都搞得实属空前。"毛嘉仁说："老潘在文艺界口碑很好。"报社范列讲："老潘不只是影响衢州文艺界，还影响全市文化界。"刘贤忠说："老潘是我们的一面镜子，外圆内方，忠厚刚正，他的立德早有口碑。"巫少飞说："潘老为地方文史招魂，他责编的衢州文史图书不经意间成了庐陵绝唱。"郑越华说："潘老师把子孙几代的德都积起来了。"

几位市领导对我的勤政是欣赏和信赖的。童效武主席在1985年就要调我到市文联，1993年春又推荐到报社，继而同意我到政协。叶继革市长在1991年正月初三，到当时开化县委书记家里要他答应潘玉光年后到市文联上班，然后又多次去电话催办。1993年他留我在市文联任职说："找个真正胜任文联工作的人很难。"郭学焕书记离任到市政协见到我说："你就是潘玉光，可惜认识你太迟啦。"

不论是按明确工作量计，还是竖式纵向对照，或是横式横向比较，40年＞60年都成立吧？

当然，要不是组织上给予合适的舞台，要不是社会各界的援臂，要不是同事朋友的力助，我纵是千手观音也难擎一片云。作为个人，仅是忠于职守而已，即便在无鱼无车之时，也不击剑而歌，使肯干的热情保持恒温，乐在职业地里挥汗耕耘。

长辈打骂是领跑

孩提时，你挨过父亲的耳光吗？为父母时，你扇过孩子的巴掌吗？

读小学时，每次挨父亲的打，增添一份对他的反感与憎恨。我还反抗过一回，挣脱他的手逃出门，他紧追不舍，我就猫也似的爬上电线杆。嘿嘿，怎么样，上不来了吧？他倒好，背靠电杆抽烟："你就在上面吃饭睡觉吧。"

时间风化去心中的反感，理智冲刷掉当时的愤怒。尽管我每次挨打，都是一桩冤案。

一夜，一家人在烘火，我发现地上一张钞票，就弯身拾起。他夺过钱，拉开我的手掌，用裁缝尺狠打："你敢偷钱！下次再偷打断手指。要晓得，小时偷针，大会偷金。"我申辩，他又啪啪两下，"还犟嘴！就是掉在地上的也不能捡。"有一天，一男生突然给我皮球玩。不一会儿，他返身取回皮球捏来捏去，说弄破了，要赔。还和他妈到我家索赔。父亲赔了钱就到我身上发火。我再三澄清事实，他说："不管真假，记住一句话，人家的东西不要碰！"即便明明是被欺侮，也会招来尺子的疾风暴雨。放学时，我和同学比谁先到村口，我先到等候，那同学跑到用肩一撞，我掉进小沟。父亲居然扒光我的衣裤，按在四尺凳上打五十大板："和人家争什么，人家年龄大，块头大，力气大，争到了还不是吃亏。你让一让会死？退一步天高地阔！"一日去买米，卷在购粮卡中的一元钱逃掉，找不回。他死不相信："你这手做什么用的？我要辛苦一天，你好吃半个月饭啦。一块钱管不好，以后怎管好一个家？要是替别人做事，钱丢了还要赔，搬一差二，去双倍的钱。要不赔，人家会认为你是吃白铜（即贪污），在军队里，吃白铜要坐牢杀头的。"有天突降大雨，急奔回家，却遇几只鹅鸭乱窜，又怕被啄，又怕踩死要赔，左躲右避一滑摔倒。父亲不是先让我换衣服，而是拎起竹尺就打："这么蛮大的人，还会摔倒，做事这么不稳当。"

父亲对我读书只管背，有时抽背课文，要是挤牙膏，吃螺蛳，就让尺子咬我手掌。不上学时，天晴要每天砍两担柴，没得商量。感冒发烧时，母亲让我休

息，他知道了，挥起尺子揍我的腿："你脑筋清楚些，懒做就好吃，好吃贪玩就会靠偷抢过日子，一懒万事休！只要走得动，就得做！"

这一次次有理无理的打，在人生旅途中或多或少地起点领跑作用。我数十年奉行让，就是受委屈也忍让；坚守洁，公共之财物，绝不取一毫为己用，编务中自己编校省下及创收年均万元，自己未拿半点劳务费；履行勤，照正常工作量或工时计，上班四十年却干了六十年的活。

正面理解长辈打的想法，是自己有鞭子抽陀螺后生长出来。报考师范因素之一是摆脱父亲的养，毕业要求去甘肃是为离父亲远些再远些。不过，后来还是以德报怨，虽非孝子但有孝心。父亲质问："你是不是羽毛长齐，好远走高飞了？"我就没有表态愿在衢城。父亲反问："带你来抚养成人，就是要你照料我们老的时候。你找工作的成家，怎么照料？"学弟陈宏大对他女儿说，潘叔叔在学校身后有一个排女同学，可我未敢示爱。到开化，开中校花要我周日去她家订终身，我俩第一次偶见，同时三回头的，可在她门口徘徊一阵而未敢勇敢地进门，怕父亲反对使我失信于人，甚至背上欺骗他人感情的骂名。一位女教师说怀上孩子就生米煮成熟饭，我也婉言谢绝，万一父亲仍不准许，岂不伤天害理毁了她人。父亲说："每月工资交一半给他。"这更好办，在山里教书，十七八元一个月还算宽裕的。尽管，父亲有时苛刻到蛮不讲理，例如有年春节，交他20元，恰生母来家，我想袋中10元给生母，可父亲骂几天，等10元钱到他手上才闭口。1979年，儿子跟我进城读书，一个人的粮票不够吃，当时没有自由市场买米，只得回家拿20斤米来，又挨一顿骂，从此我每餐以酒代饭，不向家里要一粒米。不过对老人直到送终，虽月薪约90元时，照样月月给二老20元。

教不严，父之过，孩子可以大人的棍棒当做防疫针。凡遇逆境或不顺心的事，都逆向思考，找到对自己身心有益之处，岂不善哉！但还是希望大人们做君子动口不动手，棍棒下会出孝子，棍棒下也会扼杀天才！棍棒下的苗是株弱小的幼苗啊，不被打断也会打弯。孩子们敢于玩火吃火的无畏精神，敢于异想天开的多向思维，那是他们以后创造力的原动力啊！别让棍棒做拦路虎。

从养父的霸道式管教中，也从反面接受教育，学会倾听。子女在中学阶段，我每月开一次家庭民主会，听他们的批评、建议和要求。例如戒烟。抽烟似乎是男人成熟的标志和风度。抽烟时总有一个想象：要像大红鹰壮志凌云，要像雄狮声盖三山，要像飞马行空，踏云驾雷，要像鼓手那样击鼓鸣金，指挥进退，要像牡丹艳压群芳，要像美猴王纵横天下，要像凤凰能涅槃再生，要像红金不怕火炼。只在咳咳到直不起腰，才感到烟真不是好朋友，因此戒过几次。开始想用和平方式解决，抽几口灭掉。可眼睛老对半截烟瞟来瞟去。干脆不买，熬到半夜还是败下阵来，去敲烟友的门。用乌龟砸石板的方法硬碰硬。一支接一支地抽，直到呕心吐黄胆水。抽，再抽；咳得上气不接下气，再抽；咳出血来咳痛喉咙咳得背胀胸痛，还要抽。终于厌恶烟，可旧情难断，分开十天半月又和它好上。

儿子淊有时把报纸摊在我眼前，看到报上说"易致肺癌"一扔："去，有多少烟民没得肺癌？在安乐园里，总是不抽烟的占压倒多数吧？被动吸烟，危害更大。我才不信，闻到肉香比吃肉更有滋味，会吸收更多的脂肪？"有时，他从我嘴上摘下烟扔掉："爸，别抽吧。一、吸烟有害健康，也祸及池鱼；二、吸烟浪费钱。"他的劝说当然是往石狮子灌米汤——点滴不进。不知是怕他分心影响学习，还是嫌他多话而厌烦。我挺当回事又像很随意地说："你不用经常下毛毛雨。我们约定，你考上高中我戒烟。"真的？嗨，牙齿落地可以当石板走。

1986年中考张榜时，儿子说："考上啦。怎么样？一言既出，驷马难追噢。"好！君子无戏言。教孩子做人要讲诚信，自己说话能不算数？假如再不戒烟，真要损害孩子的身心健康了。拿出没抽完的烟盒，郑重地写上休、休、休！与香烟断绝来往。要戒恶习，何难之有，朝阳化残雪，轻风灭灯火也。

德刑并用，宽猛相济，为治国之两道，家规中适度的非暴力的打也未尝不可，快马尚需加鞭。但大人不能随心所欲，最好先划定个范围，超越警戒线，打者有理，挨打无怨。当然，被责罚者应怀另一种心志：长辈的打大抵是恨铁不成钢，目的是为自己更优秀。有这个定力，就不会掘墓鞭尸泄私愤，更不会弑父杀兄当霸主。

相识地名

一

由于指导业余剧团、俱乐部开展活动，组织写作队伍，征集革命史料等，到过开化32个乡镇及许多企事业单位。每到一地都会问问风土人情、民间文艺。例如到霞山村看排练节目，有人说及《爱敬堂》，商辂是儿时在淳安就听说的明朝三元宰相，就最早整理成民间故事。下笔前又看看商辂资料，确定时间与题匾的出处；陪电视台程安理拍《开化风光》，他讲村上《钱王坟》故事，又实地看看，之后，找钱镠资料参考写成，这则民间传说就有了文字记录。到金村和徐定芳谈稿件，知悉明刑部主事方豪筑路事，即金路地名来历，我想把商辂用箬叶作竹叶向皇帝要钱筑路事嫁接，但未见大片竹林，就放弃，只实记成《金路》。到苏庄拜访跳民间舞蹈"大头娃娃"的姚秋桃，听到《朱元璋赐富楼村名》等传说，文化站林延辉又出示《汪氏家谱》上"钦敕富楼诏"、朱元璋等在云台寺的对联，又翻阅朱元璋传，看到"富者当起楼"，我想这是取名的根据，便用进"富楼"地名故事。在张湾和李志水谈小演唱等节目修改时，听到解元岭来历，便加工编成地名故事。1988年，又向朱华庭等人约写稿子，编成《开化地名故事》，我写下简短的前言：

地球，母亲！这生命之本的土地，不仅生育森林，生育稻菽，哺养动物，繁衍人类，也生产灿若繁星的民间文学。地名故事就是历史文库中一份珍贵特产，是人类献给地球母亲的赞歌。

地名是人们对居住地和地形地物共同约定的一种语言符号，是地理实体在人脑中的反映，是客观存在的地理实体本身和主观认识的对立统一。可以用文字记载，因而有音、形、义。地名故事就是义的形象描绘。它似时间老人在津津有味地讲述着前人是怎样为地方命名的。

给地方命名，除与当时历史、政治有关外，便是从山、从水、从事迹而取美名：东坞、西坑——指明地理实体方位；石柱、牛角垅——描绘地形地物；金溪、银炉——说明自然资源；黄泥湾、霞山——反映土壤色彩和气象；九里坑、十里铺——标出交通道路之距离；有的地名记述历史传说，如富楼、解元岭；有的纪念历史人物，像金路、张村；有的反映人文景观，如塔山、殿前；有的寄托心愿，像福洲、友谊……

每一处湖光山色，每一个村舍茅店，甚至一奇石一怪木都蕴藏着娓娓动听的传说，寄寓先人对事物的好恶，对生活的信心，对未来的祈求，荡漾着先人创造精神财富才华的激流，焕发着先民丰富想象的智慧之光。

你热爱曾经捉鱼摸虾扒鸟窝的家乡，你热爱曾经摘桃打枣挖蕃芋的故土，就该去了解她、熟悉她。那么，请翻开这本故事吧。

二

地名的金含量极高，是一个区域风物矿藏的广告词，地形方位的标签，历史人事的索引，前辈心理的窥管。这种丰厚的文化积淀具有强烈的感召力，我踏进群众文化园地就注意地名，编发薄薄的《开化地名故事》，写了《村名透视》。1996 年，向市地名办主任张水绿提议：市区街道名要规范，要亮出名城历史。那两年，到山西山东考察历史名城的报告中也提出重视地名。在职时参加过地名会议，2001 年 11 月 26—27 日，讨论花园岗路名，2002 年 6 月 11 日讨论衢江东区街道名，2003 年 7 月是街巷名标准化座谈，2006 年 3 月审查些地名，2007 年 1 月 18 日城市地名规划讨论会，退休后讨论参加开化、龙游、江山的地名规划，审读《衢州地名志》，2015 年 1 月 12 日、5 月 14 日参加地名文化座谈会。

虽不善言辞，但到会总得发言，东鳞西爪地谈些想法，归纳于后。

维持地名的稳定性。尽管保留老地名，不仅是故乡情结，更因其信息存量很大，是无言的地方史料。徽州一名承载的东西比黄山更重。提到盈川、荆州、淮阴、淮安，成年人几乎都会想到杨炯、刘备与关羽、韩信、周恩来，改掉就如用沙埋金。对于能提高经济高度的，民众也会认同的，如大庸改张家界。对有的太俗或心理暗示很差的地名要改，如台湾省鸡笼改成基隆，用这种谐音法极为理想。明月岛若改偃月刀是否更适合武术景区？有的拟改前，也应寻根，看看历史上曾用名，杭州，宋称临安、秦设泉亭，再早以大禹停船上岸之地为名，禹航。衢城现在俗称的东区、西区、老城区、过去曾用龙业乡、进贤乡、亨衢乡、峥嵘镇、鹿鸣镇，可以重新启用，让金子发光。

再说，改地名不只是换个标牌，所产生的连锁反应不是连锁产业增利润，而是耗费人力物力财力。门牌门匾、版图车票、信封公章、各类公私证件等，统统得换，烦不胜烦。有学者测算，150万人的城市若改名，仅身份证更换就花2000万元。那么行政区的撤扩并将耗资几何？一定要慎用否决权。以大型建筑物为路名是取地名的方法之一，如车站路、火车站广场、八角楼、中立交现在拆拆建建速度快，要看看建筑物是否长寿的，以期地名稳定。

强调地名的导航性。不论选择沿用老地名，还是新建区取新名，都要力求准确指向，起导航作用。用方位词是传统的手法。山东山西、河南河北、上海下海，指向非常明确，还可用其他办法展示。比如，规定街与巷是东西向，路与弄属南北向；或以动植物区别东西与南北。例如白云小区的东西向与南北向，分别用衢州的山名河名来命名。

导航性不仅指方位，还指示某地特征、形状、标志性建筑物等。在较大的经济开发区，最好能体现区块的功能。如物流区，用通港、川汇与功能合拍的，插个香樟路就离题，用谐音改向江路更形成合力。

另外，同一区块的同向道路名的一致性，即用同一事物或同一意念取名，犹如人名排行的堂兄表弟，也起指位作用。如有一区块用些龙字，可又插足非龙字辈的路名，就显得乱。假如将安垅改安龙、东兴改龙升、启德改龙启、野鸭垅改亚龙，那简直是龙子龙孙大会师，何其壮伟。这又与昔日龙业乡一脉相承。

有的用切甘蔗式命名道路，是会损坏导航性的。如东西物流大道中间夹一段沙金大道；荷花三路与世纪大道直通的；荷花中路、上下街、斗潭路实际是一条主干道，用一个名字何妨？北京长安街、南昌八一大道够长吧，没有拦腰斩断取名。否则，外地人会认为是几条路的。

注意地名表意的含蓄性。地名采词要明确，但不必直露，尽量含蓄些，让人回味。近百年来，有些地名太显政治色彩，民革时中山路、中正路，1950年前后是胜利、解放、红旗、跃进。如果现在用改革、开放、世纪、创新之类的地名，是不会给人新鲜感的。如物流大道改茂盛街，既与绿色园区以树木命名相吻合，又谐音贸兴，与块区功能相贴切。

对一些过直白或含糊的地名，如要改以谐音法为高，既不需民众改口，又增添表意的含蓄。如：世纪大道改士济，人才济济，意义更厚实，又符合地块的引资引智性质；广场路改广畅或广昌，厂六南路改苍楠、厂前路改畅前。有的路名有些含蓄，但可用更恰当的，如天乐路，到西天极乐世界去的意思，衢州人一看就知道在哪里，指位性强，不过给走在这条路上的人心理暗示不好，而且还有幸灾乐祸的副作用，要是改用夕照、余晖、晚霞会好点；雁声路，雁很少开口，声如乌鸦叫，要改用雁心、雁行、雁阵、就更强化团结如一人的意义。

还有个"大道"，民航大道只一小段路，县里拟用大道的路，龙游是60米宽，有的县是30米宽，无统一标准。地名主要在指位，不是汇报道路设计规模的。当然能给道、路、街、巷在方向、长宽定个尺码更好，扩充地名的作用。用大字是显示气魄吧，没必要。长安街，气在长治久安，南京路，气在繁华，那么笔直且长宽没用大字嘛。

地名规划提出与规划、国土、城建、旅游等部门建立协同管理机制，很有必要，作为地名法规的执行监督单位更应主动介入，提前商议，不要等事后审批。有的地方是开发商取个乳名，施工队喊个小名，申报时又用暂用名，导致一地多名或多地一名。2015年5月中旬，电视还报道杭州一段路三个地名，这会给多少群众带来麻烦？地名规划还确立取名主题，市区重在历史名城、园林城市，龙游重在古老的龙，生态之竹，又规定取名形式，采用专业单位、专业意见、公众评说相结合。可想而知，今后产生的地名会更厚重（历史内涵、地域特色、时代精神），更简洁（好读易记不歧义），更具标示作用（方位、功能、规模等）。

应邀作序及其他

编辑书刊 40 种，撰些前言后记，如浙江人民出版社《衢州》、中国戏剧出版社《衢州探古》等均未署名，又偶应邀作序，如程航琛《八大夫园耕耘录》（天马）、周斗华《开化文化英才述略》（西泠印社出版）。选几篇如后。

《开化文化英才述略》序

钱江源的溪流蕴藏着光灿灿的金子，千里岗的群山高擎起参天万木。莲花尖的细流，以毕竟东流去的意志，融入大海化波涛，怀玉山的楠木香樟，以举手拿云的气概，与星空对话。

这山这水，孕育出多少英杰俊才？如金子，如万木，他们有的扎根故土，有的云游四方，不论是穷究天文地理，还是从戎执鞭，不论是身居闹市，还是辗转僻让，都用心血汗水拓荒创业，为五色土的祖国增光彩，用聪明才智为龙的赞歌添新韵，在江源方圆百里土地上，流水哗哗，花木森森。开化在六千年开化的征途中，古往今来的子民，君子自强，不甘后人，披荆斩棘，敢攀高峰，锐意进取，越挫越坚，因而，涌现一代代一批批可歌可敬的杰出人物。

看！那些凭武功文德扬名的骁将名宦。江景房在吴越归宋时，为减轻江浙税负，冒死沉藉。宋代程宿刻苦攻读。成为浙江最早最年轻的状元。程俱文章典雅宏奥，为人推崇、为宋代翰林巨擘。南宋著名政治家、军事家余阶，他筑钓鱼等十城作屏障，使天府之国安稳十年。清代戴敦元在朝 40 年，清廉勤事，还著《九章算术方程新式》。叶长庚首先率国民党军一个排弃暗投明，后来长征、抗日，成为毛泽东的爱将。国民党军中将吕公良喋血许昌，成为抗日英雄。民国叶渭清在兵荒马乱中仍潜心书案，终成《元椠史校记》。

再瞻那些铁骨铮铮的忠勇之士。明代方豪跪阙下五日，谏阻武宗作劳民伤财的南巡。汪庆百不满魏忠贤专权而辞官。解元蒋芸知悉宰相贾似道荒淫媚敌，拒绝殿试入朝。徐文溥敢请皇帝对南昌宁王朱宸濠"裁以大义，勿徇私情"。吾绅耿直执法，朋友变贪官，照样拉下马，获得铁面巡抚的美誉。他们是重社稷而轻帝王。

还有那些勤政惠民的清官。方元启治南乐安民促农，百姓始乐，他的诗"男儿立志出乡关，学不成名誓不还。埋骨何须桑梓地，天涯到处有青山"也成为毛泽东少年立志的动力。康熙皇帝说他"行纯金玉，学富珠玑"。乾隆诏封为"天挺英豪"。徐珏，剿海盗，使民安，轻徭赋，兴渔业，民建"还渔亭"纪念。他们是"当官不为民做主，不如回家种红薯"。

开化的历史文化底蕴是深厚的，从20世纪30年代始，更是日趋丰厚。特别是新中国成立后，毛泽东思想深入人心。他说：社会实践是检验真理的唯一标准。世界上没有不搞实力的，手中无米，叫鸡不来。不搞科学技术，生产力无法提高。在教育上，则崛立起一座座理工科院校，彻底矫正学校只作为通向官场之路的弊端。因而，培养出科技俊才如群星漫天。开化籍科技英才也如松柏郁郁葱葱。现有科技人员近四千，寓外教授高工约四百。如老红军叶华，脱下军装进清华北大读机械专业，二十世纪五六十年代和邹家华（后任国务院副总理）共同开创中国农业机械鸿业，二十世纪八九十年代又开中国电梯事业之先河。即使没有进高等学府深造的，也有为科技作出可喜贡献者。方生全成为竹编工艺大师，主创悬挂北京人民大会堂竹匾，他在朱德委员长鼓励下，创办安徽竹编出口最早的屯溪竹编工艺厂。

要想编一本二三十万字的书，展现开化济济人才的煌煌业绩，观古今于须臾，抚四海于一瞬，那恐怕只能抚膺长叹。周斗华先生长期从事社会文化工作，便驾轻就熟，舀历史长河之一勺，编成《文化英才》。宋代程宿刻苦攻读，终为浙江最早又最年轻的状元，程俱文章典雅宏奥，为人推荐，为宋代翰林巨擘。元代有起八代之衰的印人柱石吾衍。明代有江东伟这样的"寓言"高手，清代戴敦元在朝为官40年，致力政事，还著《九章算术方程新式》，民国有林则瑞留学法国，与周恩来同学相称。郑仕魁留学美国，曾与陈纳德的飞虎队员并肩战斗。姚华廷留学日本，陈宝鸾赴日访问。新中国时期更是山花烂漫。本书只是豹之一斑，已窥知开化文脉绵绵，人文荟萃。

这些英才，大都是忠于职守，术有专攻，即所谓岗位成才。他们在顺境中不满足于司职养家，也不撞钟式单纯任务观点，而是心想国富，情系民殷，不断进行创造性地工作，所以能"红雨随心翻作浪，青山着意化为桥"。

有许多人自己的兴趣、爱好、追求与工作岗位是方孔圆枘。他们只有在完成本职工作之余，死死抓住业余时间苦心钻研，"咬定青山不放松，千磨万击还坚劲"。天道酬勤，他们最终在某一领域出类拔萃，或许改换门庭，专事自己爱好的专业。

更有令人钦佩者是身处逆境，矢志不渝，失败一百次，再做一百零一次的尝试。他们是"残雪压枝犹有橘，冻雷惊笋欲抽芽"。尽管，在家境或个人生活上一再受挫，或是肢体、生理有缺陷，但志存高远，发愤求知，勤奋攻关，事遂人愿。

编书是件让人遗憾的事，本书也存憾事。在内容上，偏于介绍，缺乏探讨人才成长的环境，他们勤事为民的根源，他们清廉奉献的外部条件与内在因素，应当努力发掘。这样，他们作为人生标杆的作用会更强，楷模形象会更具感染力。如果从大文化上看，那在人物选择上，科技英才太少。科技是文化的主力军，科技的实践是人类开化的朝阳春风，他改善人类的劳动方式，提高人类生活质量，推动历史前进，创立时代特色。如果秦始皇像拿破仑、康熙重视科技，像王莽敢于试飞；如果孔子像达·芬奇，像歌德那样多作些发明，具有四大发明的科技先进强国又何以会一度落伍于世界民族之林？唯科教方能兴邦益民！另外，在编排上，当以科技、教育、卫生、军政、文体等门类为好，有如一个个方阵走过。不过，本书毕竟偏师在文艺战线，自然另当别论。

编辑英才书，不仅仅是咏世德之骏烈，诵英才之清芬。更主要的是体现尊重知识，尊重人才，尊重创造的社会风尚；不仅仅是记述一批事业有成者的经历与业绩，更展示他们对国家对民族对事业对理想，尽职尽忠尽心尽力的精神；不仅仅是为开化历史文化续编新章，更重要的是为启迪他人，激励后人而鸣金播鼓。

钱江东去赞古今人豪杰，千山迤逦数风流人物。开化在未来的康庄大道上，会人才辈出如雨后春笋，为多娇江山添锦绣，为伟大祖国壮声威。

开化《江氏宗谱》序

文明之国，皆善于积储资料。中国历史资料浩如烟海，其四大主流是文物、档案、史志和口碑资料，起着述德、铭功、记事的作用。宗谱隶属口碑麾下。所以，修谱并非一宗一族的家事，而是社会科学研究的一方辖地。江氏宗谱断修百年，沧海桑田，史料匮乏，编纂者为不使先贤事迹淹没在春芜秋草中，广联同宗至友，披览文献遗闻，掇古拾今，网罗赅备，用宏取精，折中至当，缀纂成卷，以丰兰台，实在可敬可佩，可喜可贺。

华夏姓氏，许多以国为姓，江氏也然。颛顼帝裔孙嬴伯盖季子元仲封予江国（今河南正阳县东南），国都涂店。公元前623年为楚所灭，江人移民，为不忘国土，以江为姓。江氏以济阳为望郡，除迁徙外，还因为：1.江人、宋公、齐侯、黄人曾两次结盟于山东。一次是鲁僖公二年（前658）秋在贯（今山东曹县南10里），一次是周惠王二十年（前657）在阳毂（今山东阳谷县东北30里）。2.晋时将汉制济阴国改为济阳郡（今兰考县东北）。晋惠帝时，江祖为太子洗马，随元帝渡江而迁建业（今南京）乌衣巷，后迁山阴（今绍兴）。南梁时，江世源封护军将军驻信安郡（758年改称衢州），故举家别山阴，落根于衢。世源第十四世孙景房，任吴越国镇节度使判官，宋太祖赐为侍御史，辞官后定居开化西塘（今郑家村）。景房之长子用晦、次子用缶、四子用圭、五子用元，致仕均归开化。三子用德卒于京，其子锡寓婺源为婺源江氏之祖。宋元祐四年（1089），景房四世孙私离乡桂岩迁江山，婺源谢坑的三十三世忠卿公长子球迁江山，江山于是有江姓。五代末，江景谐从江阴迁龙游。丁口繁衍，仅金衢盆地便成"八派"（桂岩、渥溪、小山、菱湖、绣溪、源口、溪口、渔沥）、"九枝"（景谐四世孙延聚、延泽、延厚、延荫、延应、延琪、延庆兄弟九人住九地）。

宋《信安志》载："江景房孙镐登进士后，相继五代甲科，为海内一家。"清康熙《衢州府志》记：开化世科江姓94人，常山世科江姓32人，为全国科举之冠。自宋咸平五年（1002）至清嘉庆十三年（1808），江姓登进士及第与由他科显达者达400余人。江氏贤良，簪缨不绝。世称一门三侍御，十子九登科。江氏子孙，有轻生为国的忠烈，有清风两袖的循吏，有运筹帷幄的武将，有足智多谋的京官，有勤政惠民的郡守，有授业传道的教谕，有满腹经纶的学者，有领异标新的勇士，有潜心科技的智人，有致力经济的强手，有妙手回春的良医，有著作等身的墨客，有德高望重的宿儒，有卧冰哭竹的孝子……他们胸怀忠肝义胆赤子心。

江氏宗谱，理清世系来龙去脉，彰显先贤伟业丰功，不仅仅是缅怀先祖，光耀家乘，不仅仅有裨于培植优良家风，振奋族人精神，建功立业，不辱门庭。因为宗谱具有凝聚力，家庭是社会的细胞，家和万事兴，家家和则能全体和谐，社会安宁；宗谱具有扩张力，能补史志之缺，参史志之错，详史志之略，续史志之无，这就为历史研究、人文教育、史志编修提供翔实生动的依据，为当代建设提供前事之鉴。所以，又是益国利民的。

愿江氏宗谱弘道扬德，扶世导俗，使后嗣食德饮和，人人清廉于民，尽忠于国，求华夏之一统，谋天下之平盛。

建设身心殿堂的工程

（建筑企业名门公司《读经与养生》导语）

高楼林立，大厦接踵，一派繁荣、强盛的景象。高楼大厦是立体的画，无声的诗，是建筑者蘸着心血和汗水，重笔浓彩创造的。在这庞大的诗经和画卷中，有名门集团的神来之笔。然而，更让人感到神奇的是，他们又进行另一项建筑工程，构筑人们身心的殿堂。

名门热情支持幼儿园开办读经课程。我国文化典籍浩如烟海，自公元前206年至今，出版图书90余万种。孔子删定的六经：从民间流传诗歌中选取305首结集《诗经》，记载商周重要事件的《尚书》，记述先秦礼制礼仪的《礼记》，配合礼仪的音乐《乐经》，评说占卜的《周易》，鲁国的史书《春秋》，以及他的弟子编定的《论语》《孝经》等，则是经典中的精华。读这些书，开启科学的宝库，让儿童走进知识的大观园，探求自然和历史的奥秘，让人开阔视野、创新思维。读经还能陶冶情操，经书中提倡的礼、智、诚、信、义、忠、仁、勇、恭、宽、信、敏、惠，又都是中华民族的传统美德，是人类进步的阶梯、精神营养品。这些道德观能穿越时间隧道和跨越国界，正因为用点点滴滴的情理，简简单单的事理，指引出社会通往精神文明的天下大道，讲的是道德守恒定理，道德是世界语，是人类共同的本性。

名门热心传播中医养生。历代医家在防病治病中，积累丰富的经验，为中华民族的繁荣昌盛做出不可估量的贡献，是中华民族利用动植物为民生服务的重大发明，是中华文化的一块绚丽瑰宝。中医养生倡导健康新概念，实践人文关系，汇聚治疗偏方、养生秘诀，构建健康平台，优化科学生活方式，提升做人的生活质量。生命之车有终点站，但人人都希望作长途旅行，人的生命在一年又一年的时光中度过，不让疾病和痛苦折磨，恬静又充满活力的愉快生活，是人类的美好追求。现代人主张返璞归真、回归自然，更注重天然资源的功能、食物保健防病的作用。在中医中药昂首阔步走出国门，为世界所注目的时代，炎黄子孙掌握中医养生知识尤为必要。

读经、中医养生，两件风马牛不相及的事，名门却糅合一块，制成光盘。怪乎！仔细一想，不禁拍案叫绝。妙哉！人类自身不就是精神的灵魂和物质的肉体！图强的精神是人类进行创造的支柱与动力，健康的身体是为国效力的资本和基础。有奋进精神和强健身体作奠基石，身心的殿堂就能巍然屹立、固若金汤，就有志向、有恒心、有智慧、有才能去拼搏奋斗，为事业兴旺、家园美好、国家强盛、世界和平尽心竭力。

快去读读经、学学养生，情也融融，乐也陶陶，不亦悦乎。

《衢州》前言

衢州，汉称新安，隋名三衢，唐始谓衢州，有四省通衢之美名，控鄱阳之肘腋，扼瓯闽之咽喉，连宣歙之声势，交通发达，商贸繁荣。这里，有孔氏南宗家庙、府城巍峨城墙、嵌有全国罕见的戏曲砖雕的古建筑群等人文景观，有名列全国前茅的陶瓷、铜镜、西砚等工艺品，还有烂柯山、江郎山、太真洞等自然风光。因而，堂堂正正地进入国家历史文化名城的队列。

1959 年秋，毛泽东主席从庐山返京途经衢州，在与几位浙江负责人谈话时问及"衢州三怪"，在场者无人应答。他老人家就讲述蒲松龄《聊斋志异》中记载的故事，尔后，语重心长地说：我们要降妖灭怪，为民除害，才能国泰民安，国殷民富。毛主席还勉励大家多读些书，包括地方史志，充分了解国情省情民情，以便从客观实际出发，制定正确的方针，解决实际问题。为官一任，造福一方，很重要啊。

这件事使我们认识到地方文献资料的重要性。在国务院批准衢州为国家级历史文化名城之时，《衢州市志》业已问世，我们又接踵编发《中国历史文化名城——衢州》，着重记述四省通衢在清代以前的雪泥鸿爪。通过 7 章 14 节 18 万字的叙述，不仅表明衢州是人文荟萃之地，也表达对先贤的缅怀与崇敬，而且体现出衢州人民勤劳节俭、淳朴厚道、刚健正直、尚农务本、崇文好学的优良民风。让人们看到衢州人在利用开发本地资源中努力发展经济、建设家园的辉煌业绩，为当今的改革开放和日后的振兴提供丰富的值得借鉴的经验。总之，《中国历史文化名城——衢州》意欲严谨客观地展现悠久的历史、繁荣的经济、灿烂的文化，能作一册珍贵的爱国家爱家乡的乡土教材，成为精神文明园地的一枝春华。

昔日三衢道上，舟飞马奔。如今，不只是汽车川流、火车如龙，还开辟空中航线，银燕翔翔。显然，衢州发展的速度将更快、空间会更大。让我们更好地继

承、发扬前人励精图治、开拓进取的精神，焕发再造辉煌的巨大动力，促进衢州走向更美好的明天。

峥嵘岁月有遗篇，继往开来写新章。

（《历史文化名城衢州》，浙江人民出版社，1995年版）

写衢州抗日展文稿

几年前，市关工委邱元骁约写抗日展文稿，虽懒笔耕仍操犁。因为通过一幅幅真实的画面，回望一场场壮怀激烈的抗战，铭记一个个悲惨受辱的场景，缅怀一位位英勇不屈的铁汉，振奋爱国情民族魂，激励御寇志和平心。

我几乎不写笔记，但1999年5月12日有千字日记：惊闻"五七"我驻南使馆遭袭，这是对联合国宪章及国际法的背叛，是对我国主权的侵犯，是对世界和平的破坏，是对人道与民主的践踏。我们要在愤怒抗议和严厉谴责中引起警觉：1.备战不可忘。毛主席断言帝国主义决不会放下屠刀，立地成佛，所以强调"原子弹是我们国家的生命"，并大办民兵师。2.要强国之本。毛主席说落后要挨打，必须建设四个现代化，只有富国强兵，筑起牢不可破的长城，方能拒敌于国门之外。这年9月9日，写下"封杀台独论"的笔记：李登辉提出"两国论"，企图搞台独，这是对中华民族的背叛，自三国时就有华人军队镇守宝岛；这是对国民党的背叛，孙中山拟定"联俄联共扶助农工"的方针，蒋介石始终坚持一个中国，两岸"共进力同"的宗旨。1956年捧读毛泽东的信，"除外交统一于中央外，其他人事安排、军政大权，由蒋介石管理""社会改革从缓"，次年，派立法委员宋宜山探再度合作之路。和平统一，振兴中华乃时代之潮流，逆之者亡。笔记只表达个人拳拳之心，图片展凝聚众人力量，何乐不为。于是，翻阅衢州在抗战时期的史料，列出提纲。

题为《警钟长鸣，振奋民气》。不用史书式分段，而用志书式分门类。

第一部分：日军侵衢，烧杀残暴。控诉进犯者的滔天罪行，倾吐衢州民众遭受的屈辱苦难。先写日军空袭的罪恶，轰炸衢州机场，炸毁火车站、民房及炸死炸伤民众。再写日军两次入侵中的烧杀抢掠、细菌战的危害。

第二部分：奋勇抵抗，视死如归。暴虎入室，懦夫奋臂，衢州军民也是可杀不可辱的壮士。衢州开战前，方志敏率抗日先遣队途经衢州，陈毅奉命在华埠集结江南游击队改编新四军，还有各种形式的抗日宣传，点燃民众抗日热情。浙赣战役，蒋介石领悟到国土有限，而寇欲无厌时，改变不抵抗的幻想，决心在衢会战，朝令又夕改。然而国军将士誓死保卫衢州，维护民族尊严，虽阵亡数千，却也打了仙霞关之战和衢龙阻击战的胜仗；衢人吕公良中将在许昌保卫战中殉国。另外，衢州民众自发杀寇，誓死不屈，台湾义勇队参战。

第三部分：张扬正义，友人援臂。人民是热爱和平的，世界各国是同心合力反抗侵略者的。衢州民众救护杜立特行动遇难飞行员，有人参加过飞虎队的战事，一些外国专家到衢州防治细菌战病疫。近十年来，细菌战受害的家人，日本正义之士调查取证、出资支持诉讼。这一切，显示和平的力量与人民的友谊。

展览前言

1987 年 11 月《皖浙赣三边（开婺休）艺术节书画摄影展》

茶子花盛开，一片一片，雪白的。

金丹桂飘香，一阵一阵，温馨的。

皖浙赣三边（休宁、开化、婺源）的艺苑里，也绽放出一片一片玉树琪花的光彩，迸发出一阵一阵婺砚台徽墨之清香。观赏这第二届皖浙赣三边艺术节的展览作品，岂止是"半亩方塘一鉴开，天光云影共徘徊"？！

"问渠那得清如许？为有源头活水来。"皖断赣三边人民承源扩流，发扬山里人勤劳的优良传统，振奋革命战争年代的顽强精神，不断革故鼎新。三县的书画、摄影爱好者撷取山乡古老的文明和新时代的风采，展现出醉心迷眼的湖光山色，散发着芳香浓郁的民情风俗，描绘了三县人民开拓、奋斗的勃勃英姿。这些作品必将激发三县人民热爱家园的瀑布般的飞湍豪情，建设山乡的大山似的凌云壮志。

愿这次联展像三县饮誉四海的茗茶一样流香溢翠。

愿三边人民的友谊像三县盛产的松杉一样万古长青！

祭拜辞

詹剑任衢州市文物保护管理所所长时，试恢复市区周宣灵王庙、神农殿等祭祀。2011 年 4 月 6 日（农历三月初四）举办周宣灵王庙祭祀暨社区孝文化活动启动仪式；2012 年 5 月 16 日（农历四月廿六），举行"热烈祝贺炎帝神农氏诞辰：华夏同根，和合天下祭祀活动"。刘国庆、叶裕龙、周樟华、非遗（针灸）传承人张玉恢和我应邀共同主事祭祀。我当主祭，自撰祭文。之后，周洋约为"七夕"小型晚会写个开场语；2013 年 6 月初，巫少飞转达开化约为长虹红场撰碑文，都遵嘱代拟。

祭周宣灵王辞

三月初四，周王华诞，市民集聚，传孝祭王。

淳熙戊申，雄生富阳，自幼尽孝，名扬里乡。

行商居衢，得知母危，赴赣祈祷，购药还乡。

船至双港，惊闻母丧，悲痛气绝，立舟东望。

文远同窗，建庙以彰。民奉为神，朝封灵王。

虔诚祭祀，辈辈焚香。训子教孙，忠孝为纲。

崇儒家之德光，恭谦温良；

传孝道之风尚，尊师敬长。

上和下睦，平辈平等，一家惠风和畅。

左邻右舍，亲如亲人，万户气清天朗。

周宣灵王，孝心义胆，高山巍巍，百姓景仰！

吾辈后昆，继承弘扬，江水泱泱，百世荣昌！

祭神农文

壬辰吉日，四月廿六。衢州市民，相聚一堂，祭拜炎帝，同怀景仰。

先祖炎帝，号曰神农；诞于姜水，永眠常羊。启人文，开教化；种五谷，解饥荒；设集市，兴商贸；尝百草，为民康；建房屋，挡寒暑；植葛麻，制衣裳；画符号，创文字；练丝弦，民乐欢；炎黄结盟，华夏一统。农耕之父，功盖古今；医药之神，德耀八方。

巍巍中华，五千年纪；泱泱华夏，源远流长。万里长城，世界奇观；四大发明，民智彰显。孔孟老庄，圣贤云涌；易儒道学，彪炳史章。京杭运河，南北通畅；丝绸之路，连接欧亚。中华文明，百代传唱。

时至近世，风雨如磐；列强宰割，内忧外患。民族奋起，雪耻图强；建立共和，宏图大展。经济中心，一以贯之；改革开放，成就辉煌。今日中华，国富民强；奥运盛会，五洲赞扬；神舟探月，环球惊叹。协和万邦，大同共创。

古之太末，人文荟萃。悠悠九千年，文明破晓地。今之衢州，更攀高峰；山水奇秀，琼楼焕彩；农业特产，誉满四海；工业领跑，奔向小康；福祉同享，更思先祖。敬酒敬香，顶礼膜拜；虔诚共祭，祖德弘扬；万众同心，光前裕后；锦绣中华，寿而永昌。

开化县长虹红场碑文

浙皖赣界地，开化县西北。茂林修竹，水芳云绿。有村库坑，名传三省。

1934年春，祥云降五祥，霞光照霞川，红军苦战石耳山，邱老金带路得突围。抗先队往返怀玉山，播下火种宋泉清。山民看到希望，倾心红色革命。待到秋叶如火时，赵礼生奉命到库坑，开婺休中心县委展红旗，北源升北斗，九龙腾九天。次年夏天更火热，闽浙赣省委驻库坑。浙皖赣独立团，攻克开化城，中心县委改浙皖特委，夺取张村乡政府，奔袭衢县上方镇，巩固开化苏维埃，开辟千里岗游击区。交战百余次，伤亡数百人。鲜血绘就美丽乡村，忠骨铺筑幸福人道。翠柏肃立，缅怀英魂。

前辈壮志，义薄云天；先烈豪情，气贯长虹；民族精神，长川永流；勇士气节，百世流芳。

敬立石碑，褒扬先烈，慰天之灵，激励后人，继往开来。

乞巧节寄语

朋友，请看：乞巧楼前鹊惊枝，弯弯新月伴双星。

朋友，请听民歌：家家乞巧望秋月，穿尽红丝几万条。

呵，那个故事相传数千年，天地知，你我知，人人知。织女嫁牛郎，玉帝要阻拦，天神抓织女，仙牛助牛郎，挑筐盛子去天堂，要与织女常相伴。王母拔簪一划，涌来银河浪滔天，牛女隔河望？相距四亿万公里！纵使日行千里，也要10亿年，苍天尚悯人，准许七夕见，江月无情亦解圆！

快摆设瓜果，助喜鹊架桥！

快拜月穿针，为牛女牵线！

愿天下有情人皆成眷属！没有等待，没有苦恋，没有别离，只有柔情，只有恩爱，只有快慰。

愿天下有情人鸳鸯同游，龙凤齐翔，地老天荒，携手不放，恩情恰似水东流。

今晚多少有情人相约并蒂池旁，幽会合欢树中，情切切，意绵绵，甜甜蜜蜜。

祝有情人相敬如宾、家庭兴旺！

祝有情人珠联璧合、五世其昌！

附：潘玉光编辑书目

年份	类别	责编	参编
1979—1989	文学作品	《开化文艺》（后改《钱江源》）16K杂志多本 4K报40多期	《青春·生活·家乡》
1981		《纪念开化建县一千周年专辑》	
1984		《芹岭星火》	《开化风俗志》
1985—1986		《浙西文学》两期	
1987		《开化诗词选》	《开化县志》（编纂四五篇，审核全书及校对）指导《开化文化志》
1988		《开化地名故事》《扶摇万里》浙江电台《开化十年间》专题	《开化民间文学三大集成》审稿
1989		《桥》《浙西文学》（开化专号）开化40年诗文选《幽谷清香》	《开化风物画册》制《开化县志》勘误表
1990—1991		《红杜鹃》（中国国际广播出版社）《钱江源》小报多期	《开化文史资料》2—5辑 为《衢州市志》《衢州市群众文化志》提供开化资料
1992		《绿色明珠》《东海》开化散文栏目"绿色的云"	
1993		《浙西文学》四期（增《学生写作》四开报两期）	摘编乌引工程大事记及有关资料12万字；撰写市志创作章；修改文物名胜篇

续表

年份	类别	责编	参编
1994—1996	以回忆录为主的文史图书	《搏击商海》（团结出版社）《衢州与历代名人》	1.校对《衢州市志》人物、科教文等六篇；2.《国家历史文化名城—衢州》；3.选送《浙江文史集粹》衢州稿；4.《衢州政协》
1997		《三衢新姿》（国际文化出版公司）《故园情》	校对《东家杂记》《傅春龄诗选》《衢州人赵抃》
1998		《峥嵘岁月》《燕明笔记》	
1999		《衢州水利》（中国戏剧出版社）	
2000		《衢州影集》《通衢》（中国戏剧出版社）	审校《开化水利》，两校《衢州姓氏》
2001		《访谈实录》《南孔研究》（中国戏剧出版社）《衢州探古》（同上）	
2002		《三衢旧事》	审校《开化政协20年》
2003		《衢州名胜》《衢州名人》（天马图书有限公司）	
2004		《衢州市政协志》（方志出版社）《三衢诤友》	《衢州年鉴》（方志出版社）指导《柯城寓外名人》
2005—2015	志鉴	点校《北山小集》等（中华书局出版社）《衢州市交通志》《开化县公安志》（上二种方志出版社）《衢州英杰》（现代出版社）	《衢州市建筑业志》（方志出版社）《衢州年鉴》（6种）《衢州市志（1985—2005）》《衢州建市30周年要事录》（上三种中国文史出版社）《衢州区域文化集成》（商务印书馆）